KB036500

허구의 전시관

허구의 전시관

제1판 1쇄 2022년 2월 17일
제1판 2쇄 2022년 10월 17일

지은이   설혜원
펴낸이   이경재

펴낸곳   도서출판 델피노
등록   2016년 8월 11일 제2020-000082호
주소   서울시 양천구 신정중앙로 86, 덕산빌딩 6층
전화   070-8095-2425
팩스   0505-947-5494
이메일   delpinobooks@naver.com
ISBN   979-11-91459-15-9

허구의 전시관

설혜원 지음

델피노

차례

미녀 병동의
콜라 도난 사건

미녀 병동의
콜라 도난 사건

'없어.'

미주는 생각했다.

'없다고.'

다시 한번 들여다봐도 냉장고 속에 콜라는 없었다.

미주는 기억을 더듬었다. 몇 번을 떠올려봐도 콜라는 냉장고 두 번째 칸에 가로로 뉘어 있었다. 그랬던 콜라가 날개를 달고 승천이라도 했단 말인가. 콜라의 영혼이 승천했다면 육신인 검은 액체는 냉장고 속에 남아있어야 했다. 그러나 콜라는 병도 액체도 조금의 흔적도 없이 증발해 있었다.

데스크에 앉은 미주는 미간에 가느다란 주름을 만들었다. 이걸로 세 번째였다. 콜라가 사라진 게. 처음엔 다른 선생님이 마신 줄 알았다. 스테이션의 음식들은 선생님들 모두의 공유물이었다. 그래서 냉장고 속에 있는 음료가 하루 만에 없어진다는 건 그리 이상한 일이 아니었다. 하지만 미주가 사서 넣어둔 콜라는 1.5리터짜리였고 그 정도 크기의 콜라는 항상 어느 정도 남은 채 냉장고 속에 짱박혀 있곤 했다. 그런데 그 1.5리터의 콜라가 한나절도 아닌 반나절 만에 사라지다니.

'이건 절도다.'

미주는 결론을 내렸다. 오늘, 미주는 데이와 이브닝 근무를 연달아서 하는 중이었다. 그런 미주가 생각하기에 하루도 아닌 반나절 만에 따지도 않은 새 콜라가 사라졌다는 건 분명 누가 훔쳐 간 거였다.

"무슨 생각을 그렇게 해?"

옆에 있던 미연샘이 미주에게 물었다. 미주는 미연샘을 바라봤다. 깊이 있는 큰 눈매와 우직해 보이는 콧날, 작지도 크지도 않은 입이 뼈대 있는 집안에서 자라난 양갓집 규수 같은 인상을 주었다.

'이런 분이 거짓말을 할 리가 없어.'

미주는 생각했다. 미연샘은 콜라를 마셨으면 마셨다고 할 사람이다. 더구나 아기가 콜라 맛을 보고 싶어 해서 미연샘이 콜라를 마신 거라면 없는 콜라도 만들어서 내드려야 할 판이다. 하지만 미연샘은 콜라보단 사이다를 더 좋아했으며 콜라 마니아인 미주가 한 번에 해치우기에도 1.5리터의 콜라는 부담스러운 양이다.

"콜라 도둑이 있는 것 같아요."

미주가 말하자 미연샘은 깔깔깔 웃었다.

"나 안 마셨다니까. 그걸 누가, 어떻게 훔쳐 가니?"

"그러니까 고단수죠. 잡아내야 해요, 콜라 도둑을."

미연샘의 태도와 달리 미주는 진지했다. 콜라 도둑이 외부에 있다면 그건 3병동 스테이션의 꽃인 냉장고가 외부인의 손을 탄다는 것이 된다. 꽃이 도둑맞았다면, 외부인의 손을 타는 것이 꽃뿐이겠는가. 스테이션 전체가 위험했다. 스테이션엔 냉장고만 있는 게 아니었다. 냉장고 안에만 해도 혈액이나 주사약들이 보관돼 있었고 스테이션은 환자들을 돌보는 데 필요한 물품 창고인 셈이었다.

"이게 뭐니?"

딸 지영과 통화를 마친 수샘이 미주에게 물었다. 스테이션 거울 귀퉁이에 붙어있는 종이에는 월 병동비 수납 현황 대신 '콜라 설문'이 붙어있었다.

<일주일 이내에, 냉장고에서 콜라를 꺼내 드신 분은 괄호 안에 +표시를 해주세요.>

문장 아래엔 아홉 명의 선생님들 이름이 적혀있었고 이

름들 옆에는 괄호가 있었다. 괄호 안은 아직 다 공란이었다. '콜라 설문'은 오프였던 어제, 집에서 히가시노 게이고의 탐정소설을 읽으며 곰곰이 생각해보다 짜낸 묘안이었다. 다행히 수샘은 미주의 설명에 고개를 끄덕였다.

미주가 더블을 했던 날, 도난으로 의심되는 콜라 사건에 대해서도 인수인계 시간에 얘기했었다. 수샘은 상황을 더 지켜보다 도난으로 판명되면 무슨 수를 내자고 했었다.

한약을 먹은 미주는 혀에 남은 텁텁함을 없애려 콜라를 샀다.

"한약 먹을 때 콜라 마셔도 돼요?"

바나나우유를 마시며 효진샘이 말했다. 인스턴트 식품이나 술, 인공감미료를 섞은 음료는 한약을 먹는 중엔 자제해야 한다. 그러나 탄산이 이는 콜라를 삼켰을 때의 쾌감은 입속에 상쾌함을 가져다주며 몸속에도 아연 생기를 돌게 한다. 물론 콜라 마니아인 미주는 슬플 때면 슬퍼서 콜라의 톡톡 튀는 탄산을 원했고 기쁠 때는 기쁜 기분을 누리려 콜라의 익사이팅한 맛을 찾았으며 이도 저도 아닐 때는 멜랑코리한 기분을 바꿔보려 콜라를 마셨다. 콜라는 맛있으니까. 하지만 맛있다는 함의 속에는 그토록 다양한 기분과 상황과 끌림이 존재하는 것이다.

지금 역시 한약의 쌉쓸한 뒷맛을 제거하기엔 콜라가 제격이었다. 효진샘은 화장실에 갔다. 미주는 1.5리터 콜라를 싱크대 위에 세워놓고 컵을 꺼냈다. 콜라 뚜껑을 열려는 찰나 보호자가 불러 302호실로 갔다.

302호실 티브이에서는 살인범 김길태의 검거 장면이 나오고 있었다. 모여앉아 있던 여사님들이 말했다.

"범인이 같은 동네에 있었다니. 등잔 밑이 항상 어두운 법이라니깐."

"누가 아니래. 살인 같은 게 일어나면 용의자는 가족이나 애인, 친구라잖아."

다 들어간 수액을 뽑아주고 스테이션에 돌아왔을 때 콜라가 있던 자리 옆에는 꺼내놓은 컵만 덩그러니 남아있었다. 화장실에서 막 나온 효진샘이 데스크에 앉았다. 미주는 효진샘에게 콜라의 향방을 물었다. 당연하게도 모른다는 대답이 돌아왔다.

미주는 3층에 왔을 때의 정황을 떠올려봤다. 엘리베이터 앞의 휴게실에는 박기창 님과 차경철 님이 나와 있었고, 이화순 님과 그에 딸린 다수의 면회객들이 수다 파티를 벌이고 있었다. 범인은 그들 중에 있을까?

미주가 휴게실로 눈길을 돌렸을 때 환자와 보호자들은

다 제자리로 돌아가고 텅 비어 있었다.

"옷 좀 주세요."

정우현 님 간병인이 말했다. 효진샘이 액팅을 나간 참이어서 미주가 옷을 꺼냈다. 하의는 있는데 상의가 없었다. 상의를 찾는 사이 서진안 님 간병인이 얼음 두 개를 타 갔고 박석분 님 보호자는 시트를 가져갔다. 정우현 님의 상의만은 바깥에 있는 장을 훑어봐도 없었다.

"옷 달라고 난리세요. 다시 한번 좀 찾아줘요."

여사님이 말했다. 미주는 바깥에 나갔다. 옷장 옆에 있는 라면박스 속의 라면들이 확 줄어있었다. 미주는 장을 열고 다시 한번 훑어봤다. 맨 위 칸에 상의 몇 개가 개켜져 있었다. 옷을 준 다음 챠팅을 계속하다가 미주는 울리는 전화를 받았다. 약을 빌려달라는 전화였다. 약을 꺼내는 김에 스테이션의 거울을 보며 콜라 설문지를 봤다. 콜라 설문 결과, 선생님 중에 콜라를 마신 사람은 역시 없었다. 자주 드나드는 치료사님들께 물어도 마찬가지였다. 여의도에 산다는 학생도 마신 적이 없다고 했다.

고개를 숙이고 챠팅하던 미주는 어떤 시선에 머리를 들었다. 데스크 위에서 7층 학생이 집요한 눈길로 아래쪽을 바라보고 있었다. 미주가 갑자기 고개를 들 줄 몰랐다는 듯 학생은 당황한 기색으로 눈길을 피하며 약을 집어 들었다.

"감사합니다. 수고하세요."

'기분 나쁜 시선이야.'

미주는 생각하며 3병동의 문을 나서는 학생의 뒷모습을 바라봤다. 어쩌면 저 학생이, 지나치면서 본 3병동의 단면들을 미주알고주알 일러바쳤을지도 모른다는 생각이 들었다. 높이 있는 다른 병동에 비해 오르락내리락하는 높이에 있는 3병동은 타 병동보다 다른 사람들의 눈에 노출이 잦았다. 다수의 여자들이 모여있는 병원에서 눈에 잘 띄는 3병동을 입에 올리지 않을 리 없었다.

3병동이 다른 병동 간호사들의 입에 오르는 또 하나의 이유는 여자들 특유의 샘과 질투심 때문이기도 했다. 3병동에는 중환자들이 모여 있는데도 심각한 상황은 일어난 적이 없었다. 그런 가운데 헌혈하는 사람 수도 제일 많고 간호사들도 예뻐서 은근한 시기의 대상이 되곤 했다. 선생님들 수도 딱 아홉 명이어서 공공연히 영천 제일 병원의 트와이스라 불리곤 했다. 아닌 게 아니라 선생님들을 한 명 한 명 따져 봐도 3병동은 미녀 병동 또는 트와 병동이라 불릴 만 했다.

작고 동그란 얼굴에 또렷한 눈과 발랄한 목소리를 가진 윤숙샘, 늘씬한 몸매를 가져 슈퍼모델로도 손색없는 혜영샘, 하얀 얼굴에 둥근 눈이 일본 미소녀를 연상시키는 연주샘, 강아지 같은 얼굴에 날씬한 몸매를 가진 지영샘, 큰 눈에 장난기를 담기도 하고 진지함을 담기도 하는 효진샘, 최강 동안 미모를 자랑하는 은영샘, 안정감 있는 분위기를 가진 미연샘, 그리고 진실한 눈빛과 목소리의 비밀병기를 가진 수샘. 상대의 말에 호방한 웃음을 곁들여 답하는 수샘은 상대의 기분도 덩달아 좋게 만들어 주었다. 톤이 일정해 우아함을 자아내는 말투와 미더우면서도 단정한 목소리도 모두의 신뢰를 받기에 충분했다.

미주 역시 부드러운 호둣빛 얼굴과 볼에 감도는 홍조가 어울려 자연스런 생기를 내뿜었다. 특히 통통하면서도 바짝 올라붙어 있는 엉덩이는 잘 익은 오렌지 같아서 많은 이들이 칭찬하곤 했다. 각기 다른 매력을 지닌 미녀 병동의 선생님들을 의심하긴 싫지만 콜라와 가장 가까이 있는 사람들 역시 그들이었다. 어떤 사건이나 범인은 가까이에 있다. 미주는 김길태 검거 장면을 지켜보던 여사님들의 대화를 떠올렸다.

'등잔 밑이 어둡다.'

"너 그거 알아? 미녀 병동의 물품들이 자꾸 없어지고 있대."

"왜? 누가 빼돌리고 있는 거야?"

"그야 모르지. 암튼 저번에도 우리 병동에 혈압계 빌리러 왔었잖아."

이제 막 직원식당에 들어온 미주는 소리가 나는 쪽을 향해 고개를 돌렸다. 병동과 외래의 간호사들이 섞여 아무 일 없다는 듯 밥을 먹고 있었다. 사람이 많은 식당에서 그게 무슨 소리냐고 되물어볼 수도 없었다. 그렇게 물어본들 내가 말 했다고 나설 이도 없을 거였다. 식당에 온 명샘이 미주에게 입맛이 없느냐고 물어왔다.

"왜요?"

"아니, 기운이 없어 보여서."

점심 식사를 마치고 병동에 돌아와서 미주는 식당에서 들었던 얘기를 수샘에게 말씀드렸다. 수샘이 인상을 찌푸렸다.

"그런 헛소문은 어디서 돈 거야?"

"그러게요. 물품이 아니라 콜란데. 혈압계는 우리 혈압계가 고장 나서 빌렸던 거고."

"혹시 선생님이 다른 병동 친구한테 말한 적 있어요?"

"아뇨. 다른 병동 사람한텐 콜라의 키읔도 안 꺼냈어요."

"말도 안 되는 소문이 버젓이 나돌고 있다는 게 좋은

징조는 아니야. 고작 콜라 하나 없어졌다고 신고를 할 것도 아니고 그런 소문이 퍼지면 우리 병동만 더 우습게 보일 수가 있어."

소샘과 명샘, 지영샘과 미주가 머리를 맞댄 인계 자리에서 수샘은 콜라 도난 건에 대해서는 일체 함구하고 이 사건은 일단 3병동 내부에서 해결을 보자고 했다. 그날 저녁의 회식자리에서도 수샘은 건배한 맥주잔이 테이블 위에 닿기도 전에 콜라 도난 건을 얘기하며 3병동 간호사들의 주의와 관찰로 이 건을 마무리 지어야 한다고 말했다.

"그래서, 내일 데이 때 콜라를 사두려 해요. 그게 그대로 있다면 다행한 일이죠. 우리로서도 더할 나위 없이 좋고요. 하지만 그것마저 없어진다면 우리는 범인을 잡아야 해."

맥주 한 잔에도 얼굴이 붉어지며 취기가 살짝 오르는 소샘이 호프집 점원에게 콜라를 주문했다. 이브닝 근무를 마치고 온 소샘은 남은 맥주에 콜라를 섞은 다음 동그란 눈을 구부리며 사랑스럽게 웃어 보였다.

"원래 이렇게 마시면 잘 안 붓거든. 자기도 콜라 부어줄까?"

"아… 전……."

명샘이 대답을 마치기도 전에 소샘은 명샘의 맥주잔에 콜라를 섞어주었다. 잊지 못한 대답과 달리 명샘은 맥콜을 꿀꺽꿀꺽 들이켰다. 이분들 봐라. 미주는 눈을 가늘게 떴다. 그러고 보니 3병동에서 콜라를 기피하는 사람은 없었다. 미주 자신이 커피를 못 마시듯 콜라 자체를 못 마시는 사람은 없는 것이다. 게다가 콜라 마니아인 미주가 냉장고 안에 콜라를 비치해온 결과 요즘에 이르러서는 다들 콜라를 좋아하게 된 눈치였다. 명샘만 해도 음료수를 사 오면 우유 아니면 콜라였고 주로 커피를 마시는 수샘과 소샘, 연주샘도 콜라를 딱히 거부하진 않았다. 배 속의 아이를 생각해서 커피 대신 핫초코로 전향한 미연샘 역시 용의자 선상에서 제외할 순 없었다.

어쩌면 나보다 더 콜라를 좋아하게 된 누군가가, 1.5리터의 콜라를 독차지하고 싶어 가방에 챙겨 넣은 뒤에 모른 척하고 있는 게 아닐까? 일이 이렇게 심각하게 번진 마당에 '사실 내가 그랬어', 고백하기가 힘든 건 아닐까.

그런 생각을 하며 미주는 호프에 둘러앉은 선생님들을 훑어보았다. 화장실에 간다며 밖에 나가는 노샘의 모습도 왠지 의심스러웠다. 콜라 얘기가 나오니 뜨끔해서 자리를 피하는 건 아닐까. 사실 노샘이 그렇게도 좋아하는 커피에 이따금 콜라를 타 먹는다는 사실은 일찌감치 알고 있었다. 콜라 속의 인산은 카페인 완충효과를 냈다.

알코올과 콜라를 섞어 먹는 것 역시 주류계에서는 낯설지 않은 전통으로 자리 잡은 일이었다. 물론 술엔 술만 섞어야 한다는 외골수 정통파들도 있었지만 쓴 술을 보다 덜 괴롭게 접하기 위한 방법으로 탄산음료를 섞는 것은 분명, 널리 애용되고 있는 방법이었다. 일단 알코올의 불유쾌한 맛이 탄산음료의 달달함에 완화되고 술 외의 액체를 섞어 알코올 농도가 조금이라도 낮춰지는 이중 혜택이 존재하니 말이다.

어쨌든 콜라 자체를 즐기는 사람도 용의자이지만 커피나 맥주에 콜라를 섞어 먹는 사람들도 예외일 순 없다. 나이트를 하고 있는 효진샘과 지영샘도 가끔 콜라를 먹는 것으로 보아 방심할 수 없었다. 미주는 주변의 말소리와 건배 소리에 조금씩 몽롱해지는 정신을 맑게 하려 애썼다.

"어머, 지민이네."

수샘이 휴대폰을 받았다. 그 순간, 미주의 뇌리에 떠오르는 것이 있었다. 지난번, 딸 지민과 통화할 때 수샘의 대사였다.

"뭐? 콜라 먹고 싶다고? 할머니께 사달라고 해. 주무셔? 아휴, 냉장고에서 다른 거 꺼내먹고 있어."

미주는 아득했던 정신이 확 깨는 걸 느꼈다. 정수리에 찬 물벼락을 맞은 것 같았다.

"정우현 님 바이탈은 안 잰 거예요?"

수샘이 학생에게 물었다.

"재기를 싫어하셔서요."

"아침에 높게 나와서 확인해봐야 하는데. 정 재기 싫어하시면 내가 말할게."

어제에 이어 데이번인 미주는 정우현 님께 엉덩이주사를 드리려다 정신없다는 소리를 들은 것을 떠올렸다. 은근히 까탈스런 환자분이다. 그러고 보니 아침에 바이탈을 돈 연주샘도 정우현 님이 바이탈 재기를 싫어한다고 했었다.

지금은 이런 걸 신경 쓸 때가 아니다. 미주는 마음을 다잡았다. 냉장고에 일부러 넣어둔 1.5리터 콜라를 사수해야 한다. 이번만큼은 절대로 도둑맞아선 안 된다. '콜라는 우리가 지킨다!' 힘껏 외치고 마지막으로 건배한 어제 회식 자리에서의 결의 때문인지 다른 때보다 조금 일찍 출근한 선생님들 사이에는 보이지 않는 긴장감이 흐르고 있었다. 미주는 그물처럼 엮이고 묶인 아홉 선생님의 긴장감이 범인을 낚아채기를 바랐다. 하지만 이 그물 어딘가에 구멍이 뚫려 범인을 못 잡는다면? 그것도 아니면 콜라 도난 사건 자체가 선생님들 안에는 범인이 있을 리 없다, 는 심리적 밀실에서 발생한 것이라면?

미주는 침을 삼켰다. 미주가 좋아하는 추리소설에서 범인은 항상 의외의 인물이었다. 사건을 당한 주인공 옆에서 주인공을 위로하고 위해주는 사람. 벌어진 사건에 분개하고 누구보다 정의로우며 당당하고 떳떳하게 행동하는 사람. 그런 인물이 범인으로 밝혀질 때면 미주는 사람의 겉과 속이란 높은 하늘과 심연만큼이나 다르다는 것을 새삼스레 깨닫곤 했다.

반전에 반전을 거듭하는 추리소설만큼이나, 아니 어쩌면 그 이상 셈속을 알 수 없는 게 사람이었다. 그러니, 그런 사람들이 몸담고 있는 삶 자체가 반전의 연속인 건 어쩌면 당연할 거였다. 미주는 이번 콜라 도난사건만큼은 충격적인 반전 없이 무사히 끝났으면 했다. 짧지 않은 시간 동안 함께 일해 온, 그리고 함께 일하고 있는 선생님 중에 범인이 있을지도 모른다는 생각은 이제 더 이상 떠올리기도 싫었다.

미주는 콜라가 무사할지 걱정을 하며 데이번 출근을 했다.

"어제 김순암 님이 전실을 하셨는데 한밤중에도 안 주무셨거든요."

인계 시간이었다. 나이트번인 효진샘이 콜라가 없어졌을 때의 경위를 설명했다. 김순암 님이 밤새 떠드는 바람에 305호 환자들이 컴플레인을 해왔다. 특히 박석분 할머니는 통 자질 못해 자꾸 혈압이 오르고 더 아프다며 앓는 소리를 했다. 낮에는 크고 높은 소리로 딸을 찾곤 하는 김옥례 님은 그래도 밤엔 조용히 잘 때가 많은데 김순암님은 병실을 옮기자마자 문제가 됐다. 김순암 님을 다시 301호로 모시고 오는 통에 데스크를 잠시 비웠는데 그사이에 콜라가 없어진 것 같다는 내용이었다.

"다른 병실은 어땠어요?"

수샘의 물음에 지영샘이 대답했다.

"302호랑 306호 분들이 늦게까지 티브이를 보셨어요."

미주는 간병 여사님들이 몰려 앉아 밤새 티브이를 보며 군것질을 하는 환자들 때문에 자기들도 덩달아 살이 찐다고 푸념하던 걸 떠올렸다. 인계를 마치고 오전 아홉 시가 조금 못돼서 지영샘과 효진샘이 퇴근했다. 여사님이 담요와 환의, 시트를 주고 갔다. 최정열 님 보호자가 담요와 시트를 달라고 했고 차경철 님 보호자는 얼음을 달라고 했다. 미주는 정리가 끝난 뒤에 다시 오라고 말했다. 아홉 시가 되자 학생이 린넨 정리를 시작했다. 여느 때보다 일찍, 많이 몰려든 보호자들은 린넨을 뭉텅뭉텅 갖고 갔다.

"옷 주세요."

학생이 환자를 데리고 엑스레이를 찍으러 간 사이 황분례 님 간병인이 왔다. 옷장을 살펴보니 상의는 벌써 품절이었다. 윗옷이 없다고 말하자 여사님은 답답하다는 듯 말했다.

"뒤에 보세요."

"없다니까요! 정말."

미주의 말에도 여사님은 특유의 비음을 섞어 대답했다.

"뒤에, 베개 솜 밑에 깔려 있을 건데?"

미주는 바깥 장의 베개 솜을 들춰보았다. 누군가 숨겨놓기라도 한 것처럼 상의가 깔려 있었다.

"베개 솜 밑에 있는 거 어떻게 알았어요?"

상·하의를 내밀며 미주가 말하자 여사님은 당황한 듯 말을 흐렸다.

"하 학생이 말해줬는데. 바깥에도 있다고."

"여사님, 스테이션에 들어와 본 적 있어요?"

여사님은 없다고 말하곤 도망치듯 병실로 들어갔다. 환자를 내려주고 올라온 학생에게 미주는 물어봤다.

"간병인한테 뒤에 옷 있다고 말해 준 적 있어요? 베개 솜 밑에 있다고?"

학생은 그런 적 없다고 말하곤 부리나케 얼음을 가지러 갔다. 미주는 고개를 갸웃했다. 여사님이 거짓말을 하고 있든지 학생이 거짓말을 하는 거였다. 이제까지의 경우로 미루어보아 콜라는 간호사실에 선생님들이 없을 때만 없어졌다. 아무리 자리를 지키고 있으려 해도 이런저런 일 때문에 잠깐씩, 간호사 선생님들이 한꺼번에 간호사실을 비우게 되는 때가 있었다. 콜라 도둑은 바로 그 틈을 노려왔다.

그렇다면 일이 없을 땐 스테이션에 앉아 있는 학생이야말로 콜라와 가장 가까운 거리에 있던 셈이었다. 선생님들이 데스크를 비운 사이, 텅 빈 스테이션에서 콜라를 가방 안에 챙겨 넣기란 물구나무서기보다 오십 배쯤 쉽다. 학생이 범인일까?

종잡을 수가 없었다. 한숨을 내쉬는 미주의 눈에 바이탈 노트의 한 부분이 들어왔다. 아침에 잰 정우현 님 혈압은 오늘도 좀 높은 편이다. 정우현 님이 처음 입원하던 날, 따라온 아들 내외가 했던 말이 떠올랐다.

"저희가 직접 모시고 살면서 웰빙 음식만 드리기 때문에 혈압도 없고 아주 건강하십니다."

요 며칠 정우현 님 혈압이 높게 나온 걸 알면 아들 내외도 컴플레인을 해 오지 않을까 하는 생각이 들었다. 자식은 부모를 닮기 마련이니까.

미주는 점심 식사를 마치고 올라오면서 1.5리터 콜라를 사기로 결심했다. 어차피 범인을 밝혀내려면 콜라라는 미끼는 반드시 필요했다. 그리고 선생님들과 함께 범인 잡을 방법을 상의해 보기로 했다. 원시적인 방법이라도 그 함정에 범인이 걸려든다면 아무런 시도도 안 해보는 것보단 나을 터였다.

"7층에선 담요도 잘 갈아준다네?"

"한번 입원하면 헌 이불 덮고 퇴원할 때까지 있어야 해. 내가 7층 있다 열루 왔잖아."

302호실에 들어간 미주는 인젝카 위에 꽂힌 주사 티켓을 확인하고 박대근 님 앞에 섰다. 혈관으로 파지돈과 아코신을 줘야 한다. 박대근 님 보호자침대에 앉아 수다 삼매경이던 간병 여사님들이 송사리 떼처럼 흩어졌다.

혈관에 연결된 튜브로 주사를 주고 나서 정우현 님 자리로 갔다. 황분례 님 간병인과 같이 앉아 있던 정우현 님 간병인은 미주의 눈길을 슬며시 피했다. 맡은 환자가 퇴원하고 나면 다른 환자의 간병인으로 오는 경우가 많은 여사님들은 거미줄 같은 네트워크를 가지고 있었다.

그렇기에 심증만으로는 스테이션 냉장고 콜라의 행방에 대해 말을 붙이면 그것을 문제 삼아 여사님들이 단체로 항의를 해올 수도 있는 일이었다. 미주는 속내를 던져 보고 싶어 근질거리는 입을 다물고 병실을 나왔다.

스테이션에 앉은 미주는 조용히 휴대폰을 들었다. 병원 안의 낮말은 간병인이 듣고 밤말도 간병여사님들이 듣는다. 3병동 단체 카톡 방으로 들어가 계획을 설명했다. 마침 오늘 퇴원이 예정된 환자가 5분이나 되니 그분들이 퇴원 수속을 마치고 나면 오늘 잡힌 수술도 없고 검사 일정도 없으니 심야에는 한가해질 것이다.

그때 간호 샘들이 각각의 공간에 숨어 간호사실이 빈 것처럼 꾸며 범인을 유인하는 것이다. 근무 순번인 두 명은 근처에 잠복하고 미주는 책상 아래 몸을 숨기고 기다리기로 했다. 미주와 동갑이라 사석에서도 친하게 지내는 연주샘이 마침 오늘 저녁 근무였다. 연주샘은 복도에 숨기로 하고 소샘은 화장실에서 망을 보기로 했다.

그렇게 결전의 때가 되었다. 간호사 없는 간호사실에 얼쩡대는 사람은 한 명도 없었다. 오늘따라 이런저런 사소한 문의조차 없는 것이 다행이었다. 잠복한 지 삼십 분이 넘은 찰나 소샘에게서 카톡이 왔다.

"언제까지 화장실에서 대기 타고 있어야 해. 오늘은 이만할까?"

책상 아래 쭈그려 앉은 미주야말로 허리가 끊어질 지경이었다. 오늘은 정말 그만해야 할까, 하고 고개만 틀어 책상 위를 곁눈질하려는데 저벅저벅, 발걸음 소리가 들렸다. 그리고 이어진 소샘의 카톡.

"정우현 님 간병인이 그쪽으로 가고 있어."

미주는 자라처럼 쏙 책상 안으로 머리를 들여놓고는 점점 더 커지는 발걸음 소리를 들었다. 한쪽 발을 바닥에 끄는 걸음은 간호사실 앞에서 뚝 끊겼다. 걸음의 주인은 아무 말도 없었다. 보통 간호사실 앞에 온 사람은 요구사항이 있기 마련이다. 그런 사람들은 데스크에 없는 간호사를 소리쳐 부른다.

그러나 걸음 소리의 주인공은 침묵했다. 미주는 숨 소리도 내지 않기 위해 눈을 부릅뜬 채 가만히 있었다.

"선생니임."

한참이 지나서야 간호사를 찾은 목소리는 이번엔 좀 더 큰 소리를 냈다.

"아무도, 없어요?"

대답이 없자 발소리의 주인공은 아주 빠르게 데스크를

지나 냉장고가 있는 스테이션으로 밀고 들어왔다. 어찌나 빠르고 익숙한지 미주도 직접 보지도 않았다면 믿지 못했을 광경이었다. 범인은 스테이션 안쪽으로 들어가 밖으로 난 철문을 열었다. 폐기물과 린넨들, 컵라면을 모아두는 곳이었다. 그곳에서 컵라면을 가지고 나온 범인은 스테이션 한쪽에 놓인 냉장고 문을 열고 1.5리터 콜라를 집어 들었다.

스며들 듯 들어왔듯이 재빨리 나가려 몸을 돌린 범인의 앞을 책상에서 몸을 뺀 미주가 막아섰다. 당황한 범인이 콜라를 떨어뜨리고 악력으로 미주를 넘어서려 했다.

"소, 소선생님. 빨리 오세요!"

복도에 몸을 감췄던 연주샘이 합류해 범인은 스테이션 안에 갇힌 꼴이 되었다. 한걸음에 달려온 소샘도 범인의 얼굴을 똑똑히 보았다. 마른 중키에 머리가 하얗게 센 할아버지가 라면을 부여잡고 엉거주춤 서 있었다.

"우리가 겪은 일을 가지고 학생이 소설을 쓰겠대. 제목이 미녀 병동의 콜라 도난사건이래."

긴급소집된 회식에서 수샘이 깔깔 웃으며 말했다. 범인이 밝혀진 걸 축하하기 위해 모인 자리였다. 솥뚜껑 위에서 삼겹살이 노릇노릇 익어갔다. 지글거리는 소리와 함께 퍼지는 고소한 냄새가 범인을 잡기까지 안절부절못했던 선생님들의 마음을 일시에 풀어줬다. 다들 화기애애한 얼굴로 젓가락질을 했다.

"책상 안에 쭈그리고 앉아 있는데, 쥐가 나서 죽을 뻔했다니까요."

미주가 고기를 씹으며 말했다. 맥주 대신 콜라를 마시던 소샘이 고개를 끄덕였다.

"나도 화장실 안에 있다가 연주샘이 소리 지를 때 깜짝 놀랐다니까."

모두가 상의해서 짜낸 방법이 맞아떨어진 거였다. 설마 하는 심정으로 해봤는데 범인이 단번에 걸려들 줄은 몰랐다. 선생님들의 기쁨은 그래서 더 컸다. 3병동에 콜라를 유행시킨 장본인인 미주는 말할 것도 없었다. 내가 콜라를 너무 자주 사 놔서 그랬나. 내가 콜라를 안 좋아했더라면 이런 일이 안 벌어졌을까, 하는 걱정으로 범인이 잡히기를 누구보다 고대했다.

"우리 아들이 효자거든. 지독한 효자라 내게 삼시 세끼 건강식만 먹이기에 인스턴트 음식을 먹을 수가 없었지."

미주와 소샘, 연주샘이 이룬 트라이앵글 진에 붙들린 정우현 님은 모든 것을 털어놓았다. 그는 아들집에서 나와 입원한 이때를 기회 삼아 라면을 먹고 싶었지만, 아들이 고용한 간병인이 감시의 눈길로 지켜 쉽지가 않았다고 고백했다.

편의점에라도 다녀올라치면 간병인이 나서 자기한테 시키라고 하는 통에 잠시도 틈을 낼 수가 없었다. 그러던 중 인젝카에 라면을 박스째 실어 오는 것을 보고 범행을 계획했다고 했다. 선생님들이 일을 보러 자리를 비운 사이 재빨리 스테이션 밖으로 가 컵라면을 집어왔다는 것이다. 그렇게 한번 성공을 하자 훔쳐서, 몰래 먹는 라면 맛이 너무 좋아 매일 하지 않고서는 배길 수가 없어졌다.

간병인에게 들킨 날도 있었지만, 이것을 몰랐던 것도 간병인으로서 실격이니 아들이 알게 되면 바로 해고될 거다, 이야기해서 입막음을 했다고 했다.그는 민망한 얼굴로 흰 벽을 쳐다보며 중얼거렸다.

"중학생 때부터 신문 배달에 폐지 수거에, 매일 고물상을 드나들며 뼈가 물러지도록 고생해서 자수성가를 했다네. 그때 물리게 먹었던 게 라면이고, 제일 먹고 싶었던 게 콜라였어. 그런데 이 나이 먹어서 몸에 좋은 건강식으로만 챙겨 먹다 보니 제일 먹고 싶은 게 그땐 먹기 싫었던 라면이고, 당뇨 때문에 먹어선 안 될 콜라야. 참 이상해. 인생은 살면 살수록 이상해져."

라면을 훔쳐서 침대 밑과 사물함 속에 숨긴 정우현 님

은 라면과 함께 콜라도 먹고 싶어져 콜라도 훔치기 시작했다고 털어놓았다. 병동에 물의를 일으켜 미안하다며 그는 오늘 아침, 퇴원의 뜻을 밝혔고 마침 몸도 회복된 터라 의사도 퇴원을 결정했다.

"정우현 님, 아침마다 비피가 높았던 이유가 있었던 거군요. 라면 속의 염분이 다 몸에 흡수됐으니?"

미주가 말하자 연주샘과 소샘도 고개를 끄덕였다.

"아하, 그래서 아침마다 혈압 재기를 거부하셨었구나."

모두 고개를 끄덕였다. 고기를 먹던 효진샘이 눈을 비볐다.

"야-. 눈."

노샘이 특유의 말투로 '야'를 길게 빼서 하이톤으로 마무리하며 효진샘의 눈을 가리켰다.

"헐."

효진샘은 눈화장이 번진 부분을 휴지로 닦아냈다. 그래도 명색이 스모키인지라 검은색 아이섀도가 눈두덩에 많이 남아있었다. '콜라 사건 범인 검거 자축 회식'이라 이름 붙인 이번 자리의 드레스 코드는 '펄스모키 메이크업'이었다. 사건의 중심인 콜라의 탄산을 펄로, 검은색을 스모키로 표현하여 문제 해결의 시원함과 미녀 병동 내부의 친화를 만끽하자는 의도였다.

평소에도 완벽한 아이라인과 마스카라를 하고 다니는 명샘은 쌍꺼풀 라인에 감색 섀도를 펴 바른 것만으로도 카리스마 넘치는 눈이 되었다. 노샘은 아이라인의 꼬리를 과감하게 빼내서 차분하면서도 봄기운이 나는 그린톤 스모키를 했고 소샘은 눈꼬리 바깥쪽에만 진한 브라운 섀도를 묻혀 자연스런 느낌이 났다. 미연샘은 파란색 계열의 스모키를 해서 일견 클레오파트라같이 보였고 연주샘은 딥퍼플 색상의 섀도를 바르고 눈꼬리에는 큐빅까지 박고 왔다. 수샘은 골드 섀도로 베이스를 하고 브라운 섀도로 포인트를 주어 나름 충실한 스모키 메이크업을 해냈으며 눈두덩에 브론즈 색상만 바르던 미주도 오늘은 옅은 그레이와 짙은 그레이를 그라데이션 해서 멋을 냈다. 아이라인을 그린 데다 블랙 섀도를 바른 효진샘은 눈이 두 배는 커 보였고 브라운과 딥아쿠아 색상을 섞어 바른 지영샘은 평소와 달리 육감적인 인상을 풍겼다.

"근데 오늘 모임은 범인 검거 축하의 의미도 있지만 아쉬운 송별의 뜻도 있어요."

고기를 다 먹은 뒤 볶은 밥을 먹는 중에 수샘이 말했다.

"미주샘이 7층 정신과 병동으로 발령 났거든. 다들 알음알음 알고 있었지?"

그랬다. 실은 7병동으로 내정된 상태였기에, 미주는 3병동을 나가기 전 더더욱 이 콜라 도난 사건을 해결하고 싶었다.

"뭐, 그래도 병원 안에서 오가며 마주칠 건데요."

미주가 말하자 수샘이 특별히 손수 만들어 왔다며 디저트 샌드위치를 꺼냈다. 빵과 빵 사이에 생크림과 딸기가 든 후르츠 샌드를 다들 탄성을 지르며 한 개씩 집어 갔다.

"샌드위치는 냉장고 털이 해서 먹는 게 보람도 차고 맛도 있는데요."

미주도 얼른 샌드를 집어 들며 말했다. 딱딱해진 식빵 사이에 시들시들해진 야채, 유통기한이 코앞인 햄을 끼워 세모형으로 잘라 접시에 놓으면 왠지 뿌듯하다. 재료들은 흔하고 보잘 것 없지만 겹쳐서 세워두면 샌드위치만의 풍성한 아우라가 감도는 게, 서로가 서로를 의지해 우뚝 선 이인삼각을 보는 것 같달까⋯, 라고 썰을 풀던 미주는 문득 위화감을 느꼈다.

정우현 님과 간병인, 이인삼각의 공모로 3병동의 콜라 도난 사건이 있었다. 그러나 누구도 컵라면까지 도둑맞고 있는 줄은 알지 못했다. 병원에선 하도 흔하게 지급되는 야식이라 몇 박스 쌓아놓은 채 누구도 관심을 기울이지 않았던 것이다.

그렇다면 정우현 님이 벌인 이 사건도 콜라처럼 쉽게 드러나는 문제와 컵라면처럼 인지 못 했던 무언가가 이 일의 이면에 아직 숨어 있는 것은 아닐까. 환자의 범행과 간병인의 묵인이라는 이인삼각, 저 너머, 이 사건을 추동한 좀 더 근본적인 무언가가.

"뭐야, 미주 또 세상 심각해졌네?"

동갑내기 친구인 연주샘이 어깨를 쿡 찔렀다.

"뭔가 개운치가 않아서. 오늘 아침 정우현 님이 퇴원하겠다고 말하고 돌아서는데 왜 그리 쓸쓸해 보였지?"

내가 갸웃하며 말하자 연주샘도 아침녘을 상기했다.

"그러게. 효심이 지극한 아드님 집에 가는데 뭐 쓸쓸할 게 있겠어?"

혼잣말처럼 중얼대던 연주샘이 생각났다는 듯 덧붙였다.

"맞다! 근데 그 아드님이 통화하는 거 들은 적이 있거든. 정우현 님이 올해 79세잖아. 아버지 이름 앞으로 들어놓은 생명보험이 80세는 넘기고 돌아가셔야 보험금 수령이 된다고 그때까진 건강하고 살다 돌아가셔야 한다고 그래서 소름 돋았었다."

미주는 눈을 가늘게 떴다. 그렇다면 정우현 님은 아들

내외의 감시에서 벗어난 이곳에서 만큼은 보험금을 위한 건강을 유지하는 것이 아니라, 병들더라도 마음이 즐거운 시간을, 자유를 만끽하고 싶었던 것이 아니었을까. 나아가 당뇨와 고혈압에 안 좋은 음식들을 부러 섭취해서 서든 데스의 위험성을 스스로 높이고 있었던 것은 아닐까, 라고 생각하자 마음이 아파왔다.

사람 좋게 웃던 그 아들은 정우현 님이 일구어놓은 재산을 상속받는 동시에 생명 보험금마저 알뜰살뜰 타내려고 가까이서 돌봐드린다는 핑계로 아버지의 사망 시점을 카운트하고 있는 것은 아닌지 의구심이 들자 사람은 역시 믿을 대상이 못 된다는 체감이 피부에 소름을 동반하며 전해져 왔다.

"자, 그럼 마지막으로 짠, 하고 정리하자고. 각자 속으로 이루고 싶은 거 생각하면서."

수샘의 제의에 따라 잔을 높이 든 샘들을 보며 입을 꾹 다물었다. 연주샘과 미주가 알게 된 이 사건의 진상을 말해봤자 축제 분위기에 찬물을 끼얹게 될 것 같았다. 하지만 아무리 곱씹어도 자신에게 딸린 돈 때문이 아니라 자신의 존재 자체를 기꺼워하여 받는 효도가 심신에 좋을 듯했다.

'정우현 님이 백 세, 아니 백이십 세까지 사셔서 효도의

가면을 쓴 아들이 상속과 보험금 받을 날이 뒤로 뒤로, 맨 뒤로 미뤄지기를.'

모두의 잔이, 쨍, 부딪치는 순간 미주는 정우현 님의 건강을 기원하며 생각했다. 잔을 내려놓은 미주를 연주샘이 의아하다는 듯 쳐다보며 물어왔다.

"어, 미주샘 콜라 안 마셔?"

"응, 나도 건강을 위해 지금부터 끊어보려고."

빈한승빈전

　아무 마을 아무 고을에 빈한이란 나무꾼이 살았다. 그는 동무인 마복과 함께 부잣집에 좋은 땔감으로 팔 나무를 하려고 산을 올랐다. 두 갈래 길이 나오자 마복이 한 길씩 차지하자고 했다. 마복이 울창해 보이는 길을 냉큼 택했고 빈한은 남은 길을 갔다. 빈한이 오른 곳의 산은 헐벗어 나무할 것 없이 지게만 가벼웠다. 더 들어가면 나올까, 하며 깊숙하고 외진 숲으로 간 빈한은 도끼를 댈 나무를 발견했다. 아주 크고 가지가 많아 힘들여 도끼질하면 사나흘은 배불리 먹을 수 있을 터였다. 도끼질하려는데 고운 목소리가 들려왔다.

　"저를 해하지 말아 주세요. 제 본모습은 옥황상제의 손녀입니다. 할아버님이 극진히 아껴주셨기에 아픔을 모르고 자란 저는 반도나무를 재미로 자르고 도끼로 팼지요.

그러다 나무를 영영 못 쓰게 만들어 땅에 내려 보내져 한 그루 아름드리가 된 거랍니다."

나무꾼은 두리번댔지만 곁에 여자라곤 없었다. 나무 뒤에 누군가 숨어 인간의 말을 한 게 아닌가 싶을 때 또 목소리가 들렸다.

"믿어 주십시오. 이제 사나흘만 있으면 저는 하늘로 올라갑니다. 저를 베어 하늘로 향하는 길을 영영 막지 말아 주십시오."

듣기에도 딱한 목소리로 애걸하니 나무꾼도 도끼를 뗐다. 그러곤 다시 연장을 들었다.

"네 딱한 사정은 알겠다만 나도 사정이 급하다. 내가 혼인하려는 주먹밥집 딸에게 쌀밥과 고깃국이라도 먹여주며 혼례를 사정해야 할 것 아니냐. 게다가 사나흘 밥을 못 먹으면 내가 굶어 죽게 생겼어. 미안하다."

하도 많이 써 두껍지만 무뎌진 도끼날이 나무의 살에 닿으려 할 때였다.

"나으리, 이번 한 번만 살려주시면 사나흘, 아니 삼 년을 풍부히 잡숫게 해 드리겠습니다."

나무꾼은 심히 고민되어 도끼를 든 채로 망설였다. 한낱 미물의 말을 믿어 눈앞에 놓인 사나흘 밥을 모른 체 할 것이냐, 산속 요괴에 장난질에 속지 말고 사나흘치 밥을 구하고 미천한 혼인 패물이라도 마련할 것이냐. 바르르 떨리는 목소리로 나무가 애원했다.

"사나흘치 밥으로 구한 패물보다 삼년치 밥으로 얻은 패물이 더 값지지 않겠습니까. 저를 살리시고 삼년치 밥을 얻어 값진 패물을 구하시면 분명 나으리가 사모하는 분도 나으리 마음을 받아주실 것입니다."

나무꾼이 도끼를 내리고 빈 지게를 걸머지니 나무는 떨리는 목소리로 말하였다.

"이 은혜 잊지 않겠습니다. 하늘에서 보고 계신 저의 할아버님이 나으리께 당장이라도 복을 내려 삼년치 밥을 주시고 값진 패물로 성례가 되게끔 하시기를 바랍니다."

나무꾼은 네 말대로 되었으면 좋겠다, 껄껄 웃고는 빛이 잘 드는 수풀 한쪽에 앉아 주먹밥을 꺼냈다. 주먹밥집 딸도 나무꾼에게 마음이 있어 이따금 잘 뭉친 밥을 싸주곤 했는데 나무꾼은 아무것도 해준 게 없어 고개를 들기 민망했다. 더구나 탐탁지 않은 눈으로 자기를 대하는 주먹밥집 딸 부모의 냉기 어린 시선을 대할 땐 더욱 그랬다.

"그래, 다른 산으로 가면 아직 안 한 나무가 있겠지. 산 꼭대기 외진 숲속으로 들어왔으니 허기지네. 식사나 해볼까."

얇은 천에 싸여 동그랗게 뭉쳐진 밥은 빈한의 손에서

미끄러져 흙 위로 굴러갔다.

"에잉, 무슨 재수가 이렇담."

허기진 빈한은 또르르 또르르 굴러가는 주먹밥을 잡으려 무릎걸음을 걸어보았지만, 밥은 어디에도 없었다.

"분명히, 이쯤에서 멈췄었는데."

빈한이 이마를 땅에 대고 움푹 팬 구덩이를 들여다보자 거기 흙 묻은 밥이 있어 손을 뻗었다. 구멍은 생각보다 깊어 상체를 기울여 팔을 넣어야 했다. 그 순간이었다. 어어어어! 빈한은 비명을 지르며 구멍 속으로 빨려 들어갔다.

–1567년 5월 9일 오전 12:30 확인 완료

눈을 뜬 승빈은 자세를 가다듬고 주먹을 휘둘러 태권도 초식을 몸으로 지어 보였다. 등에 땀이 살짝 밸 정도로 몸이 풀리자 정신이 맑아지며 하루를 시작할 마음이 났다. 세수한 그는 가방에 교재를 넣어 도서관으로 향했다. 버스를 타는 대신 걸어가는 게 몸을 가볍게 했다.

"야, 이제 출근하냐?"

도서관 로비에서 여친과 통화를 하던 친구 우호가 알은체 했다. 우호는 승빈과 같은 과 동기였다. 제대 후 우연히 동네 도서관에서 만난 터였는데 뜻밖에 녀석은 법학

전문대학원 입학을 준비 중이라고 했다.

'야, 승빈이 네가 범인 잡아 오면 내가 정의의 심판을 내리면 되겠다.'

경찰공무원 시험을 준비한다는 승빈의 말에 우호가 말했었다. 그때부터 승빈과 우호는 약속하지 않았는데도 도서관에서 곧잘 마주치곤 했다.

"도서관 출근 대신 진짜 현장으로 출근해서 몸 좀 풀고 싶다. 난 가만히 앉아 있는 건 정말 괴로워."

"전생이란 게 있다면 넌 공부하는 샌님은 아녔나 보다."

우호가 픽 웃으며 말했다. 다시 여친과의 통화에 열중하는 우호를 뒤로 한 채 승빈은 자리를 맡기 위해 열람실로 향했다. 교재 관련 책을 돌아보다 서가에서 무도의 길, 이라는 도서를 발견한 승빈은 선 채로 빠져들었다. 배가 고프다 했더니 점심시간, 옛사람들의 의기로운 무도담을 읽다 보니 공부는 한 글자도 못 했다.

승빈은 가방과 교재를 열람실 책상 한쪽에 둔 채 몸만 빼서 도서관 주변 시장으로 갔다. 도서관 식당 밥이 한 끼에 사천 원, 시장 밥이 한 끼에 천 원이었다. 책을 본다고 5분 정도 늦은 탓에 식당은 이미 꽉 차서 조금 기다려야 했다.

"어이구, 우리 경찰 학생이 왔네. 어여 와, 많이 먹어~!"

식당 주인인 육십 대 이모님이 승빈을 반겼다. 웬만한 식당에서 육십대 남짓의 여자는 아주머니로 불리었지만, 이곳에선 남녀노소 누구나 그녀를 이모님이라 불렀다. 푸짐하게 올려진 고기며 재료 아끼지 않고 구워낸 계란말이, 두부 호박이 실하게 들어 있는 된장찌개까지, 웬만한 한정식 뺨치는 정갈한 차림을 단돈 천 원에 주기 때문이었다.

못 먹어 서러운 이들이 없게 아주 잘 먹이고 싶다는 이모의 식당은 이곳에서만 십 년이 넘어 타지에서도 찾아오는 시장 명물이었다. 처음엔 집 팔고 딸내미들 혼수해 줄 돈으로 식당을 꾸려가던 이모의 가게가 각지에 소문이 나며 이제는 자원모금을 통해 운영되고 있었다. 웃느라 팬 주름 자국이 정겨운 이모는 누구에게나 그렇듯 승빈을 반기며 그 앞에 고봉으로 퍼 올린 밥을 올려놓았다.

"잘 먹겠습니다아~!"

태권도와 유도, 검도를 두루 섭렵하여 근육들이 요구하는 열량만 장난 아닌 승빈은 순식간에 한 공기를 다 비웠다. 이모의 거친 손이 또 한 공기를 날라왔다. 승빈이 밥풀 하나 없이, 밥공기를 설거지한 것처럼 또 깨끗이 비우면 이모는 새 반찬을 마저 올리고 빈 그릇을 고봉 밥그릇으로 바꿔 가져오는 것이었다. 그 리듬과 박자가 어찌나 딱딱 맞는지 승빈은 바쁜 식당 안에서 이모가 자기 먹는 모습만 보나 싶었다.

"그런 건 아닌데, 우리 경찰 학생은 내가 딱 더 주고 싶다 하면 다 먹은 상태고 이 정도 챙기면 됐겠지, 하면 숟가락을 놓고 물 마시더라구."

남의 밥 챙겨주기 외길 십 년이니 그럴 수도 있겠다 싶었다. 승빈은 정겨운 맘으로 매일매일 이곳에 왔다. 숟가락을 놓고 물을 마실 때였다.

"이모, 여기 찬거리요."

열린 문으로 들어온 고운 처자와 눈이 마주쳤다. 앞치마를 두른 여자는 채소며 고깃거리를 넣은 흰 봉지를 들고 있었다. 승빈이 민망해하며 고개를 돌리는 사이 여자는 이모에게 봉지를 건네고 돌아갔다.

"아이고, 국수집 처녀가 맨날 저리도 고맙게 한다니까. 인사할 사이도 없이 갔네."

이모는 몇 집을 사이에 두고 있는 모녀 국수집을 보며 중얼댔다. 과연 모녀들이 하는 국수집이라 뒷모습을 보이며 걸어가는 여자와 국수집 안의 여자들은 닮아 있었다. 승빈은 그 사실을 이미 알고 있었다. 밥을 먹고 있으면 때

때로 들렀다 가는 여자가 국수집 막내 초희라는 것도, 초희가 국수집 자매 중에서는 물론 시장 전체에서 아니 동네 전체에서 가장 예쁘다는 것도.

하아, 경찰공무원 시험에 합격이나 해야 데이트하자고 말도 붙여볼 텐데. 한숨을 쉬려 벌린 승빈의 입에 이모가 쏘옥, 박하사탕을 넣어주었다.

-2018년 9월 7일 오후 12:30 확인 완료

마우스를 찍어 확인 완료 버튼을 누른 나는 모니터에 띄어놓은 두 개의 창을 바라본다. 인류의 모든 삶이 수신되고 동영상으로 출력되는 이곳은 인생을 조절하고 분류하는 인생행정소이다. 나는 승빈의 견자로 삼 개월 계약을 맺고 이곳에 들어왔다. 왼쪽 창에는 구덩이에 빠진 나무꾼 빈한이, 오른편 창에는 배불리 식당을 나서는 승빈의 모습이 실시간으로 보인다. 두 개의 창을 아래로 내린 나는 양쪽 세계의 시차를 다시 한번 확인한다. 왼쪽 세계, 그러니까 빈한의 조선시대와 승빈의 한국시대 시차는 451년이지만 아주 가끔 버퍼링이나 버그 때문에 시차가 틀어지는 일이 생겨 수동으로 확인하며 일일이 시간을 맞춰줘야 할 때도 있다.

내가 할 일은 또 있다. 두 개의 삶 속에서 특기할 만한 일이 생기면 즉시 보고서를 제출하는 것이다. 내가 세세히 지켜보지 못한 부분을 대비해 시스템에 내장된 체킹 프로파일러봇이 중요한 장면을 캡처하여 폴더에 저장한다. 내가 이 자료를 보고서로 올리면 상부에서는 그 장면들이 주인공의 삶에 영향을 줘야 할 만한 업무로 변환될 만한 것인지 검토하고 결재한다. 그것은 각각의 인생에 시행해야 할 업무로 내게 내려온다.

예를 들면 왼쪽 세계에서 빈한이 맺은 언약이나 저지른 죄를 오른쪽 세계에서 이루거나 되돌려 받게 하는 것이다. 그 반대의 경우도 있다. 나는 문서에 적힌 지시 내용에 따라 인생 메뉴바에 늘어선 각종 항목 중 보은, 우연, 복수, 축복, 달성 등을 눌러 공문에 명시된 기한 내에 그 일이 이루어지게 시스템 버튼을 조작한다.

이 두 개의 인생은 서로서로 영향을 주고받는 셈인데 그 이유는 하나, 바로 조선의 빈한과 한국의 승빈이 동일인이기 때문이다. 물론 이 둘은 그걸 전혀 모른다. 무의식의 지점으로 연결되어 있고 이따금 꿈속에서나 서로 조우할 뿐. 깨어나면 그마저 잊고 각자 주어진 삶을 산다.

우주의 위성이 전지적 시점에서 촬영한 두 명의 인생 블랙박스를 나는 동시에 관람하고 있는 셈이다. 어떤 때는 저 동영상 속의 주인공에게 전화해서 앞으로 닥칠 일에 대한 스포를 누설하고 싶기도 하다. 예를 들어 이 인간, 우호에 대해서 말이다.

오른쪽 창에 우호가 등장한 순간 오른쪽 창을 클릭하여 최대로 만든다. 모니터 가득 시장을 나오는 승빈과, 여친이랑 쇼핑몰에 가는 우호가 마주치는 모습이 들어찬다. 우호가 승빈에게 반갑게 알은체 한다.

"여어, 밥 먹고 다시 복귀하는 중이냐?"

(하급수에서 사는 틸리피아 같은 자식. 천 원짜리 밥 먹고 쪽팔리지도 않나. 저번에 좋은 레스토랑 소개해 주겠답시고 이모 식당인가 더럽고 조그만 데려갔을 때 토하는 줄 알았네!)

승빈이 답한다.

"어, 넌 어디 가냐?"

(여친이랑 스시 뷔페 가는구나. 쇼핑몰에 새로 생겼으니 가보겠다고 자랑하더니.)

우호 옆에 있던 여친이 끼어든다.

"어머, 안녕하세요. 우호 오빠 친구시죠? 얘기 많이 들었어요."

(아, 우호 새끼한테 들은 것보다 체격이나 인물은 더 낫네. 지 친구 욕하기 질리지도 않나. 오늘 쇼핑몰 가는 김에 우호한테 명품 선물 받아내야지.)

우호가 과시하듯 여친을 끌어당기며 말한다.

"응, 뭐 그냥 요 앞에 가지. 그럼 또 보자."

(스시 뷔페 간다고 하면 자랑질이라고 오해하겠지? 저런 꾀죄죄한 놈을 친구랍시고 배려하는 내가 정말 인성 갑이다.)

승빈도 인사한다.

"어, 그래. 또 봐."

(여친이랑 스시 뷔페 갈 거라고 어제 말했었는데, 행선지가 바뀌었나 보네?)

여친 왈,

"네, 그럼 안녕히 가세요. 오빠, 가자."

(빨리 가서 밥 먹기 전에 쇼핑몰부터 둘러보자고 해야지.)

이어폰으로 인물들의 대화가 들리고 그들의 속마음이 영상 하단에 자막으로 뜬다. 우호는 승빈과 만날 때마다 이런 식이다. 승빈은 우호를 가깝고 좋은 친구라고 여기지만 우호는 그 반대다.

모니터 안의 사람들은 뒤통수 맞았다는 표현을 즐겨 쓰는데 내가 볼 땐 당연히 예견된 일일 뿐이다. 운명의 장난이나 갑작스런 재앙이라는 표현도 들어맞지 않는다. 저들이 운명의 장난이라 여기는 행운도, 재앙이라 여기는 불행도 그들의 마음 씀씀이와 행동, 겉과 속의 괴리 등이 종합적으로 집계되어 상부에서 결의한 바를 집행할 결과일 뿐이다.

모니터 속 사람들을 보면 내가 근무하는 모습도 상부

에서 직원 평가라는 명목하에 샅샅이 들여다보고 있을 것 같다. 그래서 마구 게으름 피울 수가 없다. 모니터를 오래 보면 눈이 침침해지기에 한 시간에 십 분씩 휴식이 주어진다. 이때 나는 주로 옆 사무실 직원인 우호의 견자와 통화를 한다. 모니터 속의 멀고 먼 세계와 달리 나와 같이 오늘의 이 현실을 사는 사람과 대화를 나누는 게 더 재미있으니 말이다.

–2018년 9월 7일 오후 12:35 확인 완료.

커서로 내가 본 실시간을 눌러 표시해두고 창을 작게 만드니 전화벨이 울린다.

"따르릉."

내가 먼저 전화를 걸지 않을 땐 저쪽에서 연락을 해온다.

"야, 우호 속 빈 강정이야. 여친들한테 명품 사주느라 통장 잔고 다 털렸어."

내 옆 사무실에서 우호와 우호의 전생을 체킹하는 직원이다.

"엉, 봤지. 근데 우호는 구여친도 여우 족속이더니 왜 하나같이 그런 애들을 만나는지 모르겠네."

내 말에 상대편이 킥, 웃는다.

"자기가 그렇게 이중인격이니 여친이란 것들도 삼중 사

중 인격 쓰는 것들이 걸리지."

우리는 킥킥대며 대화한 뒤 다시 이어폰을 쓰고 마우스를 쥔다.

내가 보는 것은 두 시간이면 끝나는 영화가 아니라 일분일초가 천천히 흐르는 삶이기에 빨리 감기를 눌러 생의 한때를 훌쩍 넘기기도 한다. 마우스를 조금 움직였을 뿐인데 플레이어 속 시간 2년이 지난다. 그 사이 이모 식당은 문을 닫았다.

한국은 물론 전 세계를 강타한 코로나라는 지구적 악재에 시장 사정이 겹쳤다. 승빈은 매일 이모 식당 곁에 있는 모녀 국수집에 들러 점심식사를 한다. 병으로 몸져누운 이모의 뜻을 대신해 초희네가 국수를 반값에 팔기로 한 것이다.

이모 식당이 문을 닫자 시장은 쓸쓸해졌다. 승빈이 모녀국수집에 가는 이유가 초희 때문만은 아니다. 이모 식당의 명맥을 잇는다는 그 정성이 따스워서이다. 오늘도 계산을 치르는데 초희가 거스름돈을 주어 승빈의 기분이 시큼달큼해졌다. 잔돈을 받고 그냥 나서기가 아쉬운 승빈이 초희에게 이모의 안부를 묻고 둘은 병문안을 하러 가기로 약속을 잡는다.

빨리 감기 대신 재생 버튼을 누르자 승빈의 삶이 보통의 속도로 흐르기 시작한다.

"아이고, 여기 감 좀 먹어. 지금이 연시 철이잖아, 한입 먹어봐."

침대에 누워있던 이모는 승빈을 보자마자 선반 위에 있던 과일 선물 바구니에서 제일 큰 감을 꺼내 주었다. 원래도 날씬했던 이모는 야위어 있었다. 그래도 웃는 얼굴이 전과 다르지 않아 환자 같지는 않았다.

"국수집도 왔네? 더 이뻐졌어, 지금이 젤 맛있을 때야."

초희는 이모가 건넨 감을 받아들지 못하고 울먹였다. 초희의 손을 이모가 잡았다. 그러곤 그 위에 감을 놓아주었다.

"이모, 아직도 이렇게 먹으라고만 하시면 어떡해요? 이모 얼굴 좀 봐요. 이모가 잘 드시고 회복하셔야죠."

초희가 감을 다시 내밀자 이모가 또 웃었다.

"보면 먹이고 싶으니 그렇지. 따뜻한 밥도 주고 싶고 철 맞춰 과일도 주고 싶고."

승빈이 몸은 좀 어떠냐고 묻자 이모는 낫는 중이라고 했다. 중병에 걸린 사람처럼은 안 보였다. 병원을 나오자 초희는 승빈에게 이제 가보시라 했다. 시장에서 같이 버스를 타고 온 터라 승빈은 초희에게 어차피 가는 길이라며 같이 가자고 했다. 초희는 마음껏 울고 싶어서 진심으로 승빈을 떼어내고 싶었다. 아무것도 모르는 승빈은 자꾸만 초희 옆에 붙어 걸었다. 초희의 걸음은 자꾸만 빨라지고 플랫슈즈가 바닥을 찍는 소리도 점점 더 크게 났다. 키가 큰 승빈도 재게 걸어야 할 정도로 자꾸만 빨라졌다. 초희가 휙 걸음을 멈추고 소리 질렀다.

"이제 문 닫아야 해요!"

승빈이 무슨 말인지 물을 사이도 없이 초희가 뛰듯이 걸으며 외쳤다.

"그러니까 오지 마세요."

입을 앙다물고 걷는 겉모습과 달리 화면엔 복잡한 초희의 속마음이 자막으로 떴다. 이모가 병원에 있는 동안 시장이 헐릴 위기에 처해 식당 자리가 없어질 거란 사실을 이모에게 끝내 알리지 못했다는 자책감, 아픈 이모 앞에서 그런 얘길 꺼낼 순 없었다는 자괴감, 남 앞에서 우는 꼴을 보이고 싶지 않다는 마음이 엉겨서 속내 자막이 빛의 속도로 늘어났다. 모니터 속 인물의 고민 때문에 나까지 우울해질 것만 같아 마우스를 눌러 재생을 정지시킨다. 상관도 없는 남의 일 때문에 기분이 우중충해지는 건 싫다. 기분 전환 겸 작게 내려놓았던 조선 시대 빈한의 창을 키운다.

"우아아아아~!"

빈한은 아직도 검고 깊은 구멍 속을 통과하는 중이다. 나는 체킹 프러파일러봇을 실행시켜 놓고 다시 승빈의 인생 블랙박스를 켠다.

이튿날 국수집에서 점심을 먹은 승빈이 초희가 안 보인다고 말을 걸자 자매 중 언니가 말했다.

"어제부터 자기 방에서 문 걸어 닫고 안 나와요. 시장이 없어진다니까 충격이 큰가봐."

경찰시험에 연속으로 떨어진 고시생으로서 승빈이 할 수 있는 일은 없었다. 도서관 대신 검도장에 들러 대련을 하자 그런대로 머리가 시원해졌다. 호놀룰루, 휘파람을 불며 걷던 승빈의 발길이 우뚝 굳었다. 맞은편 통유리 카페 안에 초희와 우호가 테이블을 가운데 두고 앉아 있었다. 의자 등받이에 기대고 팔짱을 낀 우호 쪽으로 초희가 바짝 다가앉아 팔꿈치를 테이블 위에 둔 채로.

나는 마우스를 움직여 건너편 카페 속에 앉아 있는 초희와 우호를 클릭했다. 저들이 무슨 대화를 나누는지 알아보고 싶었지만 네모난 팝업창이 떠올랐다.

[주인공의 귀가 미치지 않는 곳이므로 해당 인물들의

대화를 조회할 수 없습니다.]

그래, 견자의 권한으론 주인공의 눈과 귀가 닿는 범위의 인물들 속내까지만 알아볼 수 있다. 상급 행정실에선 이런 조건에 구애받지 않고 모두 조회가 가능하겠지. 화면 속에서 승빈은 카페 앞에서 왔다 갔다 했다. 영화를 보듯 그의 삶을 주시했더니 주인공에 감정 이입이 된 건지 나도 승빈과 같이 편치 않은 마음이었다. 마침 경찰공무원 시험이 코앞으로 다가와 있는 때라 승빈의 혼란스러움은 더했다.

초희와 우호가 왜 만난 것인지 궁금해진 난 마우스로 빨리 감기를 누른다. 당시엔 몰랐던 일들도 시간이 지나면 알게 되는 법이니까 웬만한 궁금증은 이 방법으로 해결된다. 과연, 승빈은 잰 체하며 지껄이는 우호에게서 사건의 전말을 들었다.

"그 초희라는 애 말야. 괜히 법률 핑계로 나한테 연락해서 뭘 꼬치꼬치 물어보는 척하더라고. 시장 상인들의 상권을 보장하는 법은 없느냐면서 말야."

승빈과 이모 식당에 갔던 때 우호가 초희의 번호를 땄는데 우호의 연락에 응하지 않던 초희가 전화를 걸어온 것이었다. 우호의 거드름 섞인 자랑 속에는 초희에 대한 호감이 들어 있었다. 전국에서 걷힌 이모의 병원비와 식당 운영비도 시장이 헐리면 아무 소용없을 터였다.

창을 키워 슬쩍 넘겨다보니 조선의 빈한은 아직도 구멍 속으로 더 깊이 떨어지는 중이고 승빈은 구멍 속에 떨어진 기분을 느끼고 있다. 뚜둥, 하는 효과음이 울린다. 체킹 프로파일러봇이 삶의 행정 처리가 필요한 특정 장면을 허구 폴더에 저장한 것이다. 새로 생성된 파일을 본다.

'이모 식당 유지'라는 제목의 파일이다. 꿈과 소망, 공상이나 막연한 계획 등 인물이 생각하지만 현실화하지 않은 모든 것을 우리 인생 행정소에선 허구라 부른다. 이 허구들 역시 폴더에 차곡차곡 저장되는데 파일이 실행될 만한 열정과 시간과 행동을 꾸준히 투여해야 현실로 다운로드가 가능해진다.

승빈의 허구 폴더에 있는 '경찰 공무원 합격' 파일의 다운로드 지수는 50%밖에 되지 않는다. 어떤 꿈은 다운로드가 99% 완료됐는데 1%를 남기고 그만두어 삶에서 실현되지 못하기도 한다. 물론 삶을 사는 인물들은 자기 허구의 용량과 다운로드 작업 상태를 모른다. 다운로드가 완료돼도 상부의 결재 이후에 현실화되기 꿈을 포기하고 나서야 이뤄진 아이러니한 상황을 맞은 사람들은 무엇에든지 마음을 비워야 이룰 수 있다는 경험칙을 진리로 굳게 믿기도 한다.

갑작스런 굉음이 울려 작게 해놓았던 빈한의 창을 크게 만든다. 빈한이 빠져들고 있는 구멍 옆 삼백 년 된 나무에 누군가 도끼질을 하고 있다. 나무가 울리고 화면이 흔들리고 나도 머리가 띵하게 아프다.

귀천하려는 나무를 패다니, 대체 어떤 나쁜 놈일까. 빈한과 같이 출발했다가 자기 길에 나무가 없어 빈한의 길을 몰래 뒤따라온 마복이다. 행색은 조선시대 의복이어도 얼굴은 역시나 우호다. 마복은 나무 주변에 숨어 있다가 빈한과 나무의 대화를 듣고는 빈한이 복을 받지 못하게 나무를 베려는 것이다. 더구나 마복은 주먹밥집 딸을 은근히 마음에 두고 있는 터라 나무를 하여 사나흘치 밥으로 값싼 패물이라도 구해다가 빈한보다 먼저 구혼하려는 계획이다.

도끼질이 계속되자 마복의 악의 가득한 허구가 점점 빠른 속도로 다운로드 된다. 마복이 같은 놈 때문에, 싫어도 마복이처럼 살아야 한다. 애써 착한 일을 해놓으면 재를 빠뜨려 모조리 벗겨가니 말이다.

승빈의 삶을 다루는 오른쪽 창에서도 부산한 소음이 난다. 입원 중인 이모가 위독해졌는데 당장 치를 병원비가 없다. 초희가 가지고 있던 모금을 우호가 가지고 튄 것이다. 우호는 자기와 여친들을 위해 사들인 명품 때문에 카드빚 독촉을 받는 중이었고 시장 철거 소송을 하겠다며 초희가 맡은 모금비를 가지고 갔다. 법을 공부한 녀석답게 초희 자의에 따라 해당 금액을 우호에게 양도한다는 계약서까지 써 신고해 봤자였다.

인물들이 삶을 싫어하는 이유 중 하나가 이것이다. 하나의 일이 제대로 마무리되지도 않았는데 다른 일이 터지는 것. 삶에 난입하는 대부분의 일은 시작과 끝을 알려주지 않고 끼어든다. 시작하느냐 마느냐 선택의 문제도 아니다. 대부분 일들은 시작하기도 전에 이미 만연하여 자기들 삶을 전복시키려 한다고 느끼니까. 저들은 망망대해에 뜬 조각배 신세로 날씨가 맑으면 그 상태가 언제고 지속될 줄 알지만 풍파가 닥치면 그제야 허둥지둥 노를 저으며 근심으로 숨 쉬고 걱정을 양식 삼는 것이다.

그러나 저들이 불규칙적이라 느끼는 삶도 나를 비롯한 수많은 이의 노동으로 적확하게 짜여 집행된 결과이다. 인생의 상벌은 중요한 문제이기에 몇 번에 걸친 심의가 있은 뒤 결재되기에 시간이 오래 걸릴 뿐이다. 특히 상보다 벌에 더 신중한 편인데 상부에선 위성이 전지적 시점에서 촬영한 블랙박스도 보지만 각각의 인물 입장에서 찍힌 영상도 보고 회의를 한다.

관련 인물들이 잘 때 해당 기간의 데이터를 그들의 메모리칩에서 복사하여 빼 오는 것이다. 어떤 이에겐 한없이 좋은 사람, 어떤 이에겐 한없이 못된 사람, 다른 이에겐 아부하고 다른 이에겐 매몰차게 대하는 모습들. 각각의 시선에서 찍힌 개인 데이터를 모아 놓고 보면 모자이크처럼 그 사람의 진면목이 드러나니 말이다.

이때 심의 기준은 타인에게 잘 대한 것을 가산점 처리하는 게 아니라 잘못 대한 것이 감점 대상이 된다고 한다. 기쁨보다 슬픔이 인간의 감정에 오래 남기 때문에 반응의 정상참작을 한다는 것이다.

그런데도 인생 블랙박스 속 인물들은 삶이 불공정하다고 여기며 전생, 내세, 혹은 꿈이나 무의식, 환상이라 부르는 것들을 통해 다른 삶을 그리기만 한다. 유에프오나 특이한 심령현상들을 다른 세계의 그림자라고 믿으면서 말이다.

그런 것들은 사실 인생 행정의 공무를 집행하는 데서 생기는 약간의 전산 시스템 오류일 뿐이다. 또 사람들이 생각하는 것과 달리 무의식의 지점 역시 현실과 상동 구조로 프로그래밍이 되어 있다.

이 사실을 알 리 없는 모니터 속의 승빈은 초희와 함께 고민하고 있다. 머리를 맞대고 궁리하는 모습을 보니 뭔가 친연한 느낌이 든다. 연계된 느낌. 그래, 전혀 맞닿아 있지 않을 법한 조선의 빈한과 한국의 승빈이 나의 모니터에서 함께 다루어지는 것처럼 실은 지금 나의 순간도 저들과 맞닿아 있는 게 아닐까. 저들과 내가 가까울 거라는 강한 예감이 든다.

바탕화면에 상부에서 메일이 왔다는 알림창이 뜬다. 메일함을 열어보니 한 개의 설문 파일이 첨부되어 있다.

견자용 설문 파일

귀하는 이곳 행정 사무소 시간으로 3개월 동안 견자 계약 근무를 완료했습니다. 지켜본 인생 블랙박스 주인공에 대해 어떻게 생각하십니까?

2. 주인공의 주변 인물에 대해 어떻게 생각하십니까?

3. 지켜본 인물 중 인과응보의 행정 처리가 필요한 인물은 누구입니까?

4. 기타 시정되어야 할 처리 절차가 있다고 생각하십니까?

나는 승빈에 대해 칭찬하고 우호의 나쁜 점에 대해 집중적으로 적었다. 쓰기를 마칠 때쯤 우호의 견자에게서 연락이 왔다. 우리는 서로의 답안을 비교했다. 내 답안을 들은 우호의 견자는 풀이 죽은 소리로 말했다. 우호가 나쁜 짓을 했지만 나름대로 사정이 있어 그런 것이니 인과응보의 행정 처리를 완화 받았으면 좋겠다고.

업무 기간이 끝난 지금, 녀석도 모니터 속 주인공과의 친연성을 느낀 것일까? 지금 말하는 견자 녀석의 조선의 마복이고 한국의 우호라면 절대로 용서할 수 없다. 나는 경찰이 범죄를 적발한 듯 우호의 악행을 낱낱이 말했고 그에 대한 처벌이 그의 삶에서, 그가 저질렀던 것과 같은 방식으로 이뤄져야 한다고 말했다. 선고하듯 울리는 내 목소리가 수화기를 통해 흘러나갔다. 전화 속의 녀석은 한숨을 쉬며, "휴, 그래, 네가 그렇게 여긴다면 그래야겠지"라고 하면서도 뻔뻔하게, "하지만 우호의 처지도 생각해줘." 라고 말했다. 나는 더 듣지 않고 전화를 끊어버렸다.

설문 저장 버튼을 누르자 작성 내용에 대해 수정할 게 없으십니까, 라는 팝업창이 떠올랐고 나는 예스를 눌렀다. 바로 그때였다. 견자들 회의가 있다며 다른 건물에 있는 상급 행정부에 모이라는 알림창이 떴다.

회의실로 들어가자 상급자는 뜻밖에도 이모 식당의 이모다. 헐렁한 몸뻬 바지에 조금 굽은 허리를 하고 있던 이모가 은발 머리를 틀어 올리고 감색 정장을 갖춰 입은 모습을 보니 묘하다. 얼굴은 똑같은데 차림이 다르니 적응이 되질 않는다.

둥그런 책상에 앉아 있는 견자들 중엔 초희도 보이고 초희 언니와 엄마, 승빈이 출입하는 도서관의 경비아저씨부터 사서까지 보인다. 회의실 문이 열리며 안녕하세요, 인사가 들려온다. 목소리만으로 우호의 견자임을 알 수 있다. 그런데 이상하다. 녀석의 얼굴은 승빈을 똑 닮았다. 뭔가 잘못된 느낌에 나는 내 얼굴을 보고 싶어진다. 어디에도 거울은 없다. 나는 일을 하며 한 번도 거울을 본 적이 없다는 걸 깨닫는다.

"오늘 당신들을 모이라 한 건, 당신들이 본 주인공들의 향후를 알려주기 위해서예요. 우선 이모는 21세기 한국에서 좋은 일할 연한이 다 채워졌어요. 계속 그곳에 두어 아픈 몸으로 고생을 시키는 게 가하지 않다, 판단되어 원래 세상으로 돌아갑니다. 승빈은······."

이모, 아니 상급자가 붉은 루주를 바른 입을 열어 말한다. 책상에 둘러앉은 견자들이 지켜본 인물들의 향후 삶의 내용이 차례대로 울리고 있지만, 귀에 잘 들어오지 않는다. 내가 듣고 싶은 건 우호의 향후다. 귀 기울이던 나는 눈을 번쩍 뜬다.

우호는 몇 번의 삶 속에서 계속 악을 행했기에 우호와 같은 급의 악행 레벨을 가진 세계에서 태어나 생을 꾸리게 될 거란다. 내가 우호일 리 없다는 생각이 들면서도 나는 손을 들어 이의를 제기한다.

"그건 너무 과한 게 아닌가요? 우호도 우호 나름의 사정이 있어서 그런 건데."

상급자가 나를 보고 말한다.

"우호같은 녀석은 꼭 벌을 받게 해야 한다고, 설문 답안에 적지 않았나요?"

내가 우물거리자 상급자가 나를 향해 리모컨을 내민다. 그러곤 "음성명령"이라고 외더니 "숨은 파일 보기, 실행."이라고 명령한다. 내 머릿속에서 까맣게 감춰져 있던 기억이 밝히 보인다. 그것은 내가 마복이며 우호라는 사실, 내가 그것을 잊은 채 삼 개월 동안 승빈의 견자로 업무를 수행한 장면들이다. 내가 말을 잇지 못하자 내 생각을 읽었다는 듯 이모, 아니 상급자가 말한다.

"자기에게 자기를 평가하게 하면 공정한 결과를 얻을 수 없으니까요. 자신이란 존재를 블라인드 처리할 수밖에 없었어요. 여러분이 작성한 설문 답안은 평가의 가장 중요한 배점으로 반영되어 상부에 올라갈 겁니다. 모두 수

빈한승빈전

고하셨어요. 오늘로 당신들의 특별 채용 기간이 끝났기 때문에 나머지 일은 휴가 다녀온 정직원들이 맡아서 해줄 거예요. 여기에서 일한 시간은 여러분이 꿈꾸는 시간들로 환산될 겁니다."

나를 비롯한 몇몇 견자들이 이건 말도 안 된다고 항의했다. 그 중엔 여우처럼 생긴 우호의 여친을 빼닮은 얼굴도 있었다. 우리는 힘을 합쳐 큰 목소리를 냈다. 그 순간 상급자가 다시 리모컨을 들었다.

"인생행정소에서 일한 기억, 삭제. 렘수면기 꿈으로 치환."

퓨즈가 끊기는 느낌이 나더니 사방이 어두워졌다.

"나는 조선에서 300년을 채워 하늘로 올라갑니다. 옥황상제인 할아버님께서 저를 위해 연회를 베풀어 주신다고 해요. 이따금 초대하러 당신의 꿈에 들르겠습니다."

눈을 뜬 승빈은 중얼거렸다.

"무슨 이런 꿈을 꿨담."

아무리 떠올려도 뜬금없었다. 맥락도 없이 울창한 아름드리나무가 나와서 하늘로 올라간다니, 거참. 황망해하고 있는데 옆에 있던 초희가 승빈을 다시 흔들었다. 이모가 돌아가셨다는 연락이 왔다는 것이었다. 병실에는 이

65

모의 죽음을 애도하는 사람들이 줄 서 있었다.

줄 선 사람들이 차례를 기다려 국수집에 들었다. 시장의 모녀국수집은 부부국수집이 된 지 오래였다. 초희의 자매들은 결혼하여 타지로 갔고 초희 어머니는 집에서 쉬며 간간이 도와주러 나온다. 초희는 밥을 뭉쳐 둥굴리는 기술로는 생활의 달인감인지라 주먹밥과 더불어 호떡을 개시하니 장사가 더욱 잘 됐다. 값은 이모의 뜻을 따라 여전히 반만 받고 있다. 승빈이 경찰 공무원 시험 준비를 하던 꼬박 3년간 이모의 밥을 먹었듯이 도서관에 드나드는 가난한 학생들이 부부국수집에 들른다.

"경찰 아저씨, 저기 나쁜 놈 있어요! 마스크 써달라고 한 울 할아버지한테 막 따지는 사람!"

생선 집 꼬마가 와서 말한다. 국수를 뽑고 삶는 것으로 다져진 승빈의 우람한 팔근육을 보는 것만으로 웬만한 양아치는 슬금슬금 뒷걸음질을 친다. 공무원 시험을 내버려두고 초희와 국수집을 물려받은 건 승빈 생애 최고의 선택이었다. 전국에 이모의 사연을 알려 방송을 탄 뒤 시장을 지켜냈을 때 승빈은 초희에게 구혼했다. 거절당할 줄 알았지만 뜻밖에 초희는 고개를 끄덕였다. 이모 식당에 드나들면서 본 3년간의 진심이 어떤 예물보다 값지다는 것이었다.

시장의 자칭타칭 사생 경찰이 된 승빈은 앞치마를 벗어 놓고 국수집을 나섰다. 초희가 여보, 몸조심하라며 승빈을 쳐다봤다. 승빈은 걱정 말라는 뜻으로 타자가 홈런을 날리는 동작을 지어 보이는 동시에 윙크하며 꼬마를 따라나섰다.

　"나무꾼이 도끼를 휘두르는 것 같단 말이야."

　초희가 고개를 갸웃하곤 호떡 반죽을 마저 빚었다. 몇 번 만진 것만으로 티 없이 둥근 반죽이 만들어졌다.

　-2020년 7월 8일, 투명 위성 촬영, 제5세계 인생사무소로 출력 완료, 해당 인생 계속 촬영 중

　이 글은 지금으로부터 1500년 전, 한국 시대 사람이 쓴 것이다. 작자는 설혜원, 출전 제목은 『문학 에스프리』 2020 여름호로 박물관에 보관된 종이책에 묶인 이야기 중 하나를 뽑아서 옮겼다. 이 글의 독자가 알듯이 21세기를 끝으로 인간이라는 종은 폐기된다. 인생행정소 직원들은 악과 선의 레벨을 집계하여 그 행동의 대가를 삶으로 치르게 했다. 그러나 악이 전염병처럼 번지고 비대해져 지구 전체를 점령하여 선악 레벨에 따른 인류 구분은 의미가 없어졌다.

　이에 1000년 전, 1급 행정공무원은 상부에서 결의한 바라며 인간종 폐기 문서를 내려 보냈다. 출산 부서가 없어

졌으며 인간의 편의를 위해 존엄과 권익 관련 업무를 보던 복지 부서도 문 닫았다. 노쇠한 인간 개체들은 지구라는 상자에 가두어졌고 지구는 구슬만 한 크기로 압축되어 생류 역사 박물관 인간종 분류실에 보관되고 있다.

지금도 생류 박물관 인간종 분류실에선 투명한 유리 안으로 지구 속을 들여다볼 수 있다. 악의 레벨이 극치에 달한 인간들은 다시 폭발적인 인구 증가와 문명을 일궈냈다. 인간의 생명력은 너무도 질겨서 인간이 없어진다면 그것이 우주 역사의 끝이라는 말까지 나왔다.

이 원고를 쓰는데 나의 사랑스러운 딸이 "아빠, 이 인간들 좀 봐."라고 나를 부른다. 나의 딸은 애완용으로 지구의 일부를 분양받아 딸아이 머리통만 한 작은 유리관에 그것을 넣어놓고 보길 즐긴다. 물과 땅 공기로 이루어진 지구에서 인간들이 서로를 살육하고 말살하고 있다.

자기들 딴에는 과학자니 문학가니 건축업자니 역할 분담도 해서 좀 더 높은 곳에 정치가들이 살고 맨땅에 노동자들이 산다. 딸아이는 더듬이를 사랑스럽게 쫑긋거리며 장난스런 눈짓을 한번 보내곤 유리관을 흔들어 놓는다.

지구 안에 담긴 물이 마구 찰랑이고 땅이 끊어져 많은 인간들이 죽는다. 혼란스럽게 오가는 인간들을 딸아이는 눈을 유리관 바짝 붙여 관찰한다. 검은색 얇고 가느다란 손을 컴퓨터 자판에서 뗀 나는 과거 인류의 하등 언어를 계속 번역하고 있다.

하등하고 악하긴 해도 인간이란 종이 끈질긴 생명력을 가진 데는 이유가 있을 거라 보고 그들의 언어와 문화를 살펴보려는 프로젝트 중이기 때문이다.

초인종이
울렸다

초인종이 울렸다

초인종이 울렸다. 그녀는 몸을 한번 뒤척였을 뿐 감은 눈을 뜨지 않았다. 가볍고 얕은 아침잠 속으로 다시 미끄러져 들려는 찰나 안방 문이 열렸다. 그녀는 다이빙을 제지당한 선수처럼 불쾌함을 느끼며 무슨 일이냐고 쏘아붙였다.

"도배를 하러 오셨다는데요."

옌이 어깨를 움츠리고 말했다.

"도배?"

그녀는 어제 도배 예약을 했다는 사실을 떠올렸다. 벽지 디자이너가 조만간 방문할 거라는 얘기는 들었지만, 오늘 온다는 얘기는 없었다. 옌이 서 있는 안방 문의 틈으로 검은 것이 어른거렸다. 그것은 사람의 머리통이었다가 한 쌍의 눈으로 바뀌었다. 눈은 틈새 너머 안방의 모습을 들여다보려는 듯 더 바짝 다가섰다. 그녀는 문을 닫고 나가 있으라고 옌에게 소리를 질렀다. 크림색 실크 벽지에 걸린 시계는 오전 여덟 시를 가리키고 있었다.

살색 슬립을 벗고 얇은 니트와 바지를 입은 그녀가 안방을 나섰다. 도배꾼들이 거실에 있을 거라는 그녀 예상과 달리 인부들은 부엌과 아들 방에 흩어져 있었다.

"이봐요, 나와 봐요."

그녀가 목소리를 곤두세우자 인부들이 거실에 모였다. 비쩍 마른 남자와 여자, 달랑 두 명이었다. 그들은 라면 상자와 비슷한 피부색에 퀭한 눈과 다소 큰 입을 가지고 있었다. 머리는 손질하지 않은 듯 거칠어 보였고 움푹 꺼진 그들의 눈 밑과 같이 탁한 색 옷을 입고 있었다. 그 몰골에 기가 질린 그녀가 뭐라 말을 꺼내지 못하는 사이, 여자는 장식장 문을 열고 유리 선반에 놓인 조각을 만지작거렸다. 남자는 히죽대며 홈시어터 기능을 갖춘 82인치 티브이를 살펴보았다.

이 사람들이 벽지를 바꿔주러 왔는지 의심스러워진 그녀는 목소리를 가다듬어 물음을 던졌다. 잘못 찾아왔다고 말하고 이 집에서 나가주었으면 좋겠다는 그녀 생각과 달리 그들은 도배하러 온 게 맞다고 했다. 그럼 이쪽에서 거절을 해야겠군.

"그런데 어쩌죠? 우리집 도배해주실 분들은 모레 오기로 돼 있는데. 잘못 찾아오셨나 봐요."

가타부타 대답 없이 남자가 주머니 속에서 손전화를 꺼냈다. 잠시 후 안방 화장대에 놓인 그녀의 휴대폰 벨이 울렸다. 그녀가 휴대폰을 가지고 나오자 남자가 히죽 웃으며 자기 손전화를 가리켰다.

"오는 내내 전화 드렸는데 안 받으시더라고요. 유미영 고객님이 추천하셔서 연락 주신 손님, 맞죠?"

그녀는 휴대폰 부재중 수신 기록을 살펴보았다. 남자가 걸어온 낯선 번호의 연락이 오전 여섯 시에 한 번, 일곱 시에 한 번 와 있었다. 아들이 학교에 가고 남편이 출근할 때도 일어나지 않는 그녀가 이깟 연락에 깨어나는 법은 더더욱 없었다.

남자가 유미영까지 들먹이며 도배 의뢰 사실을 확인해주자 그녀는 잠시 할 말을 잃었다. 도배 상담을 하며 안내원에게 말해준 자신의 번호를 알고 있는 것으로 봐서도 남자는 그녀의 집을 도배할 사람이 맞았다. 그러나 그녀는 도무지 믿기지 않았다. 유미영의 말에 따르면 벽지 디자이너가 방문해서 세상에서 하나뿐인 벽지를 디자인해주고 시공까지 다 맡아서 해준다고 했다. 그녀가 망연자실한 틈을 타 복도에서 둘둘 말린 벽지 뭉치와 거치대, 그외 도구들을 날라 오는 도배꾼들의 모습은 어딜 보나 디자이너로 보이지는 않았다.

유미영의 거실은 싹 바뀌어 있었다. 아파트 친구들과 짐에서 운동을 하고 가까운 호텔 레스토랑에서 점심 식사를 한 뒤, 유미영이 자기 집으로 그녀와 일행을 초대한 날이었다. 유미영이 다과를 내오려 부엌에 있는 동안 그녀와 일행은 노골적이고 꼼꼼한 눈길로 거실을 뜯어보았다. 검은색 바탕에 흰색 페인트로 갈겨쓴 듯한 글자들이 아무렇게나 배열돼 있었다. 글자들은 한글인지 외국어인지 아니면 그림인지도 분명치 않았고 어떤 부분은 페인트를 부어버린 듯 표면이 매끄럽지 않았다.

그 벽지를 다른 이의 집에서 봤다면 집주인의 쓸모없는 안목을 탓했겠지만 그날만은 그럴 수 없었다. 유행과 시류에 민감하여 외모든 집이든 트렌디하게 꾸미는 유미영의 거실 벽지였기 때문이다. 홈파티다 티파티다 해서 이웃들을 초대하는 관례도 유미영이 만들었고 자기 집을 미영의 살롱이라고 이름 붙여 집의 작명을 유행시킨 것도 그녀였다. 그녀와 일행은 유행에만 발맞춰 시도 때도 없이 변하는 미영의 외모와 집구석을 험담했지만, 다음에 만날 때는 미영이 입었던 것과 비슷한 옷을 입고 비슷한 머리를 하고 있었다. 집을 꾸미는 것도 마찬가지여서 그녀와 일행은 이 벽지를 어디서 한 거냐고 미영을 은근히 채근했다.

"말해주기가 좀 그래. 디자이너 분 스케줄이 꽉 차 있어서 시간을 낼 수 없다 그랬거든. 게다가 거긴 기존고객 추천제라 함부로 소개해주기도 뭐하구. 암튼 이 벽지들, 실크지가 아닌 합지야. 합지는 실크지보다 순해서 아토피가 있던 사람들도 없어진대. 기본 합지에 디자이너 분이 직접 무늬를 새겨준 거야. 요즘 웰빙 마케팅 아트 마케팅 하는데 뭐 그거랑은 별개로 건강에 도움이 되면서 예술적인 분위기를 내는 데 좋으니까 벽질 바꿔본 거야."

유미영이 원하는 정보를 주지 않자 일행 중 대부분은 조금 있다 돌아갔다. 그러나 그녀는 이영란과 함께 끝까지 남았다. 아파트 친구들 사이에서 졸부로 통하는 이영란은 얼마 전 이사 와서 점심 값을 몇 번 내고 친구들 모임에 낀 통통한 주부였다. 영란이 화장실에 가자 미영이 말했다.

"난 쟤 뭔가 때꾼한 냄새 나서 싫어. 근데 어찌나 남 욕을 해대는지. 네가 가정부를 심하게 부린다고 입에 거품을 물더라."

그녀도 맞장구를 쳤다.

"그러게. 난 레스토랑에선 저 이 옆에 앉지를 못하잖

아. 깍두기 쉰내가 나는 거 같아서 밥을 먹을 수가 없어."

미영이 고개를 끄덕이며 명함을 하나 건네주었다.

"그래도 네가 제일 맘이 잘 통해서 주는 거야. 벽지, 여기서 했어. 도배한 뒤에 뒷정리도 다 해주고 가."

그녀는 작업 용구들을 옮기고 있는 두 명의 인부들이 바퀴벌레처럼 보였다. 그러자 그들 손에 도배를 맡겨서는 안 된다는 생각이 들었다. 안내원의 착오로 디자이너 대신 일반 잡부가 온 것 같았다. 그러나 남자는 툭 튀어나온 앞니를 드러내며 시큰하게 웃고는 자신이 벽지 디자이너가 맞다고 했다. 그녀는 쥐새끼처럼 자신을 바라보고 있는 남자와 여자에게서 모욕감을 느꼈다. 명함에 적혀있는 안내 번호로 전화를 걸었지만 연결은 되지 않았다.

여자가 은은한 펄이 도는 흰색 벽지를 스크래퍼로 그었다. 공간을 넓고 깔끔하고 무엇보다 우아하게 보이게 한다는 이유로 선택한 대리석 느낌이 나는 벽지였다. 여자의 손길에 벽지 한 부분이 길게 찢어져 바닥에 떨어졌다.

"지금 뭐 하는 거예욧, 허락도 없이!"

그녀가 소리치는 동시에 남자가 포인트 벽지를 칼날로 그어 내렸다. 붉은색 꽃이 한 잎, 한 잎 찢어져서 바닥에 버려졌다. 그녀는 인부들에게 기다리라고 소리쳤다. 안내원과 통화하면 업무상 착오가 생긴 게 밝혀질 거라고 했다.

여자가 규칙적인 손놀림으로 흰빛의 벽지를 벗겨내며 말했다.

"착오 아니세요 사모님. 제가 사모님께 상담해 드렸는걸요."

그녀는 입을 벌린 채 벽지를 뜯고 있는 여자의 뒷모습을 봤다. 작은 몸집에 걸친 허름한 옷, 기름기 흐르는 묶은 머리에도 불구하고 여자의 목소리는 상담 전화를 했던 안내원의 것과 똑같았다. 또렷한 좀 높은 목소리 안에 친절함과 공손함이 짙게 밴 말투도 그랬다. 이미 거실 벽지의 대부분이 벗겨져, 거실 벽은 밋밋한 면상을 드러내놓고 있었다.

그녀는 일단 커피를 마셔야겠다고 생각했다. 늦은 아침, 일어나자마자 옌이 가져다주는 커피를 마시는 일이 그녀에겐 하루의 시작 단추를 누르는 것과 같았다. 부엌에 갔지만 옌이 보이지 않았다. 부엌에 딸린 쪽방에도 없었다. 그녀는 커피머신의 사용법을 몰랐고 옌이 있기에 알 필요도 없었다.

"얘!"

그녀는 날카로운 목소리로 옌을 불렀지만 그 애는 나타나지 않았다. 싱크대 안에는 남편과 아들이 아침 식사

한 그릇들과 접시들이 들어 있었다. 조금 뒤, 옌이 어기적거리며 부엌에 나타났다.

"뭐 하고 있었던 거야."

그녀가 소리 지르며 옌의 어깨를 확 밀었다. 옌의 몸이 쪽방 문에 부딪혔다.

"잠깐 화장실에… "

특유의 어눌한 말투가 밴 옌의 말이 끝나기도 전에 그녀는 식탁에 놓여있던 잡지를 집어 들어 옌의 가슴께를 여러 번 찔렀다.

"설거지는 바로바로 하라고 그랬지. 내가 늦게 일어난다고 요령 피우는 거야?"

방문 앞에서 더 물러날 데가 없는 옌은 잠자코 고개를 숙이고 있었다. 팔이 아파진 그녀는 잡지를 바닥에 툭 떨어뜨리면서 커피 줘, 짧게 말했다. 옌은 커피머신 쪽 선반에서 원두를 새로 뜯었다.

커피를 마신 그녀는 부엌 창으로 드는 햇살을 바라봤다. 인기척과 지익- 부욱- 소리가 들려 고개를 돌리니 남자와 여자와 부엌 벽지를 벗겨내고 있었다. 눈알이 튀어나올 정도로 집중해서 일하고 있는 인부들을 보며 그녀는, 그들이 손이 아니라 쥐처럼 이빨로 벽지를 갉아 없애는 게 더 어울릴 거란 생각을 했다. 그들의 퀭한 눈과 까매서 지저분해 보이는 피부, 튀어나온 앞니들이 그런 생각을 하게 만들었다. 그녀는 안방에 가 지갑과 휴대폰을 백에 챙겨 넣었다. 오늘은 짐에 더 일찍 가 볼 생각이었다.

거실 바닥은 벽에서 떼어낸 벽지들로 지저분했다. 그녀가 신발장에 섰을 때 여자가 따라붙었다. 도배 중인데 어디 가느냐는 것이었다. 여자는 말끝에 사모님이란 말을 붙이는 걸 잊지 않았다. 그래도 여자의 목소리는 또렷하고 당당해서 그녀는 순간 자신이 도배꾼이고 여자가 사모님이 아닐까 하는 착각을 했다. 착각한 게 어이없고 화가 나 그녀는 여자보다 더 당당하고 위엄 서린 어투로 말했다.

"도배 현장은 저 애가 봐줄 겁니다. 이 집의 주인은 저예요. 제가 있고 싶으면 있고 나가고 싶으면 나가는 거예요. 그럼, 제대로 일 보세요."

그녀가 구두를 꿰어 신는 순간 드르륵, 하는 소리가 났다. 남자가 드릴로 신발장에 구멍을 내고 있었다. 원목 신발장이었다. 그녀가 그만하라고 해도 남자는 드릴 주둥이를 태연히 신발장 뚜껑에 박아 넣은 채였다. 남자는 콧노래라도 부르는 듯한 표정으로 신발장 표면을 여기저기 헤집었다. 신발장 문이 완전히 떨어져 나간 뒤에야 남자는 드릴 작동을 멈췄다.

그녀는 옌에게 경비실에 연락을 넣으라고 외쳤다. 남자가 드릴을 그녀 머리 위로 치켜들더니 작동 단추를 눌렀다. 그녀의 이마 바로 앞에서 남자 손에 들린 드릴이 드륵드륵 부지런히 날을 휘돌렸다. 그녀는 목구멍 밖으로 어떤 말도 뽑아낼 수 없었다. 옌도 신발장 앞, 남자와 여자 뒤에 붙박인 듯 선 채 그 모습을 지켜보았다. 그녀의 머릿속엔 옌이 재빨리 경비를 불렀으면 될 일이었다는, 가정부에 대한 책망조차 일지 않았다. 작동하는 드릴 날에 자기 머리 한쪽이 믹서기에 갈리듯 조각날지도 모른다는 공포만이 끓어올랐다.

드릴에서 나는 소리가 멈췄다. 남자가 드릴을 쥔 손을 내렸지만, 그녀는 신발장에 뻣뻣이 굳은 채 서 있었다.

"하하, 이게 꽤 잘 들더라고요."

남자가 눈가에 주름을 만들며 웃었다.

"그러니까 제 말은 도배하려면 가구도 옮겨야 하고 자질구레한 것들도 치워놓아야 하니까, 도배가 끝날 때까지 지켜도 보시고 또 사모님이 좀 거들어 주십사 하는 것이지요, 예."

그녀는 잘 움직여지지 않는 머리를 간신히 끄덕여 보였다. 남자와 여자가 뒤돌아 거실로 향했다. 구두를 벗는 그녀의 다리가 후들후들 떨렸다. 옌이 얼른 그녀를 부축했다.

안방에 들어가려는 그녀를 여자가 살가운 말투로 불러냈다.

"사모님, 디자이너 선생님이 벽지에 무늬를 그려주시는 건 아시지요? 사모님께서 이 중에 맘에 드시는 베이스 벽지를 선택해 주시면 거기에 그려주실 거예요."

여자는 둘둘 말린 색색의 벽지를 소파에 앉은 그녀 앞에 놓으며 말했다. 베이지, 화이트, 연분홍, 연파랑. 그녀는 이것들 중 어떤 게 거실 벽과 가장 잘 어울릴지 헤아릴 상태가 못 됐다. 그러나 여자는 선택을 종용하는 듯 무거운 침묵으로 그녀의 어깨를 짓눌렀다.

"선생님이 좋은 것으로 해주세요."

그녀는 입을 아주 작게 벌려 한숨을 내보내듯 말했다. 말끝이 갈라져 나왔다.

"그럼 연분홍으로 하죠."

여자가 색지를 가리키며 말했다.

옌이 물을 한 컵 가지고 와 그녀에게 건넸다. 그것을 마시려는데 안방에서 남자가 나왔다. 그는 안방 문의 안쪽 문고리를 잡고 배꼽처럼 튀어나온 잠금쇠 부분을 누른 뒤 밖에서 문을 닫았다. 통, 하고 탁, 하는 소리가 경쾌하게 울렸다. 그녀가 남자를 쳐다봤다. 남자는 예의 히죽대는 웃음을 지으며 거실에 있는 화장실 하나를 제외한 모든 방문을 잠가놓았다고, 거실과 부엌 벽 도배만 부탁하셨으니 일의 효율을 위한 것이라고 했다. 그러곤 부엌 첫 번째 서랍에 있던 여벌의 열쇠 꾸러미를 흔들어 보였다. 백 속에 휴대폰을 넣어둔 걸 다행이라 생각하며 그녀는 옆에 놓았던 백을 끌어당겼다.

물을 마시려는 그녀의 팔꿈치를 여자가 건드렸다. 둔탁한 소리를 내며 거실 바닥에 깔린 카펫 위로 물 컵이 떨어졌다.

"저희 도배의 원칙은 자기 일은 스스로 하자는 것입니다 사모님. 아까 이 집을 사모님 집이라고 하셨지요? 일단 카펫을 걷어주시고 티브이와 소파도 베란다로 옮겨주세요. 장식장이랑 화분도요."

남자는 부엌으로 가 벽지를 마저 벗겨냈다.

여자는 그녀에게 움직이지 않고 뭐 하냐는 눈짓을 했다. 소파에 앉은 상태에서 그녀는 옌에게 움직이지 않고 뭐 하냐는 눈짓을 했다. 옌이 티브이를 옮기기 시작하자 여자가 그녀 옆에 앉았다. 여자가 자기 무게를 풀썩 내던져 와서 소파쿠션이 푸슉 소리를 내며 일부는 가라앉고 일부는 여전히 풍성한 채 여자의 몸을 품어주었다. 수입

제 가죽 소파와는 너무도 어울리지 않는 여자의 모습, 땟국이 흐를 듯 탁한 피부와 퀭한 눈 기름기에 전 머리칼과 허름한 옷에 그녀는 잠시 혐오감과 함께 우월감을 느꼈다. 날씬한 몸과 흰 피부, 깔끔한 옷을 지닌 자신이 이 주인의 소파라는 생각을 하며 소파에 더 깊이 몸을 묻었다.

"그럼 사모님은 헌 벽지를 치워주시죠."

여자가 말했다. 그녀가 눈을 크게 뜨고 여자를 바라보았다. 여자는 커다란 쓰레기 봉지를 그녀의 무릎 위에 놓았다. 남자가 부엌에서 나오며 벽지 제거가 다 됐으니 치우고 풀질을 해야겠다고 말했다. 그의 손에는 벽을 그어 내리는 데 쓴 스크래퍼가 들려 있었다. 스크래퍼에는 대형 커터 칼날이 들어 있었는데 그는 칼날을 빼 바닥에 버리고 새 칼날로 갈아 끼웠다. 빛을 받은 커터 칼날이 번득였다. 그녀는 슬그머니 소파에서 일어나 거실 바닥에 아무렇게나 버려진 벽지들을 구겨 봉지에 넣기 시작했다.

허리를 쭉 펴고 있는 남자와 여자 앞에서 자신만이 몸을 굽혀 쓰레기를 주워 담고 있다는 사실에 그녀는 얼굴이 달아올랐다. 남자와 여자가 그들의 옷 빤 물을 자신의 얼굴에 내갈긴 것만 같은 기분이었다. 그녀는 시선을 정면에 두고 허리를 꼿꼿이 세운 채 다리만으로 앉았다 일어서며 바닥을 정리했다. 주저앉는 순간 손을 뻗어 헌 벽지를 줍고, 일어서며 쓰레기봉투에 밀어 넣는 식이었다.

"연분홍이 뭐야, 코랄핑크지."

앉고 일어서며 그녀는 끝없이 중얼거렸다. 색이름을 영어로 말하는 것은 유미영의 버릇이었고 그것은 아파트 친구들의 버릇이기도 했다. 짐에서 나눠주는 연두색 운동복을 가리켜 퍼렇다고 한 영란에게 미영은 애플그린이라고 바로잡아 주었었다.

의식적으로 다른 생각을 해 보았지만, 그녀의 수치심은 가려지지 않았다. 그래서 이번에는 주저앉아 있는 순간을 가능한 한 짧게 하려고 애썼다. 거실 바닥의 반도 못 치웠는데 다리에 힘이 풀렸다. 매일 가는 짐에서 트레드밀 위를 달리거나 재즈댄스 혹은 요가 수업을 받았지만 어떤 운동도 이처럼 빠르게 다리근육을 피로하게 하진 않았었다.

여자가 냉장고에서 우유를 꺼내와 소파에 앉았다. 매일 아침, 그녀가 커피를 마시는 소파의 가운데 자리였다. 우유를 마시려 목을 젖힌 여자와 눈이 마주치차 그녀는 시선을 피하지 않고 정면에 고정한 그대로 쪼그려 앉아 손을 내저었다. 벽지 대신 엔의 발이 걸렸다. 스피커를 옮기고 있던 엔이 넘어졌다. 그녀의 눈길을 느낀 엔이 스피커를 얼른 세웠지만, 스피커 몸체에는 가늘고 긴 홈이

나 있었다. 그녀는 옌의 양어깨를 있는 힘껏 밀어 쓰러뜨렸다. 최고가 홈시어터 시스템의 스피커인지라 넘어진 것가지고 고장 날 리는 만무했지만, 그녀는 분풀이를 하고싶었다. 옌에게 악을 쓰며 발길질하려는 찰나 몸에 뭔가찬 것이 끼얹어졌다. 여자가 그녀의 상의에 우유를 부은것이었다.

"아이고, 조심 좀 하지 이 사람아. 얼른 갈아입으셔야겠네요."

염려하는 듯한 남자의 말소리 안에서 그녀는 웃음기를읽었다. 남자는 열쇠 꾸러미를 내주지 않았다. 차갑게 젖은 옷이나마 벗을 수는 없는 노릇이었다.

축축한 옷은 조금 지나자 비린내까지 풍겼다. 바닥을치우고 벽에 맞춰 자른 벽지에 풀칠하는 동안 고개를 숙여야 하는 그녀의 코에 자꾸만 비린내가 올라왔다. 벽지는 옅은 분홍색이었다. 세련미가 조금도 없다고 생각하면서도 그녀는 인부들의 눈초리를 느끼며 정성껏 풀을 발랐다. 맨손에 풀이 들러붙어서 휴지로 닦아내면 휴지까지달라붙었다. 그녀가 풀칠한 벽지를 옌이 붙였다. 남자와여자는 소파에 앉아 이렇게 하라 저렇게 하라 지시만 내렸다.

"잠깐만요."

스크래퍼로 벽지를 벽 위에 고르던 옌이 인부들에게 잠시 화장실에 다녀오겠다고 했다. 옌은 그녀의 옷과 자기 옷을 바꾸려 하니 그녀도 같이 가게 해 달라고 했다. 그녀는 풀이 담긴 들통 옆에 놓은 자신의 백을 집어 들고 화장실에 갔다.

문을 잠근 채 그녀는 옌의 옷으로 갈아입었다. 펑퍼짐하긴 했지만 코 바로 아래로 올라오는 비린내가 가시자 숨통이 좀 트이는 느낌이었다. 그녀는 휴대폰으로 남편에게 전화를 걸었다. 한참 동안 신호음이 가다가 음성 사서함으로 연결되었다. 그녀는 더 세게 단축번호를 눌러 남편의 목소리 불러냈다. 그러나 불려 나온 건 여전히 무미한 신호음일 뿐이었다. 신호 끝에 남편의 목소리가 들렸다.

"뭐야?"

창밖의 봄 햇살을 혼자만 받은 듯 무료하고 나른한 목소리였다. 여느 때와 같은 그 목소리가 그녀에게 짜증 대신 반가움으로 다가왔다. 그녀가 도배, 라고 말을 뗀 순간이었다.

똑똑똑. 밖에서 화장실 문을 두드렸다. 깜짝 놀란 그녀 손에서 스르륵 휴대폰이 빠져나가 변기에 빠졌다.

"빨리 나와요."

남자가 문을 두드리며 말했다. 그녀는 휴대폰을 건져 전원 단추를 눌러보았지만 액정은 미동도 없이 깜깜하기만 했다. 그녀는 휴대폰을 휴지로 닦아 백에 넣고 손을 씻었다.

화장실 밖으로 나간 그녀와 옌에게 남자는 배가 고프다고 말했다. 그녀의 표정이 멍하게 굳었다. 몇 초 뒤 표정을 고쳐 지은 그녀가 그럼 중국 음식을 시킬지 물었다. 남자는 고개를 저었다.

"그럼 도시락을 시킬까요? 피자나 통닭을 시킬까요? 출장 뷔페 요리를 시킬까요?"

배달 오는 사람에게 도움을 청해야겠다고 생각한 그녀가 몇 가지 메뉴를 주욱 읊어보았지만 남자는 번번이 고개를 젓더니 집에서 차려 달라고 말했다.

"괜한 돈 버릴 필요 뭐가 있나요 사모님. 아까 냉장고에 보니 고기, 생선, 야채 없는 게 없던데요. 다 꺼내서 요리해주시면 되죠."

그녀는 맥이 탁 풀렸다. 인부들을 어떤 말로 설득해야할지 몰라 주춤하고 있는데 옌이 냉장고 문을 열어 엘에이 갈비와 조기를 꺼냈다. 밥통에는 옌이 아침에 새로 지은 밥이 한가득이었다. 매일 아침, 아니 매 끼니 집 안의 식사를 준비하고 청소를 하는 것이 옌의 일 중 하나였다.

그녀가 늦잠을 잘 수 있는 이유이기도 했다. 네 개의 가스 레인지 위에서 갈비와 조기가 구워지고 아침에 끓였을 국이 데워졌다. 좋은 냄새가 집 안에 퍼졌다. 좋은 가정부를 두셨다고 여자가 말했다. 그녀는 대답하지 않았고 불쑥 남자가 끼어들어 난 파전이 먹고 싶다고 말했다. 조기를 뒤집던 옌이 저 파전 잘해요, 말하며 냉장고를 뒤졌다. 해물과 파가 잔뜩 들어간 해물파전. 여자가 혼잣말로 거들었고 냉장고를 닫은 옌이 해물이 없다고 했다.

그녀는 여자와 함께 집을 나섰다. 로비 데스크에는 '순찰 중'이라는 패가 놓여 있었다. 여자가 팔짱을 단단히 낀 채 빨리 걸었으므로 그녀도 곁눈질하며 종종걸음을 쳤다. 아는 사람과 마주치는 일은 일어나지 않았다. 유미영과 마주쳐 이게 어찌 된 일이냐고 퍼붓고 싶었지만 그런 일은 일어나지 않았다. 아파트 친구들은 아직 짐에 있을 시간이었기 때문이다.

마트에 다다랐을 때 그녀는 마트 입구에서 나오는 영란을 보았다. 그녀는 옌의 촌스럽고 헐렁한 옷을 입고 있다는 사실에 개의치 않고 큰소리로 영란을 불렀다. 영란은 좀 당황해했다. 평소에는 먼저 아는 체를 하지 않던 그녀가 자기를, 오가는 이 많은 마트 앞에서 그것도 큰 소리로 부른 것을 영란은 계면쩍어하는 눈치였다.

"자기도 오늘 헬스 빠졌나 봐? 나도 오늘은 일이 있어서."

"나 좀 도와줘."

영란의 말을 자르고 그녀는 팔짱 끼워지지 않은 다른 편 손을 크게 허우적대며 말했다. 여자는 묵묵히 그녀의 팔에 팔짱을 끼고 있을 뿐이었다.

"으응? 대체 뭘."

목소리 큰 점이 아파트 친구들의 뒷담화거리가 되던 영란이 기어들어가는 음성으로 되물었다.

"오늘 사모님 댁 도배하는 날이거든요."

여자가 생글생글 웃으며 끼어들었다. 그녀와 친구들이 자주 가는 호텔의 프런트 직원처럼 싹싹하고 매끄러운 목소리였다. 떨떠름한 표정으로 여자를 훑은 영란이 갑자기 손목시계를 보더니 시간이 없다는 말을 남기고 돌아섰다. 그녀는 입술을 깨물며 여자 팔의 악력을 따라 마트로 끌려들어갔다. 들어가며 뒤돌아보니 영란 역시 그녀 쪽을 돌아보고 있었다.

각종 해물 값을 치르려 계산대에 카드를 내민 순간 그녀는 일주일 전 미영과 마주쳤던 때를 기억해냈다. 그날 미영은 아파트 앞에서 마주친 그녀를 큰소리로 불러 과장된 반가움을 표했다. 그러고는 다짜고짜 신고해달라고 말했다. 서늘한 날씨인데도 땀이 맺혀있는 유미영의 이마라든가 결사적인 표정이 이상했다. 하지만 그녀는 못 알아들은 척했다. 복잡해 보이는 일엔 끼지 않는 게 상책이었다.

"얜, 농담두. 누가 들으면 진짠 줄 알겠다."

그녀는 눈빛 가득 친근함을 담아 웃음 지으며 말했다. 괜한 일엔 휘말리지 않는 것이 최선이었다. 미영의 얼굴이 흙빛으로 굳는 걸 느끼며 그녀는 아파트단지를 빠져나갔다. 다음 날 여느 때와 같이 짐에 나온 미영을 보며 그녀는 자신의 선택이 옳은 것이었다고 생각했다. 그때 미영과 붙어 있던 사람이 지금 자기 옆에 있는 여자였다는 걸 그녀는 너무 늦게 떠올린 셈이었다.

식탁에는 갈비와 조기를 비롯한 여러 가지 반찬이 차려져 있었다. 밥과 국은 세 쌍씩만 올라와 있었다. 옌은 그녀의 식구들과 같이 밥 먹어 본 적이 없었다. 옌이 해물파전을 요리하는 동안 인부들은 신나게 숟갈질을 해 댔다. 그들의 젓가락이 주로 갈비와 조기에 가 닿았기 때문에 그녀는 그쪽은 바라볼 엄두도 내지 않았다.

옌이 해물파전을 내오자 남자가 같이 앉아 밥을 먹자고 했고 옌은 사양했다. 남자는 같이 먹어야 같이 일을 해서 도배를 빨리 끝낸다고 말하며 그녀에게 동의를 구했다. 그녀가 마지못해 고개를 끄덕이자 옌은 밥과 국을 가지고 와 그녀 옆에 앉았다. 옌에게서 나는 비린내가 역겨웠다. 옌이 입은 그녀의 옷에서 나는 것일 터였지만 그녀는 그것이 옌의 겹겹이 접힌 살에서 풍긴다는 듯 눈살을 찌푸렸다.

집에 처음 들였을 때 옌은 아주 작고 마른 아이였다. 그 애가 오고 나서 그녀의 집에선 음식물 쓰레기가 확 줄어든 대신 옌이 살찌기 시작했다. 그것만 봐도 옌이 그녀 집의 가정부 생활에 만족하는 거라고 그녀는 얘기하고 다녔다.

식사를 끝낸 인부들 앞에 옌은 복숭아와 멜론을 깎아서 내왔다. 포크는 세 개 놓여 있었다. 보기만 해도 부드럽고 물렁물렁한 과육들이 인부들의 쪼글쪼글한 입술 사이로 들어가는 것을 보며 그녀는 그 입안을 가래침으로 채워주고 싶은 충동을 느꼈다. 인부들이 그녀와 옌에게도 과일을 권했지만 그녀들은 먹지 않았다. 그녀는 나직한 눈길로 옌을 쏘아보았다. 옌이 고개를 숙였다. 자신을 보는 여자의 눈길을 느끼고 그녀는 고개를 돌렸다.

벽에 맞춰 자른 벽지들은 삐뚤빼뚤했고 바닥엔 그녀가 흘린 풀이 여기저기서 말라갔다. 벽지에 편평하게 발리지 못한 풀은 옌이 눌러 붙이자 벽 위로 울퉁불퉁한 질감을 드러냈다. 천장 작업은 더 어이가 없어서 거치대에 올라선 옌이 깨금발을 들고 벽지를 살짝 붙여만 놓는 식이었다. 남자가 가리킨 롤러로 벽을 문지르는 그녀의 등이 땀으로 젖었다. 거실 도배가 끝난 뒤 그녀와 옌은 한쪽으로 치워둔 티브이와 장식장, 지점토 화분 등을 제자리로 옮겼다.

끈적이는 몸을 식히기 위해 그녀가 에어컨을 켰다. 남자는 에어컨이나 선풍기 바람 없이 자연적으로 말려야 울지 않는다며 신문을 넘겼다. 그래도 상관없다고 말하는 그녀를 신문에 코를 박고 있던 남자가 얼굴을 들어 지긋이 쳐다보았다. 나지막하게 두드러진 광대뼈 사이로 둥그런 눈알이 번득였다. 그녀는 남자의 눈길을 피하며 에어컨 운전 정지 단추를 눌렀다.

인부들은 그녀와 옌에게 부엌 도배를 지시하곤 티브이를 봤다. 아들이 어릴 때 좋아하던 애니메이션 프로그램이었다. 고3인 아들은 키 크고 체격이 좋았고 무엇보다 운동을 잘했다. 거실에선 안 보이는 부엌 모서리에서 그녀는 아들에게 전화하기 위해 손전화를 켰지만 작동하지 않았다. 휴대폰에서 눈을 떼고 거실을 살피려 고개 돌리던 그녀는 악, 하고 터져 나오려는 비명을 가까스로 삼켰다. 어깨를 구부린 채 가슴께 두 손을 모으고 얼굴과 눈길만 그녀 쪽으로 쑥 빼어든 옌이 가는 눈을 뚱글게 만들어 자신을 바라보고 있던 탓이었다. 그녀와 눈이 마주치자 옌은 멋쩍은 듯 배시시 웃어 보였다. 그 모습이 크고 살진 쥐처럼 보였다. 그녀의 뱃속에서부터 헛구역질 같은 혐오감이 치솟았다. 그것을 뱉어놓기엔 거실에 있는 인부들이 신경 쓰였다. 그녀의 시선에 한 걸음 물러난 옌이 눈알을 굴리다 고개를 푹 꺾었다.

그녀는 벽지 뭉치와 줄자를 옌 앞에 던졌다. 벽의 길이와 높이를 잰 옌이 벽지를 자르기 시작했다. 그녀는 인상을 찌푸리고 바닥에 엎드린 옌을 보았다. 자신과 바꿔 입은 회색 카디건과 우중충한 잿빛 치마가 한 벌처럼 어울려 커다란 걸레처럼 보였다.

처음 데려왔을 때 어깨를 틀어쥐기만 해도 땟물이 흘러나올 것 같은 옌의 인상이 마른 몸체에서 기인한 것이라는 생각에 그녀는 옌에게 살을 좀 찌워보지 그러냐고 했다. 필사적으로 먹어서 얼마 뒤 통통해진 옌에게선 여전히 남루한 냄새가 풍겼다. 그녀는 그 냄새가 옌의 마른 몸이 아닌 옌의 태생에서 풍기는 거라고 결론지었다. 그 냄새는 숨겨놓은 꼬리처럼 지금도 옌의 잿빛 치마 안에 감돌고 있을 것이었다.

그녀는 사람들이 저마다 비슷한 거죽을 지니고 있지만

그 안의 실물은 쥐와 고양이 두 종류라고 보았다. 서울에 전학 왔을 때 그녀는 며칠째 컨트리걸이라는 놀림을 받았다. 마침내 눈물 흘리는 그녀를 보고 아이들은 시골 애들은 울음소리도 다른 것 같애, 귓속말을 했다. 그때는 자신과 서울 아이들이 뭐가 다른지 알 수 없었다. 그러나 옌이나 영란을 보며 그녀는 그 다름을 절절하게 느꼈다.

다행히, 그녀는 쥐 앞에 선 고양이가 어떤 태도를 취하는지 잘 알고 있었다. 시골에서 어린 시절을 보낸 덕분이었다. 늘어져서 하품하거나 털을 고르다가도 쥐를 발견한 순간 고양이는 네 발로 서서 자세를 낮추고 털을 곤두세운 채 안광을 뿜었다. 노란 눈으로 쥐를 살피다가 틈이 생기는 순간 와락 달려들어 쥐의 목을 물어뜯었다. 그러고 나면 다시 게으른 평소의 상태로 돌아와 기절한 쥐를 이리 굴리고 저리 굴리다가 한참이 지난 뒤에야 식사를 했다. 고양이의 특징은 쥐를 대하는 태도에 있었다. 촌티의 꼬리를 숨기고 쥐를 몰아야 고양이가 될 수 있었다.

"왜 그래? 꼭 그렇게 고양이가 쥐 몰 듯해야겠어?"

옌에게 음식 트집 청소 트집을 잡는 그녀에게 남편은 가끔 밥상머리에서 말하곤 했다. 그녀는 그 말을 들을 때마다 흐뭇해졌다.

부엌에 온 남자가 식탁 의자에 앉은 그녀를 힐끔거렸

다. 그녀는 옌이 하고 있는 풀칠을 도왔다. 남자가 쯧, 아줌마는 붙여야지, 혀를 차며 말했다. 자신 뒤에 선 남자의 눈길을 느끼며 그녀는 부자연스런 손길로 벽지를 눌렀다. 쥐가 고양이를 모는 법은 없다. 그녀는 울컥 솟아오르는 화기를 느끼며 부엌 시계를 곁눈질했다. 두 시였다. 한 시간 뒤면 아들이 귀가하고 조금 뒤 과외 선생도 들를 터였다. 그녀는 벽지를 더 세게 문질렀다.

초인종이 울렸다. 부엌에서 튀어나간 그녀가 신발장 앞에 섰다. 인부들이 누구냐고 물었지만 그녀가 민첩한 손놀림으로 문을 딴 뒤였다.

"안녕하세요 사모님. 우리 아이들이 꼭 읽어야 할 전집이 있습니다."

방문 판매원이었다.

"안 봐요!"

그녀를 제치고 나선 옌이 대문을 닫아버렸다. 각종 방문판매원과 기금을 모으는 봉사자들에겐 문을 열어주지도 말라고 그녀는 옌에게 누누이 당부했었다. 그러나 지금은 상황이 달랐다. 그녀가 옌을 제대로 쏘아보기도 전에 인부들이 일을 재촉했다.

연분홍 벽지가 울퉁불퉁하게 말라갔다. 도배하느라 옮겨두었던 부엌 물건들을 제 자리에 놓고 그녀는 손을 털었다. 이제 다 됐지 싶었던 것이다. 그녀의 마음과는 달리 인부들은 쉽게 떠나주지 않았다. 남자는 소파에 길게 누워 잠들어 있었고 여자는 티브이에서 나오는 영화를 보며 눈물을 훔치고 있었다. 그녀가 옌의 옆구리를 찔렀다. 부엌 도배도 끝났다고 옌이 말했다. 여자가 남자를 깨웠다. 남자는 졸음이 덜 가신 얼굴로 소파에 앉았다. 그는 멀뚱멀뚱 도배된 벽을 바라보더니 신발장에 둔 들통과 붓을 가져오라고 했다. 들통 속엔 페인트가 들어 있었다.

남자는 붓에 페인트를 묻혀 알아볼 수 없는 문자를 벽 위에 갈겨썼다. 연분홍색 벽이 금방 지저분해졌다.

"뭐하는 거예욧."

그녀가 날카로운 목소리로 대들었다. 남자는 대꾸하지 않고 다른 쪽 벽면에도 낙서를 휘갈겼다. 믹서기 갈리는 소리가 나더니 옌이 생과일주스 석 잔을 쟁반에 받쳐 왔다. 복숭아를 갈아 만든 듯 주스는 연분홍빛을 띠고 있었다. 인부들이 잔을 가져갔고 옌은 마지막으로 그녀 앞에 섰다. 그녀의 손에 힘이 들어갔다. 흡뜬 눈에는 흰자위가 더 많이 보였다.

"손님 오시면 간식도 내오고 주스도 만들어 오라고 하셔서."

옌이 고개를 숙이고 변명하듯 중얼댔다. 그녀가 말한

손님이란 남편의 동료들이나 아들의 학우들, 자기 친구들을 일컫는 것이었다. 힘이 들어간 그녀의 손이 저절로 치켜 올라가 유리잔을 쥐고 내용물을 내갈겼다. 옌이 피하자 주스는 벽에 부어져 흘러내렸다.

"호오, 새로운 무늬로군요. 벽과 비슷한 연… 코랄핑크!"

남자의 말이 끝나기도 전에 그녀가 소리 질렀다. 연분홍이 아니라 코랄핑크라구. 붓을 든 남자가 벽에 콜알핑크, 라고 썼다. 여자도 붓을 들어 콜알핑크 옆에 짧은 평행선을 두 줄 그리곤 연분홍이라고 썼다. 남자도 여자도 썼다기보다 그렸다.

인부들이 들통과 붓을 가지고 부엌으로 간 사이 그녀는 롤러로 옌을 때렸다. 주스로 얼룩진 벽과 바닥을 닦으라 해도 옌은 고개를 꺾은 채 서 있었다. 인부들이 도배를 마쳤다고 했다. 거실과 부엌 40평에 합지 세 롤을 썼으니 삼백오십만 원이라고 했다. 인부들이 어서 나가주었으면 하는 마음에 그녀는 따져 묻지도 않고 카드 결제를 했다. 남자가 집의 여벌 열쇠 꾸러미를 소파 팔걸이 위에 놓았다. 종일 노동을 한 그녀의 몸은 뻐근하고 땀으로 번들대고 있었다. 그녀가 집 안의 방문을 차례로 열었다. 이제 정말 끝났지 싶었다.

여자가 넓게 자른 부직포를 그녀에게 건넸다. 물에 적셔 바닥을 닦으면 풀 자국이 지워질 거라고 했다. 그녀는 부직포를 옌에게 던졌다. 인부들은 부엌 식탁에 앉아 복숭아를 까먹었다. 단물을 혀로 핥는 꼴이 그녀의 눈에는 원숭이처럼 보였다. 그녀가 안 가냐고 물어보자 인부들은 능글맞게 웃었다. 도배 후 뒷정리도 자기들 소관이니 바닥이 깨끗해지면 퇴근하겠다는 것이었다.

"얘!"

그녀는 끈적이는 곳을 가리키며 옌을 불렀다. 옌은 바닥에 납작 붙어 그녀가 발짓한 데를 여러 번 훔쳤다. 끈적임이 가실 만큼 닦아내기도 전에 그녀가 이곳저곳에서 불렀으므로 옌은 중구난방으로 머리를 들이미는 두더지 게임을 떠올렸다. 호되게 맞을 걸 알면서도 망치 든 손님 앞에 여기저기 머리를 디밀어야 하는 두더지 말이다.

인부들이 복숭아 몇 조각을 가져왔다. 먹고 남은 것인지 단물 흐르는 복숭아 표면에 멍이 들어있었다. 그녀는 그쪽을 바라보지도 않았다. 여자가 접시를 바닥에 놓았다. 옌이 복숭아를 집어 들려는데 그녀가 부엌 바닥 한쪽을 발로 구르며 옌을 불렀다. 옌은 복숭아를 먹었고 그녀는 그것을 보았다. 복숭아 한쪽씩을 통째로 넣은 옌은 몇 번 씹지도 않고 꿀꺽꿀꺽 삼켜댔다. 그녀가 물에 적신 새

부직포를 옌에게 뒤집어씌웠다. 다디단 복숭아 맛에 취했던 옌의 얼굴이 삽시간에 굳었다. 옌은 제 머리를 차일처럼 덮은 부직포를 그녀에게 던졌다. 축축한 부직포가 그녀의 얼굴에 닿았다. 그것을 떼어내기도 전에 옌이 그녀를 밀쳤다.

뒤로 밀려나 소파에 떨어진 그녀는 앉은 채로 옌을 올려다보았다. 얼마나 힘을 주고 있는지 옌의 턱이 떨리고 있었다.

"내가 아침밥을 차릴 때 당신은 자고 있어. 내가 걸레질을 할 땐 소파에 누워 있지. 당신과 가족들이 남긴 건 먹어도 되지만 과일은 그마저도 안 돼. 매일매일 과일을 갈면서 냄새를 맡지만 난 한 번도 떳떳하게 먹어본 적이 없어."

옌이 부들부들 떨며 어눌한 어투로 소리 질렀다. 그녀는 소파에서 빠져나가고 싶었다. 그러나 몸을 일으키는 짧은 순간 옌이 자기를 때리기라도 할까 봐 겁이 났다. 그녀의 얼굴 앞에 꽉 쥔 주먹을 흔들어 보이며 고함치는 옌이 그녀는 처음으로 무서워졌다. 이런 모습은 여태껏 본 적이 없었다. 그녀가 때려도 옌은 울음을 삼키며 고개를 숙이기만 했다.

"내가 울 땐 보기 싫고 듣기 싫다고 하면서 당신은 드라마를 보며 매일 눈물을 흘려. 어제만 해도 그랬지. 영화를 보고 펑펑 운 당신은 내가 울먹였다는 것만으로 나를 때렸어!"

옌의 손이 그녀의 얼굴로 날아들었다. 옌의 손에 잡힌 부직포가 산산이 찢어졌다. 그녀는 정말이지 소파를 벗어나고 싶었다. 그러나 자신을 내려다보는 옌의 서슬에 눌려 꼼짝도 할 수 없었다. 그녀는 두려움을 들키지 않으려 어금니를 꽉 물었지만 눈에서는 물이 줄줄 흘러내렸다.

그녀를 쏘아보던 옌이 거친 숨을 쉬며 부엌 쪽방으로 갔다. 인부들은 보이지 않았다. 도배용구와 거치대도 싹 없어진 상태로 현관에 명함이 하나 놓여 있을 뿐이었다. 그녀는 부엌 쪽을 힐끔거리며 소파와 바닥에 널린 부직포 조각들을 치웠다.

도어락 버튼 누르는 소리가 들리더니 아들이 들어왔다.

"엄마, 울었어?"

그녀는 얼굴을 가리며 슬픈 영화를 봤다고 했다.

"그랬구나. 난 과외선생님이 과외를 취소해서 학교에서 자습하고 오는 길이야."

아들은 화장실에 들렀다 제 방으로 들어갔다.

그녀의 휴대폰은 여전히 켜지지 않았다. 유미영네 집에

인터폰을 해봤지만 받지 않았다. 그녀는 한 층 위 영란의 집에 연락을 넣었다. 영란은 탐탁지 않은 기색으로 인터폰을 받았다. 그녀가 자랑할 게 있다고 하자 금세 목소리를 바꾸어 십분 뒤 내려오겠다고 했다. 그녀는 안방 화장실에서 세수를 하고 화장을 했다. 울어서 부은 눈을 안 들키려 눈화장을 하고 가장 좋은 옷으로 갈아입었다. 거실 탁자에는 음료와 다과를 올렸다.

영란이 호기심 짙은 눈빛으로 거실에 들어섰다. 그녀는 자신만만한 표정을 지으며 소파 자리를 권했다. 거실 벽을 본 영란의 얼굴에 어리둥절함이 깃들었다.

"유미영 말이야, 너한테 때꾼한 냄새가 난다고 하더라."

그녀가 찻잔을 들며 말했다.

"자기야말로 설치류보다 설친다고 제일 많이 씹히고 있는 주제에."

영란이 코웃음을 쳤다.

그녀는 새로 한 도배가 어떠냐고 물었다. 졸부는 과자를 씹으며 눈을 몇 번 깜박였다.

"코랄핑크 바탕에 디자이너 분이 직접 새겨주고 간 문양이야. 유미영이 그분 명함을 나한테만 주더라구. 난 잘 모르지만 이게 다 수메르어로 가족의 행복을 기원하는 주문이래.”

그녀가 잔잔한 미소를 지은 채 말했다.

“근데, 산호색보다는 살색 같은 주황빛이 감도는 게 코
럴핑크보단 샐먼핑크같지 않아?”

졸부가 과자를 삼키고 말했다. 얼마 전까지 퍼렇다 뻘
겋다 색 표현을 하던 영란이 미영같은 말을 쓰고 있었다.
미영은 코랄핑크를 코럴핑크로 살몬핑크를 굳이 샐먼핑
크로 발음했다. 연어색에 가까운 분홍을 살몬핑크라고 부
르는 그녀 앞에서 유미영은 가끔 들으라는 듯이 샐먼핑크
샐먼핑크 했다.

“어쨌든 이런 계열 색상이 은은하고 질리지 않지. 복잡
한 문양 아래 깔기 좋게 단순하구 편하구.”

그녀가 벽지를 보며 차를 한 모금 마셨다. 영란은 더
큰 소리로 과자를 씹었다. 졸부가 조바심칠 때 자기도 모
르게 드러내는 버릇이었다. 영란은 어디서 한 거냐고 물
어볼지 말지 망설이고 있는 눈치였다. 그것이 그녀 눈에
는 보였다. 그녀는 차를 몇 모금 더 마시며 뜸을 들였다.
마침내 영란이 그 명함을 자기에게도 줄 수 없냐고 물었
다. 그녀는 환한 미소를 지으며 영란 앞에 손을 내밀었다.

“아무한테도 넘기지 말랬는데, 그래도 너랑 제일 잘 통
하는 거 같아서 주는 거야.”

그녀의 손바닥 위에 명함이 놓여 있었다. 영란이 감읍하는 표정으로 그것을 받아들었다.

"뒷정리도 깨끗이 해 주고 가."

바닥에 떨어져 있는 부직포 한 조각을 소파 밑으로 밀어 넣으며 그녀가 말했다.

디저트 식당

디저트 식당

그 길은 무척 곧고도 굴절돼 보였다. 침침한 동굴 같기도 했지만, 아치를 형성하고 있는 천정의 결은 무척 깨끗한 대리석이어서 말끔한 타일을 붙여놓은 화장실 같기도 했다. 왜, 이런 통로를 한 번도 보지 못했던 거지. 학교 중문으로 나와 복삿집이 있는 단층건물에 이런 지하 통로가 있는 줄은 전혀 몰랐다.

계단에 한 발 한 발 내려설 때마다 도, 시, 라, 솔, 파, 미, 레, 다시… 도 같은 느낌이 났다고 하면 나의 흐릿한 정신이 커피를 더 달라고 항의를 한 것일까. 귀에 들리지는 않지만, 몸으로 그런 울림을 느끼며 계단을 막 벗어났을 때였다.

투명하고도 투명한, 사람으로 치면 모세혈관과 모세혈관의 피와 핏속의 백혈구와 적혈구와 혈소판까지도 다 보일 만큼 시릴 정도로 투명한 유리판이 나타났다. 유리는 얇고도 얇아 까딱하면 유리인 줄도 모르고 유리를 향해 돌진할 뻔했다. 그러지 않은 건 나비 날개처럼 얇은 유리 건너편에 반짝반짝 빛이 나는 상앗빛 공간이 펼쳐져 있었기 때문이다.

디저트 식당. 유리를 자세히 뜯어보니 한쪽 구석에 그런 간판이 붙어있었다. 가운데 있는 문을 살짝 열고 들어가자 상앗빛 바닥 위에 내 발걸음 소리가 울렸다. 에코를 동반한 발걸음 소리가 하도 커서 빈집에 들른 밤손님이 된 것 같았다. 아무도 없나? 발걸음 소리를 죽이고 저기요, 하고 소리를 내 보려는 순간 어서 오세요, 하는 목소리가 들렸다. 정신의 근육이 바싹 수축한 채로 소리가 울리는 곳을 보았다.

거기엔,

노릇노릇한 크레페가 아이스크림이며 치즈 케이크이며 생크림이며 바나나와 딸기, 키위를 품은 채 부채꼴로 펼쳐져 있었다. 잘 부풀어 오른 비스퀴 안엔 모카 크림과 원두 모양 초콜릿이 든 채로 둥글려져 있었고 오렌지와 아몬드로 샌드된 앙트르메와 포르카포네가 잔뜩 든 게 틀림없어 보이는 티라미스, 짭조름한 베이컨과 통통한 버섯이 든 키슈, 계란찜같이 탄력적이면서도 부드러워 보이는 푸딩, 초콜릿 분수를 지금 막 맞은 것 같이 영묘하게 빛나는 사각의 와플, 크레페를 겹치고 겹치고 또 겹쳐서 겹칠 때마다 호두, 멜론, 자몽으로 샌드한 크레페 케이크, 윤기가 자르르 흐르는 호두파이⋯⋯.

한 번에 다 훑어볼 수 없을 정도로 많은 디저트들이 제각각 새콤하고 달콤하고 향긋한 냄새로 각각의 맵시를 뽐내며 나를 바라보고 있었다. 손을 뻗자 유리의 선득한 느낌이 났다. 내 눈을 믿을 수 없었다. 대형스크린처럼 높고도 넓은 쇼케이스 안의 디저트들은 지금 막 구워낸 것처럼 신선하고 뽀송뽀송하고 향기로웠다.

유리가 막고 있는데 어떻게 아느냐고? 보면 안다. 제빵을 하려면 눈으로 냄새를 맡고 촉감을 느낄 줄 알아야 한다. 막 만든 것은 빵 표면에 모래알 같은 기포 방울이 많고 한껏 부풀어 올라 탱탱하지만 굳지 않아 시든 냄새를 풍기지 않는다.

"뭘로 드릴까요?"

쇼케이스 옆으로 시선을 돌리니 가지런한 앞머리에 귀 뒤로 넘긴 머리칼이 목을 삼 분의 일만 덮은, 커트 헤어의 여자가 서 있었다. 검은 머리의 여자는 상앗빛 바닥만큼이나 깨끗한 얼굴로 나를 보고 있었다.

"이거⋯⋯."

디저트 식당

쇼케이스를 가리키는 나를 보고 여자가 싱긋 웃었다.

"바닐라를 넣어 반죽한 비스퀴. 그에 걸맞을 만한 차라면, 블랙 아삼티를 같이 드릴게요."

여자는 콩콩콩, 발걸음 소리를 울리며 주방으로 보이는 쪽으로 들어갔다. 쇼케이스로 눈을 돌리니 그 위로 상앗빛 커튼이 쳐지고 있었다. 커튼이 쇼케이스를 덮고 나자 쇼케이스는 온데 간에 없어지고 상앗빛 벽만이 태연하고 자약한 모습으로 주황 불빛을 은은하게 반사해내고 있었다.

이런 맛은 처음이었다. 나는 비명을 삼켰다. 낙지도 아니면서 입에 넣자마자 혀에 착 달라붙는 그윽하고 달콤한 맛 때문에 정신을 차릴 수가 없었다. 무조건 달기만 한 케이크는 목구멍으로 넘길 때 '싸구려'라는 글자가 뇌리에 떠오른다. 그런데 이 비스퀴는, 내가 단것을 먹고 싶을 때 딱 그만큼만 이런 식으로 달아줬으면 하는 바로 그런 맛이었다.

한 입 한 입 더 먹는 사이 비스퀴는 더욱더 깊고도 심오한 맛을 우려냈다. 지휘하듯 포크를 휘두른 내 귀에 빈 접시 긁는 소리만 들렸을 때 나는 비로소 비스퀴의 향연이 끝난 것을 알았다.

한 번 더 먹을 것인가, 말 것인가.

나는 빈 접시를 내려다보는 한편 티를 마시며 고민했다. 비스퀴의 흔적이 남은 혀를 따뜻하고 담백한 아삼티가 촉촉이 적셨다. 양털 가디건을 두를 때와 같이 다사로운 느낌이 났다.

맛을 즐기기 위해 나는 좋아하는 것일수록 아껴 먹는 편이었다. 엄마 말로 하면 김장을 김치찌개 만드는 데만 몽땅 써버리면 한겨울 먹을 김치가 없고 여친 말로 하면 새로 산 옷도 일주일만 매일매일 입고 다니면 다시는 보기도 싫어진다는 말과 같았다. 좋아하는 것일수록 막 먹어서 무감해졌을 때의 서글픔을 나는 잘 알고 있었다.

하지만, 이건 너무 맛있었다. 여자는 내 얼굴을 살피며 여전히 생긋거리는 미소를 보내고 있었다. 순간 지갑 속에 자판기 커피를 빼먹고 딱 삼백 원이 남아있다는 사실이 떠올랐다. 하나 더 먹기는커녕 가방이라도 저당 잡히게 생겼다.

이곳에 오게 된 건 순전히 우연이었다. 학교 중문을 나서면 어설프게 깔린 콘크리트가 약간의 비탈을 만들어낸다. 그 옆에는 복삿집과 분식집이 있는 단층 건물이 있다. 수업이 없는 날 학교에 온 이유는 조리실과 도서관을 오가며 논문을 써야 했기 때문이었다.

디저트 식당

논문을 쓰느라 잠이 모자란 탓에 졸렸고, 나는 급히 자판기를 찾았다. 선 채로 커피를마시자 자판기가 등지고 선 건물이 눈에 들어왔다. 평일인데도 복삿집 문은 닫혀 있었다. 이상하네, 라고 생각한 순간 건물 모서리에서 지하로 향하는 출입구를 발견했다.

지하실 비밀통로를 발견하기라도 한 것처럼 가슴이 설렜다. 계단 끝에서 상앗빛 공간의 디저트 식당을 발견했던 조금 전, 지갑 사정을 떠올렸더라면 여기에 들어오지 않고 계단을 되짚어 나갔을 것이다. 고민하고 있는데 여자가 내 얼굴을 보며 말했다.

"원래는 백 원인데 오늘은 안 받을게요."

어리둥절한 기분이었다. 그렇게 고급스런 비스퀴와 차가 백 원이라니, 오늘이 오픈 첫날인 모양이었다. 이 가게의 간판을 본 것도 오늘이 처음이니 어쩌면 오픈 준비 중인지도 몰랐다. 내가 첫 손님이라 공짜손님이 된 건가? 얼떨해 하며 의자에서 일어났다.

정신을 차려보니 중문을 벗어나 정문을 향해 걷고 있었다. 디저트 식당에 내려갈 때와 달리 올라올 때의 기억은 잘 떠오르지 않았다. 취한 채 나도 모르게 회귀본능을 따라 집에 당도한 느낌이었다. 어쨌든 좌우 사방이 오후의 늘어진 햇살을 받아 명랑하게 빛나고 있었고 나는 두 발에 힘을 주어 더욱 빨리 걸었다. 혈중 당도가 알맞은 농도로 채워진 덕분에 분발해서 논문을 쓸 수 있을 것 같았다.

"여."

"여어."

누군가 졸고 있는 내 어깨를 쳐서 돌아보니 철민이었다. 과 동기이자 베프인 철민은 창작 전공인 나와 달리 외식 연구 전공으로 차세대 뷔페 메뉴 연구를 제목으로 논문을 쓰고 있었다. 과일 맛 효모를 적용한 제빵 연구를 하는 나는 수업이 비는 시간의 학교 조리실을 빌려서 실험과 연구를 했다. 그에 비해 이 녀석은 온갖 뷔페를 다니며 메뉴를 비교하고 종합하며 논문을 쓰고 있을 거였다. 부러웠다.

"나 커피 마시러 가는데 같이 한 잔?"

도서관인 만큼 음량을 최대치로 낮춘 철민이 물어왔다. 나는 고개를 끄덕였다.

"논문은 잘 돼 가냐?"

도서관을 벗어나자마자 철민이 내 가방에 눈길을 주며 물었다. 졸기만 몇 시간째라 아예 짐을 챙겨 나온 거였다. 매일 반죽을 하는 통에 팔 근육은 쇠처럼 굳었고 허리엔 디스크기가 감돈다. 선배들이 쓴 논문도 보고 요리잡지에 실린 평론도 살피며 논문을 작성해야 해서 졸음도 만성이 돼가는 듯했다.

"넌 매일 뷔페 음식 먹으러 다니고 있는 거지? 부럽다."

내가 묻자 철민은 배가 나와 큰일이라고 말했다. 하지만 셔츠에 청바지를 받쳐 입은 녀석은 여전히 날씬하다. 언제 봐도 깔끔한 스타일에 새로 사 신은 것 같은 구두, 큰 키와 하얀 피부를 가지고 있는 녀석은 외모만 보면 손에 물도 안 묻혀봤을 것 같은 왕자님이다. 이렇게 마른 녀석이 웬 배냐고 캐묻자 철민은 물만 마시고 지낸 지 삼 일째라고 한다. 왜냐는 내 물음에, 왜? 논문 때문이라곤 하지만 너무 많이 먹는 내가 혐오스러워서, 라고 답해온다.

이 녀석의 완벽주의는 흠잡을 데가 없는 바로 그 점을 흠잡아야 한다. 요리 과학고도 수석으로 졸업한 수재인 데다 학부 성적도 항상 최고로 유지했었다. 요리 전문 특화 교육을 하는 우리 학교는 한식, 일식, 이탈리아식, 요식 연구, 디저트 등등 실습과 이론, 마케팅 과목으로 이루어져 있는데 녀석은 이론도 창작도 무척 뛰어났지만 창작 요리를 할 때 더 열심이고 분자요리에 관심이 많아서 세부 전공도 창작으로 정할 줄 알았다.

그래서 마지막 학기에 창작이 아닌 외식 연구 쪽으로 진로를 튼 건 의외였다. 나한테 한마디도 없이 전공을 바꾸다니. 웬일인지 물어보자 녀석은 너무 한 길만 파는 것도 재미없잖아, 라며 씨익 웃었었다. 머리를 귀 뒤로 쓸어 넘기던 녀석의 얼굴은 남자인 내가 봐도 반할 정도의 나르시시즘이 기품처럼 흘러넘쳤다.

나 역시 요리에 관해서는 수재 소리를 들어온 터라 우리는 나란히 과 톱을 유지했다. 그런데 녀석이 연구 쪽으로 전공을 틀자 라이벌이 없어진 것 같아서 시원하기보다 섭섭했다. 우리 둘은 공인된 라이벌이며 절친이었기 때문이다.

"근데, 돼지는 안 보이네? 어디 간 거냐?"

돼지는 철민이 부르는 내 여친의 별명이다. 외식조리학과인 우리는 각자 좋아하는 음식을 별칭으로 하는 경우가 많았다. 내 여친은 고기, 그중에서도 돼지고기를 좋아했다. 삼겹살, 오겹살, 목살, 껍데기는 물론이고 돼지고기로 만든 소시지와 돼지고기가 든 만두까지 폭넓고도 깊게 좋아했다. 하지만 채식주의자처럼 가녀린 몸매와 흰 피부, 커다란 눈망울 때문에 입학하자마자 온 학생의 관심을 받았다. 나 역시, 아니 나는 누구보다 더 열렬한 관심을 보냈다.

그런 여친이 내게 말을 붙여올 때마다 나만의 공상은 날로 원대해졌다. 그러나 여친이 걸어오는 말 중 90%가

철민에 대한 질문이란 걸 알았을 때 나는 철민의 최측근이 나란 사실을 새삼 깨닫게 되었다. 학과 내에선 물론이고 학교, 심지어 옆 학교 학생에게서조차 고백을 받는 철민이고 보니 이해가 안 가는 바도 아니었다.

그 이야기를 철민에게 하자 철민은 잠시 미간을 찡그리더니 훗, 하며 얼굴을 폈다. 철민이 아닌 나를 좋아해서 그런 걸 거라고 했다. 믿지 않았다. 다음 날 여친에게서 고백을 받았을 땐 더욱 믿어지지 않았다. 혹시 둘이 짜고 무언가 공모했나 하는 의심이 들 정도였다.

나는 내 볼을 꼬집으며 여친과 사귀기 시작했고 볼에 수많은 피멍이 생겨 꼬집어도 아픈 줄 모르게 되었을 때에야 적응을 하기 시작했다. 돼지라는 별칭을 철저히 거부하는 여친이 철민에게만 그 호칭을 허락한 건, 나와 자신을 이어준 철민이란 존재에 대한 작은 배려라고 했다. 물론 나는 여친을 돼지라 부르지 않았다. 사슴이나 비너스란 말도 여친의 아름다움을 설명하기에 턱없이 부족한데, 돼지라니.

때때로 여친이 나보다 철민과 더 친한 것 같아서 질투가 나기도 한다. 하지만 철민과 여친은 꽉 짜인 정식 만찬 코스와도 같은 삶에 새바람을 넣어 주는 디저트 같은 존재들이란 것만은 틀림이 없다. 내 마음의 선반 가장 좋은 곳에 부드러운 천으로 감싸 놓고 리본으로 장식해 놓은 최고급 쿠키라고나 할까.

"이봐."

철민이 내 얼굴 앞에서 손바닥을 흔들어 보였을 때야 현실로 돌아왔다. 돼지는 어디 있느냐는 질문을 받았었다. 여친은 학교 후문의 스파게티집에 있을 거였다. 새우크림 스파게티나 토마토 스파게티 대신 소시지와 햄이 잔뜩 들어간 아마트리치아나를 주문해 두었을 것이다. 그 스파게티집은 이번이 두 번째 방문이다. 후문의 스파게티집에 첫 번째 간 날, 여친은 햄이 가득한 파스타를 한 입만 먹어보라고 성화여서 딱 한 입 먹긴 했는데 어찌 된 일인지 그 뒤의 기억이 없다.

고기를 좋아하지만, 돼지고기만 못 먹는 내게 소시지는 금기의 대상이다. 어린 시절, 두드러기와 알레르기 발진이 삽시간에 몸을 휘감은 이후로는 돼지고기 냄새조차 달갑지 않았다. 우리는 뒷문을 나섰다. 철민은 정류장으로 갔고 나는 휘어진 언덕길에 들어앉은 스파게티 집으로 향했다.

"오빠 한 입 먹어봐."

여친이 포크에 말아 올린 아마트리치아나를 들이민다.

파스타엔 소시지와 햄이 주렁주렁 매달려 있다. 하여튼 돼지라면 사족을 못 쓰는 성격이다. 역시 당기지 않는다. 고개를 저었더니 여친이 제발, 이라는 표정으로 두 눈을 말똥거린다. 내가 돼지고기를 못 먹는 건 알지만 남친이 생기면 사이좋게 아마트리치아나를 나눠 먹고 싶었단다.

"아."

입을 벌린다. 그래, 한 입 정도에 체하진 않겠지. 입안에 든 햄의 탄력적인 감촉이 느껴진다. 씹을 때마다 풍족한 기름기가 우러난다. 조금 시큼하긴 하지만 뱉을 정도는 아니다. 상한 햄은 위험할 수도 있다는 생각이 스치지만, 살라미 특유의 맛이려니 한다. 한 입 더 먹을까. 꿀꺽, 햄을 넘긴다. 입을 또 한 번 벌리고 싶지만 참을 수 없이 졸립다.

스파게티집에서 잠들면 다른 손님들이 이용할 수 없다고 쫓겨나려나. 실내의 음악 소리도 여친의 목소리도 어렴풋해진다. 한없이 폭신한 어둠이 나를 감싼다.

학교 이름을 딴 정거장 이름이 들리고 나는 몸을 일으킨다. 정문으로 등교하려다 중문을 향해 올라간다. 점심시간이라 중문 근처의 분식집과 복삿집엔 학생들이 붐빌 거다. 그래도 디저트 식당에 들러야겠다. 기분 좋아지는 디저트를 먹으면 몸 안의 세포들이 대동단결을 해서 힘을 내니까 논문도 더 잘 써질 거다.

어제 밤샘을 한 덕분에 논문 분량은 꽤 늘어났다. 잠에서 깬 뒤 노트북을 펼치고 본문을 썼다. 책가방에 든 노트북 안에는 '과일 맛 효모를 적용한 제빵 연구-창작 디저트를 중심으로'라는 파일이 들어 있다. 스파게티집에서 깜빡 잠이 들어 노트북을 잃어버린 줄 알았을 때는 마음이 깜깜했지만 다행히 카운터에서 보관하고 있었다.

자동판매기를 지나쳐 건물 모서리로 가보니 지하로 통하는 입구가 열려 있다. 상앗빛 계단을 단숨에 내려가 유리문을 연다. 상앗빛으로 둘러싸인 넓은 공간에서 여자가 얼굴을 내민다.

바 형식의 테이블에 앉자 메뉴판을 준다. 검은색 가죽으로 된 메뉴판을 넘기니 식사류, 라는 글자 아래 메뉴 이름과 사진이 소개돼 있다. 식빵 대신 부드러운 스펀지 케이크를 쓴 케이크샌드, 함박스테이크 모양의 함박브라우니, 햄버거빵 대신 옅은 색 모카스펀지를 사용한 모카케이크버거. 고깃집 점심 메뉴 단골인 옛날 도시락 세트도 있다. 사각형의 양은 용기 안에 팬케이크를 층층이 쌓아 올려 생크림을 덮고 그 위에 노란색 커스터드 크림이 노른자처럼 올려져 있다. 도시락 한쪽엔 붉은빛이 감도는 천연 메이플 시럽, 얇은 사각형 모양의 다크초콜릿 몇 장이 놓여있다. 실물같이 생생한 사진이다.

"디저트가 식사메뉴에 있는 게, 어색한가요?"

고개를 갸우뚱하는 내게 여자가 말을 잇는다.

"식사 뒤에 먹는다고 해서 디저트라면 식사 전에 먹는 앞저트도 있지 않겠어요? 식사 대신 디저트를 먹을 수도 있고요."

"식사 전에는 오르되브르를 먹죠."

내가 말하자 여자는 이런이런, 이라는 표정으로 살짝 미소를 짓더니 말을 잇는다.

"그러니까 뭐가 뒤고 뭐가 앞인지는 생각하기 나름이란 거죠. 오르되브르는 식사 전에, 메인 메뉴는 식사 한가운데, 디저트는 식사 끝에, 그렇게 정해놓은 게 다 옳은 걸까요? 무엇보다, 그렇게 예상한 대로 흘러가 줄까요? 우리가 앞이라고 정해놓은 게 사실은 뒤일 수도 있고 끝이라고 생각하는 게 새로운 시작일 수도 있죠."

서양에서 디저트란 식사의 피날레를 장식하는 꽃과 같다. 식사 공정의 제일 끝부분인 만큼 아름답고 달콤하게 치장됐다고 할까. 서양 디저트에 해당하는 우리나라 과자는 문방사우의 하나처럼 화려하진 않아도 꼿꼿한 구석이 있다. 식사에 곁들이는 부메뉴로서가 아니라 독립적으로 발전해 왔으니까.

"잘 아네요. 식사의 끝에 위치하는 디저트는, 먹는 걸 쉬겠다는 휴지의 뜻도 내포하죠. 끝없이 먹는 게 삶이라면 먹는 걸 멈춘다는 말은 잠깐의 죽음이라고 볼 수도 있죠. 인생이라는 편의점에 클로즈 팻말을 걸어두고 싶을 때 가장 손쉬운 방법은 케이크를 먹는 거예요. 그래서 이런 말도 있죠. 죽음은 디저트보다 달콤하다."

여자의 말을 들으며 메뉴판을 넘긴다. 얇은 크레페를 가운데 두고 오색의 크림과 치즈, 과일을 늘어놓은 구절판, 색색의 버미셸리를 넣어 둥글게 만 비스퀴에 초콜릿을 입혀 커팅한 비스퀴김밥, 면발 모양으로 뽑은 아이스크림에 쿠키조각과 아몬드를 고명으로 얹고 옅은 갈색 커피를 부어 만든 젤라또 국수가 있다. 1단에는 티라미스, 2단에는 카스테라, 3단에는 치즈무스를 넣어 수저로 떠먹게 해놓은 3단 찬합 세트도 있다.

다음 장에도, 메인메뉴로 분한 디저트들이 펼쳐진다. 가방 속에 노트북과 같이 들어있을 지갑을 떠올린다. 오늘은 꽤 두둑하니 두 가지, 아니 세 가지 메뉴를 주문해 볼 수도 있겠다. 그런데 가격이 나와 있지 않다. 내 맘에 든 메뉴를 손가락으로 가리키며 얼마냐고 물으려는데 여자는 상앗빛 벽 속으로 사라져버린다. 고아하게 빛나는

디저트 식당

상앗빛 벽 안쪽엔 어떤 조리기구와 주방이 세팅돼 있을지 궁금하다.

영혼의 상처라도 감침질할 듯 부드러운 냄새가 풍긴다. 잘그락, 하는 소리와 함께 크림 수프와 소스가 그득한 스테이크가 놓인다. 화이트초콜릿 수프와 진짜 카카오를 썼다는 두툼한 브라우니. 희고 둥근 브라우니 접시엔 메이플 시럽과 에스프레소가 소스처럼 깔려 있다. 접시 한쪽에 옹기종기 모여 있는 건 갈색의 젤리빈과 야채 모양의 녹차 쿠키, 얇고 길게 채 썰린 양파 젤리다. 모양만 보면 영락없는 스테이크 세트다.

"그래서, 맛이 어땠어?"

여친이 묻는다. 여친과 함께 가면 디저트의 신경지라며 쾌재를 부를 게 분명했다. 우리 학과 친구들은 스스로 발견한 맛집 공유를 사랑과 우정의 제1원칙으로 생각한다. 맛의 수준이 떨어지는 집을 소개하면 소개한 사람의 수준도 같이 떨어져서 웬만한 사이 아니고서는 맛집 공유를 꺼린다.

"죽음은 디저트처럼 달콤하다. 딱 그런 맛이었어."

"에이, 디저트로 논문 쓰고 있는 사람 대답이 왜 그래? 더 자세히 말해봐."

여친이 얄밉다는 듯이 흘겨보며 더 상세한 대답을 요구한다. 하지만 딱히 다른 표현은 생각나지 않는다. 그걸 먹는 순간, 온몸은 물론 영혼의 관절마저 스르륵, 하고 이완되는 느낌이었다. 숙면을 취할 때의 만족감 같은 거랄까. 혀에 음식이 닿는 순간, 영혼이 깊은 잠에 드는 듯했다.

여친은 여전히 추상적인 대답이라고 하지만 그때의 느낌은 혀에 와닿는 맛이라기보다 온몸이 느끼는 감각 같은 거였다.

"대단한 칭찬이네. 설마, 케이크 반죽에 마약을 섞는 건 아니겠지?"

"그렇다면 난생 처음으로 마약을 섭취해 본 건가?"

설마. 여친은 키득키득 웃으며 내 팔을 주먹으로 때렸다. 장난스럽게 웃는 여친의 얼굴을 보니 지난 학기에 냈던 리포트가 떠올랐다. 철민과 요식업체 연구 과목을 수강할 때 자기의 가상결혼식을 피로연과 함께 기획해 오라는 과제였다.

나는 결혼식의 제목을 웨딩 오브 퐁듀라 지었다. 고디바 초콜릿을 녹인 초콜릿 퐁듀가 초대형 분수대에서 끝없이 흘러내린다. 식장의 레드카펫을 따라 양쪽에는 하얀 테이블에 놓여 있고 그 위에는 신선한 과일과 한과,

쿠키, 각종 케이크들이 올라와 있다. 주례를 마친 신랑 신부가 키스를 하고 하객 쪽으로 돌아선다. 하객들은 레드카펫 밖에서 신랑 신부 쪽으로 다가가며 손에 든 꼬치로 과일과 빵을 찔러 주례단 앞에 놓인 퐁듀에 적셔 먹는다. 그러면서 달콤하고 신선한 결혼생활을 하라고 축하해주는 것이다.

"청첩장도 종이 카드 대신 사각형의 화이트 초콜릿을 사용할 거라고 썼었지."

"완전 귀엽다. 그치만 각종 돼지고기를 늘어놓고 그릴을 준비해서 웨딩 오브 포크로 해도 좋을 것 같아. 설마 이거 청혼이야?"

여친이 백일 선물로 준 반지를 내 눈앞에서 흔들어 보인다.

"근데 우리 천일 채우려면 까마득하다. 나 루이비통 들고 싶은데."

내가 무슨 영문인지 몰라 하자 여친이 입을 삐죽거린다.

"우리 백일째 되는 날, 오빠가 이 반지 끼워주면서 그랬잖아. 명품백은 천일째 되는 날 사주겠다고. 뭐야, 나만 기억하고 있는 거야?"

천일째 되는 날 명품백이라. 속으로 안도한다. 우리는

이제 이백일을 조금 넘겼을 뿐이니까. 사람은 자기가 보고 싶은 것만 보고 기억하고 싶은 것만 기억하나 보다. 하지만 백일을 기념하여 갔던 레스토랑은 확실히 기억한다. 맛집을 검색해서 직접 시식해보고 날짜에 맞춰 예약까지 해뒀던 그 스파게티집 이름은 이탈리노였다. 건물 외벽에 구름으로 만들어진 계단이 그려져 있어서 빌딩 전체가 하늘로 향하는 층층대처럼 보였다.

돔형의 높은 천장엔 두오모 성당의 환영 성화가 그려져 있었다. 높고 맑은 하늘은 성스런 색채를 띠고 있었고 로브를 걸친 천사들이 우리를 내려다보고 있었다. 환한 주황색 불빛과 어울려 천사들은 살아있는 듯 생기를 뿜어냈다. 나도 휴거하여 천사들과 합류할 수 있을 것만 같은 생각이 들었다.

벽에는 줄리엣의 생가가 실물 모습 그대로 프린트돼 있었다. 줄리엣이 로미오를 보러 나갔다는 발코니 앞에는 줄리엣 동상을 모사한 조형물이 서 있었다. 줄리엣의 왼쪽 가슴에 손을 대면 사랑이 이루어진다는 속설 때문에 동상의 왼쪽 가슴이 닳아빠져 있는 것까지 진짜와 똑같은 모형이었다.

검은 조끼를 걸친 서버가 건네준 메뉴판에는 레스토랑 인테리어를 설명하는 부분이 있었다. 건물 외벽과 천장

디저트 식당

성화는 그림을 실제처럼 느끼게 하는 트롱프뢰유 기법을 활용한 것이라 했다. 천장이나 건물에 새겨진 트롱프뢰유는 소실점에서 봐야지만 실물감과 입체감이 확보된다고 나와 있었다. 여친은 고개를 저으며 한마디 했다.

"쓸데 없는 것만 기억하시는군."

논문 마감일, 콧노래를 부르며 본관 계단을 오른다. 최종 점검한 논문을 제출하러 가는 길이다. 교수님께 논문을 드리고 바로 디저트 식당에 갈 것이다. 중문의 복삿집 지하라고 했더니 여친은 먼저 가서 커피를 마시고 있겠다 했다. 논문 개요는 효모 반죽으로 만든 디저트의 경우, 빵 특유의 부드러운 식감이 팽창되어 쫄깃함을 유발하고 그러한 반죽의 점성으로 실현 가능한 창작 디저트를 개발하는 것이었다. 그중 하나가 케이크로 만든 피사의 사탑이었는데, 45도 각도까지 버틸 수 있으며 50도 각도는 과학의 발전으로 효모의 점성이 더 발달함에 따라 가능할 것이라고 적었다.

논문을 내고 디저트 식당으로 향한다. 빨리 오라는 여친의 전화가 와서 보폭을 넓히며 걸음을 옮긴다. 마음이 홀가분하다. 햇빛이 밝아 눈이 따끔거렸지만, 기분만은 최상이다. 몇 년 전 라식수술을 하고 난 뒤 술을 많이 먹은 다음 날엔 사물이 흔들리거나 흐리게 보이는 경우가 가끔 있었다. 논문을 끝내려고 잠을 제대로 못 잔 탓에 눈에도 피로가 누적된 것 같다.

복삿집 앞에서 걸음을 멈추고 긴 숨을 내쉰다. 목이 마르다. 자판기는 보이지 않는다. 건물의 지하로 가려는데 출입구에 철제 셔터가 내려져 있다. 실망감이 몰려온다. 그렇다면 여친은 어디에 있는 걸까. 여친에게 문자메시지를 보내고 고개를 드니 출입구는 막힘없이 열려 있다. 너무 밝은 데다 피곤하기까지 해서 잘못 본 모양이다. 지하로 향하는 통로로 들어서려는데 드륵, 하고 휴대폰이 울린다. 여친에게 보낸 문자가 전송 실패했다는 메시지다.

늘어진 계단들을 미끄럼 타듯 주르륵 뛰어 내려갔다. 투명 유리문을 열자 여자가 맞아주었다. 넓은 상앗빛 홀을 살펴보았지만 여친은 없었다. 여친이 잡아놓은 자리를 찾으려고 두리번댔지만 여친의 주황색 빅백이나, 프릴이 달린 머플러, 혹은 컵이나 메뉴판이 놓인 테이블도 없었다.

"자리가 비었어요."

눈이 마주치자 여자가 웃음 띤 입꼬리로 말한다. 자리를 비웠다는 걸 보니 화장실에라도 갔나 보다. 일단 상앗빛 바 한가운데, 나만의 단골석에 앉았다. 여친이 오면 여기가 나의 자리라고 설명해 줘야겠다. 오늘은 뭘 먹을까. 마음속으로 양 손바닥을 마주 비볐다. 이곳에만 들어오면 기대감이 솟구친다.

메뉴판을 달라고 하려는데 여자가 성큼, 얼굴을 들이민다. 복숭아처럼 희고 탄력적인 여자의 얼굴 한가운데, 커다란 눈이 까맣게 빛난다. 저 눈 안에 들어가면 녹인 초콜릿 가운데서 헤엄치는 기분일 것 같다.

"세 번째 방문이시니 특별히 주방을 보여드리려고 하는데, 어떠세요?"

생각해 볼 것도 없이 좋다. 여자는 그럴 줄 알았다는 듯 막힘없는 동작으로 바의 끝에 선다. 그러곤 상앗빛 벽에 달린 스위치를 누른다.

지잉- 소리를 내며 여자의 뒤편, 벽이라고 생각했던 상앗빛 커튼이 한쪽으로 걷힌다.

"말도 안돼."

내가 중얼거린다. 여자는 여전히 미소만 띤 채 서서히 드러나는 주방에 눈길을 준다. 주름이 지며 한쪽으로 걷히는 상앗빛 커튼은 부드러운 크레페 같다. 커튼이 다 걷히자 홀보다 훨씬 더 넓은 공간이 펼쳐진다.

드넓은 반죽대에서부터 사람이 들어가고도 남을 만한 초대형 오븐, 찬장에 쌓인 색색의 접시들과 새것처럼 광이 나는 쿠키틀과 거품기들. 호텔에서 실습할 때조차 보지 못했던 최고급 조리도구들이다.

"어때요?"

주방에 정신 팔려 입만 벌리고 선 내게 여자가 묻는다.

"이토록 예술적인 주방은……."

"처음이죠? 그래요. 그럴 거예요."

흰 바탕에 붉은 빛이 번진 황도처럼 얼굴에 미소를 띤 여자가 주방을 눈짓한다.

"원한다면 사용해 봐도 돼요. 밀가루부터 아이싱 재료까지 모두 구비되어 있으니까요."

나는 가방에 넣어둔 효모를 꺼내 조리대 한쪽에 모셔두고 밀가루와 달걀, 우유를 섞어 반죽을 만들기 시작한다. 논문에 쓰인 피사의 케이크탑을 만들어 여친에게 선물해야겠다. 밀가루는 체에 친 듯 곱고 계란은 어찌나 신선한지 동그랗게 올라붙은 노른자가 쉽게 풀어지지 않아 힘을 좀 쓴다. 우유에서는 막 짜온 것처럼 고소한 향이 나풀대고 광이 나는 거품기는 이 모든 것을 뒤섞어 노란빛이 탐스러운 케이크 반죽을 만든다.

오븐에서 부드러운 냄새가 흘러나왔다. 땅, 하는 소리를 들은 뒤 케이크를 꺼낸 나는 내 눈을 의심한다. 반죽의 점성과 색깔과 촉감까지도 유난히 좋긴 했지만 50도 기울기의 사탑 케이크가 이렇게 훌륭하게 완성될 줄이야.

아무리 실험했어도 45도 기울기가 최대치였는데, 이렇게 되면 논문 결론을 바꿔야 하나? 아니다. 열 번 넘게 해본 조리 실험의 결과가 틀릴 리 없다. 나는 케이크가 담긴 접시를 슬쩍 밀어본다. 무너지지 않는다. 조금 더 세게 밀어 봐도, 50도 기울기의 피사의 케이크탑은 꿋꿋하다. 나는 케이크 접시를 양 손으로 받쳐 들고 흔들어본다. 케이크는 꿈쩍도 하지 않는다.

45도 기울기 피사의 케이크탑도 빵칼로 커팅을 하면 작게 흔들리고, 여러 조각으로 나누면 결국 내려앉는다. 그런데 이 케이크는 빵의 결이나 크림도 훨씬 부드러운데 커팅을 해도 허물어지지 않는다.

디저트 식당에서 쓰는 재료들은 어떤 것이길래 이런 케이크가 만들어질 수 있을까? 그사이 내가 갖고 다닌 효모가 진화했나? 어쨌든 과일 효모 반죽으로 50도 기울기의 케이크를 완성했다는 건 엄청난 연구 실적이다. 논문으로 발표하면 이 50도 기울기 피사의 케이크탑은 바로 상품화가 되어 대형 베이커리에 쫙 깔릴지도 모른다.

입에서 웃음이 새나온다. 오만가지 생각이 머릿속에서 웅성댄다. 그 웅성거림을 뒤덮는 커다란 의문이 있었으니, 눈 앞의 케이크가 진짜일까 하는 것이다. 지금의 효모

생성 기술로는 절대로 50도 기울기의 케이크탑을 만들 수 없다. 요컨대 현실에선 불가능한 것이다. 그런데 50도 기울기의 케이크탑이 완성됐다는 건…….

"이제 알았나요?"

오렌지 젤리처럼 말랑하고 탄력 있는 여자의 목소리가 끼어든다. 그렇다면 여긴 최첨단 과학기술이 동원되는, 한국과학기술원? 그게 아니라면 꿈속일까. 어찌 됐건 눈앞의 케이크 맛을 봐야겠다는 생각이 든다. 케이크 한쪽을 입에 가져가려는 순간, 여자가 끼어든다.

"잘 생각해보고 먹어요. 찰나의 달콤함을 영원과 맞바꿀 건지, 쓴 생을 거듭 소화할 건지."

"네? 달콤한 케이크만 거듭 소화할 순 없나요?"

내가 묻자 여자가 어깨를 으쓱했다. 1 더하기 1이 2라는 사실을 못 알아듣는, 유치원생 꼬마를 보는 듯한 표정이다.

"잘 들어요. 여긴 현실도 환상도 아닌, 그 중간에 있는 세계예요."

무슨 소리일까. 내 얼빠진 표정을 본 여자는 정말 1 더하기 1을 가르쳐 주려는 셈인지 검지를 치켜들었다.

"손가락으로 벽을 한번 눌러봐요."

벽을 누르면 비밀창고라도 나오는 건가? 내가 어리둥

절해 하자 여자가 답답하다는 듯 덧붙인다.

"같은 그림이라도 보는 각도에 따라 달리 보이는 건 알죠? 착시와 환시를 일으켜 진짜같이 보이는 환영 성화들도 소실점에서 벗어나면 평범한 그림으로 바뀌어요. 이 공간의 소실점은 촉감이에요. 어서 벽을 눌러봐요."

상앗빛의 벽은 내 손끝이 닿자마자 거품을 내고 있는 크림과 같이 말랑해져서 금방 허물어진다. 상앗빛의 넓은 홀을 가르던 칸막이들이 없어지고 바닥은 소용돌이치는 크림이 되었다. 거품을 내며 휘저어지고 바닥은 그러나 균형 잡고 서 있기엔 어려움이 없다.

사람들이 내는 쩝쩝 소리에 시선을 든다. 드넓은 상앗빛 홀에 여러 사람이 앉아 디저트를 먹고 있다. 바닥에서 올라오는 고소한 크림 냄새를 맡으며 내 코와 눈이 잘못된 건 아닌지 되짚어 본다. 사람들은 각각의 방에 혼자만 앉아 있는 것처럼 정신없이 디저트를 먹고, 투명한 유리문은 세상의 각기 다른 곳과 맞닿아 있다.

"이제 상황 파악이 돼요?"

그녀가 묻는다. 분명 여자친구도 여기 들어왔을 텐데, 내 여자친구는 어디 간 거지?

"자리가 비었다고 했지, 자리를 비웠다고는 안 했어요. 여자친구는 처음부터 여기 없었어요. 이 공간에 들어올 수도 없고요."

크림처럼 희다 못해 투명한 여자의 얼굴이 마녀처럼 보인다. 휴대폰을 꺼내 봤지만 수신안테나가 잡히지 않는다. 혹시, 내 논문은? 잃어버리면 큰일 난다. 가방 속에서 제본한 논문을 꺼내 든다.

"무의식은 받아들이기 힘든 현실을 유예시키고 소망 충족을 하려 하죠. 당신이 정말 논문을 완성했다고 생각해요? 당신 옆에 있는 사람들이 여전히 당신을 사랑한다고 믿나요?"

여자가 무슨 말을 하는 건지 모르겠다. 논문을 제출한 오늘만큼은 머리 회전을 쉬고 싶다.

"당신처럼 디저트를 좋아하는 사람의 시간까지 갖고 싶진 않군요. 소실점의 법칙은 이 공간이나 그림에만 적용되는 게 아니에요. 사람도 사물도 관계도, 세상의 모든 것이 그 나름의 소실점을 벗어나면 전혀 다른 모습이 되기도 하죠. 예컨대 사물의 앞모습만이 전부가 아니란 말이에요. 옆모습 뒷모습, 심지어 그 안의 속 모습도 겉모습과는 다르죠."

여자는 결정하라는 듯 눈앞의 피사의 케이크탑을 향해 손바닥을 내민다. 먹어야 하나, 말아야 하나. 꿈 한번 정말 꿈 같이 꾸는군. 어차피 꿈이라면 이 엄청난 물건을 먹어도 나는 단지 꿈에서 깨어나면 그만일 뿐이다. 아직도 이해 못하는군요. 특별히 당신에게만 이 세계의 법칙을 말해주겠어요. 여자가 말했지만, 그다음 말은 잘 들리지 않는다. 포크를 들고 고심하던 나는 어깨가 흔들려 포크를 떨어뜨리고 만다. 난 알코올 중독자가 아니어서 수전증도 없는데 이게 어떻게 된 일이지.

바닥의 생크림이 더 빠르게 소용돌이친다. 하지만 디저트 식당 안에 지진이 온 기미는 없다. 또 한 번 어깨가 흔들리고 팔이 저린다. 이상하다고 생각할 때 더 이상한 일이 일어났다. 여자친구의 목소리가 들려오기 시작한 것이다.

"아무리 흔들어 깨워도 안 일어나. 이제 철민 오빠의 라이벌은 사라진 거지? 내가 볼 땐 요리든 뭐든 철민 오빠가 훨씬 나은데, 오빤 뭐하러 이런 사람을 신경……."

내 앞에 있던 여자의 얼굴이 희미해진다. 바닥의 생크림은 더 빠르게 소용돌이친다.

"닥쳐! 내가 열흘 밤을 꼬박 새워서 짜낸 레시피를 이 녀석은 단 한 순간 만에 떠올리지. 갖은 재료와 조합으로 수없이 계량해서 낸 맛을 녀석은 순간의 영감만으로 휘저어 단번에 만들어 버린다구. 내 눈 앞에서, 내 노력을 고스란히 배신당하는 기분을 네가 알아?"

"철민 오빠 많이 안절부절못했었구나. 이젠 끝났어. 그래서 유통기한이 훨씬 지난 햄을 먹인 거잖아."

바닥을 내려다본다. 소용돌이치는 생크림 속으로 내 발이 빠져든다. 발을 빼내려 하지만 소용없다. 대신 좋지 않은 스피커로 울리는 듯했던 목소리가 더 선명하게 들려온다.

"교수가 내게 외식 연구로 전공을 틀어보라고 했을 때 나는 들켰다는 사실에 치를 떨었어. 녀석에겐 있고 내겐 없는 재능을 메우기 위해 얼마나 연습했는지, 그래도 안돼서 얼마나 피 토하던 심정이었는지. 교수 앞에서 온몸이 다 발가벗겨진 것 같더군. 이 녀석만 없었다면 난 당당히 창작요리 전공으로 논문을 쓰고 초일류 레스토랑에 픽업될 수 있었을 거야."

"그래서 상한 햄을 준비해 둔 거야. 오빠가 충분히 편해질 수 있도록, 더 이상 마음 졸이고 끓이지 않도록. 두 번이나 부패한 햄을 먹였으니 이제 걱정하지 마! 오빠. 논문 마감일까지 이 주 남았다고 했지? 그사이에 깨어나지 않았으면 좋겠다."

"고맙다. 돼지야."

내 눈 앞에는 여전히 하얀 생크림이 가득하다. 아니, 조금 더 선명해지니 크림이라기엔 뻣뻣하게 굳어있고 차

디저트 식당

갑다. 저건, 천장이다. 팔을 움직여보지만 힘이 들어가지 않는다. 시선만 옆으로 틀어보니 환자복이 걷혀 있는 팔엔 링거가 꽂혀 있다.

"오빠, 정신 들었어?"

여자친구가 얼굴을 찡그린 채 물어온다. 상앗빛 벽 대신 흰색 일색인 병실에 여자는 보이지 않고 철민과 여자친구가 나란히 선 채 나를 내려다보고 있다.

"대체 언제 깬 거야?"

여친이 묻는 찰나 병실 문이 열린다.

"어머, 환자분 의식이 돌아왔네요?"

간호사였다. 간호사는 여기가 어딘지, 내 이름이 무엇인지 물어본 다음 의사를 데리고 나타났다.

"다행이군요."

처음 본 의사는 나를 매우 반가워하는 듯했다. 잠을 자다 일어난 것뿐인데 그 무엇이 다행이라는 걸까. 어리둥절해 하는 내게 의사는 쯧쯧, 혀를 찬다.

"작년에도 찜질방에서 유통기한 지난 막대 소시지를 나눠먹은 모녀가 몇 시간 만에 사망했다는 뉴스 못 봤어요? 상한 햄에 있는 보톨리누스 균은 아주 소량이라도 빠르게 신경을 마비시킵니다. 심장이나 호흡기가 마비되면 그대로 죽는 거라고요. 죽진 않더라도 금방 회복되진 않을 수도 있는데 의식을 빨리 찾은 거예요. 특히 여름엔 먹을 걸 조심했어야죠."

머리를 절레절레 흔드는 의사를 바라보자니 어떤 생각이 송곳처럼 꽂힌다. 나는 내 가방을 찾으려고 일어나서 팔을 휘젓는다.

"링거 꽂은 팔은 움직이면 안 돼요."

간호사가 링거 줄을 잡아주며 말한다. 나는 두리번대며 가방을 찾는다. 간호사가 가방을 집어왔다. 열어보니 제본까지 해서 완성해놓은 논문이 없다. 논문을 마무리하기 위해 휴대하는 작고 검은 노트북만 들어 있다.

전원을 켜고 내용을 확인해보니 논문은 딱 반쯤만 진척된 상태다. 여친과 학교 뒷문의 스파게티집을 첫 번째 갔던 날 그대로다. 완성된 파일은 어디에도 없다. 이럴 수가. 내가 그 논문을 어떻게 썼는데. 링거고 뭐고 머리를 쥐어뜯으려는 찰나 철민이 다른 쪽을 보며 껌을 뱉듯 짧게 말한다.

"논문 마감은 보름쯤 남아 있잖아."

"보름이라고?"

나는 오늘이 몇 월 며칠인지 물어본다. 간호사는 내가 스파게티집에서 쓰러져 119 응급차를 타고 병원으로 이송되었고 입원한 지 사흘째라고 대답한다. 에엑? 나는 천천히 병실과 병실에 있는 사람들을 또박또박 훑어본다. 나와 눈이 마주치자 여자친구는 시선을 피한다. 철민은 애초에 보호자용 의자에 앉아 고개를 좀 기울이고 있었다.

"보툴리눅스 균이 뇌 신경에 영향을 끼쳤을 수도 있으니, 환자분 상태를 지켜보다가 정신 신경과에 의뢰……."

"아뇨, 그럴 필요 없습니다."

나는 의사의 말을 잘랐다. 디저트 식당에서 들은 여자의 마지막 말이 뇌리에서 또렷이 살아났기 때문이다.

"이 공간은 삶의 정찬 코스를 막 통과한 영혼들이 디저트를 먹으러 들르는 곳이에요. 고된 삶의 마지막을 달콤한 디저트로 위무하는 거죠. 가끔 당신같이 생과 사의 경계에 선 사람들이 들어오기도 해요. 당신 같은 사람들은 세 번째 방문 시에 죽음이 결정되죠.

생이 끝나지 않은 사람들은 디저트 식당에 올 때마다 거래하게 되요. 맨 처음 거래는 가지고 있는 물질 중 삼분의 일, 그다음 거래는 그 두 배수를 더한 시간, 세 번째 거래는 남은 시간 모두. 그게 이 달콤한 디저트의 값이죠.

난 첫 거래 때 당신에게서 아무것도 받지 않았어요. 두 번째 거래의 삯은 첫 번째 거래 때 받은 물질의 두 배에 해당하는 시간이니, 역시 아무것도 받지 않았죠. 하지만 값을 치르지 않았다 해도 세 번째 디저트를 먹으면 자동으로 당신에게 남은 생의 시간 모두가 내 손에 쥐어지죠. 이제, 당신이 선택해요."

머랭같이 흰 여친의 얼굴에 애매한 미소가 감돈다. 입술 양 끝을 들어 올리곤 있지만, 얼굴 전체가 딱딱하게 굳어 차가워진 바케트 같다. 일이 있어 가봐야겠다는 철민의 목소리도 평소와 달리 떨리고 있다. 파삭, 하는 소리가 울린다. 두리번거리지만 뭔가 떨어지거나 깨어진 것은 없다. 다시 한번 같은 소리가 난다. 나는 그제야 병실을 둘러보던 시선을 안쪽으로 옮긴다. 창이 나고 햇볕이 통하는 마음의 선반 가장 좋은 곳에 두었던 것들이 갈라지고 조각나 가루가 되고 있다. 막 구운 카스테라같이 부드럽던 여친의 미소도 잘 익힌 오트밀쿠키처럼 단단했던 철민의 웃음도 거인이 밟아놓은 것처럼 으깨어지고 있다.

나는 손가락을 들어 병실의 벽을 눌러본다. 벽은 견고해서 허물어지지 않고 타일로 된 바닥은 여전히 단단하다. 내 눈 앞에서 아무것도 변하지 않는다. 이 공간의 소실점은 무엇인가. 나는 나를 둘러싼 사람들과 벽을 바라본다. 당신이 선택해요. 찰나의 달콤함을 영원과 맞바꿀 건지, 쓴 생을 거듭 소화할 건지. 여자의 말이 뇌리에서 재생된다.

잉어와 잉어

잉어와 잉어

욕조에 가득 찬 잉어가 힘차게 꼬릿짓 해댔다. 조과가 풍년이네! 풍년이야. 아이스박스에 실어 온 잉어들을 욕조에 풀어놓은 것이라고 꿈속에서도 나는 그렇게 생각했다. 문득 이상한 느낌이 들어 고개를 돌려보니 창문을 통해 충혈된 눈이 보였다. 창문 전체를 뒤덮은 흰자위 속 검은 눈알은 분명히 나와 욕조 속 잉어들을 보고 있었다.

뜨아아! 소리를 지르며 잠에서 깼다.

"어이, 졸았어?"

옆에 있던 정 팀장이 나를 보며 말했다. 무언가 씹고 있는지 잔뜩 뭉뚱그려진 목소리였다. '어? 어어.' 나는 낚싯대를 고쳐 잡으며 등을 곧추세웠다.

요즘은 잠을 자도 도무지 피곤이 풀리지 않아 이따금 졸곤 했다. 자기 전보다 더 피로하고 머리가 띵하기만 한 내게 아내는 봄을 타는 거라며 자기도 봄을 탈 정신이 있었으면 좋겠다고 했다.

차를 몰고 오는 중에 하늘이 갑자기 어두워져 예보에도 없는 비가 오는 건가 싶었다. 아무리 봄이라지만 미세먼지와 겹친 비가 좋을 리 없어서 걱정했는데 낚시터에 왔을 때쯤 사위가 개어 안심되었다. 얼마 만의 잉어 낚시인지, 옆에 정 팀장 저 인간만 없었다면 조과엔 연연하지 않고 낚싯대를 드리우는 재미를 만끽할 수 있었을 것이다. 그러나 저놈이 옆에 있는 이상 피라미라도 먼저 건져 올려야만 했다.

사실 이 새벽 낚시는 승진 시험 결과를 기다리던 내가 잉어 꿈을 꾼 뒤 기획한 것이었다. 스마트폰으로 검색해 보니 잉어를 잡는 것은 원하는 소망이 이루어질 거라는 암시라고 했다. 조선시대부터 잉어가 그려진 어해도는 출세를 뜻하며 장원급제를 기원하는 마음으로 양반의 사랑채에 붙여 놓는다는 것이었다. 이거다 싶었던 나는 4월 9일, 달력에 주황빛 형광펜으로 물고기를 그려 놓고 하루하루, 출정일을 손꼽으며 어해도를 프린트해서 지갑에 넣고 다녔다.

회사 사람들과 점심식사 한 뒤 지갑을 열 때 옆에 선 최 군이 잉어 그림을 본 게 화근이었다.

"이야, 지갑에 잉어 그림이라니, 멋집니다 팀장님."

목소리가 큰 최군은 우리 회사의 나팔수로 통했다. 그를 통해 나의 잉어 낚시 계획이 까발려졌고 나와 비슷한 낚시 환자인 정 팀장이 가만있을 리 없었고 과장도 곧 합류했다. 혼자 즐기려던 잉어 출정이 과장의 주도 아래 나와 정 팀장의 팀을 동반한 대규모 피싱대회가 된 것이었다. 모처럼 쉬는 주말, 다들 새벽잠은 포기할 수 없다 하여 잉어에 대한 탐심이 남다른 나와 정 팀장 두 사람만이 새벽 낚시를 자처한 상태였다.

하필 그는 나와 같이 승진 시험을 본 동기인 데다 같은 팀장급이라 누가 먼저 잉어를 잡을지 신경이 곤두세워졌다. 사내 기획실에는 세 개 팀이 있는데 나머지 한 개 팀의 장을 몰아낼 땐 밀접하게 뭉쳤다가 모든 팀을 총괄하는 과장직을 두곤 서로의 턱 끝에 칼끝을 겨누는 셈이었다.

아까부터 들려오던 저 혼자 쩝쩝대는 소리가 더욱 기분 나쁘게 울려 퍼졌다. 뭔가 먹을 게 있으면 잠에서 깨라고 나누어 줄 수도 있을 텐데, 자기 혼자 먹는 건 뭔가. 거참, 정없게스리. 먹고 싶어서 그런 게 아니라 낚시동료에 대한 예의에 대해 말하고 있는 것이다.

"거, 뭘 그렇게 혼자 먹어?"

내가 묻자 정 팀장은 쩝쩝거리길 멈추고 말했다.

"떡밥. 내가 직접 만들어왔는데 맛있는지 어떤지 잉어들 입맛에 맞는지 궁금해서 먹다 보니 또 나쁘진 않아서. 자네도 한주먹 할 텐가?"

새벽 낚시의 맛을 보기 위해 아침 요기도 안 하고 길을 나섰는데 정오가 가까운 지금 잉어용 떡밥을 먹게 되는 건가.

"아니 됐네."

그래도 잉어와 인간의 차이는 있어야 할 것 같아서 거절했다.

저 인간은 아내가 아플 때도 죽 한번 끓여준 적 없는 냉혈한이었다. 말로는 허허실실 잡히든 말든 낚시 의자에 앉아 스스로를 가만히 내버려 두는 때가 제일 큰 행복이라면서 속내는 어떻게든 잉어를 낚고 싶은 욕망으로 잔뜩 충혈된 것이다. 내가 조는 사이에 저 인간은 잉어의 입맛까지 따져보려고 들깻묵 가루를 뭉친 낚싯밥을 먹고 있지 않은가.

그의 도 넘은 행위에 처음엔 경이감과 뒤이어 감탄이 들더니 마지막으로 경멸이 느껴졌다. 나도 맘 편하게 졸 때가 아니었다. 잉어용 주먹밥을 먹는 대신 내가 잡아 올린 잉어로 매운탕을 끓여 먹으리라 각오를 다지고 강물을 쳐다봐도 아지랑이가 어려 쉬이 나른해졌다.

147

졸음기를 물리치려 휴대용 라디오 전원을 켜자 선지자가 3차 세계대전을 예언했던 시기의 징조들이 보인다며 일본의 지진, 필리핀의 쓰나미 등 세계적 재앙이 늘어지게 늘어 놓이고 있었다. 그 소식을 전하는 라디오자키 목소리는 평화로웠다. 일본이 세계 해양으로 흘려보낸 원전 물 때문에 강대국들이 충돌했고 국제 정세가 흉흉하다는 사실을 요즘 신문과 티브이를 보는 사람들은 모를 수가 없었다. 3차 세계대전의 서막을 알리는 미사일이 투하됐다는 헤드라인을 클릭하는 순간 30만 원이 결제되는 스마트폰용 낚시도 유행이었다. 먼 나라에서 일어난 나와는 상관없는 일들이었다. 저들끼리 짓까불며 전쟁놀이를 하든 말든 나는 회사라는 전장에서 살아남아야 했다.

치열한 세계정세와 달리 내 앞에 놓인 현실은 입질 없는 수면처럼 지루했다. 날씨 좋은 봄날, 잉어들도 물 밑 세상 벚꽃잎처럼 환하게 부푸는 수초를 구경하느라 미끼를 볼 정신이 없는 건지 수면 아래 비치는 햇살의 몽롱함에 전염되어 낮잠에 빠진 건지 모를 일이었다. 간이의자에 엉덩이를 더 깊이 밀어 넣고 잉어들을 홀릴 묘수가 없는지 생각해 보았다.

머리 위가 서늘해지는 느낌에 고개를 들자 사위가 조금 어두워져 있었다. 구름도 많지 않고 구름 색도 희어 비가 올 것 같진 않았다. 낚시터로 차를 몰고 온 새벽, 떠오르는 해마저 색이 바래게 했던 이상한 어둠이 생각났다. 깜깜한 건 아니고 원래 색채에서 모든 것들이 한 톤씩만 다운된 듯 분위기가 묘하게 써늘한 새벽이었다. 마치 거대한 어떤 것이 지상에 그늘을 드리운 것처럼.

"퍼득."

물 위로 고기가 떠 올랐다. 퍼뜩 정신이 들었지만, 놈은 곧 물속으로 사라졌다. 잡히지도 않을 거면서 나 여기 있다는 투의 못됐고 얄미운 놈이었다. 물고기가 만들고 간 파문을 살피며 정씨의 낚싯대를 곁눈으로 보았다. 누가 먼저 잉어를 잡느냐 하는 것이 이번 승진의 승패라도 된다는 양 우리의 신경은 당겨진 릴줄보다 더욱 팽팽했다.

상대의 낚싯대에 입질이 없는지 서로를 가자미눈 뜨고 흘겨보다 눈이 마주치길 몇 번째, 낚시동호회 회원들이 커다란 승합차에서 내려 우리 곁으로 몰려왔다.

"야, 새벽부터 터 잡으시느라 고생 많으셨습니다."

팀원들은 나의 얼굴을 보기 전에 내 곁의 빈 살림망을 일별하며 인사했다. 그때 정 팀장이 챔질을 했다. 모두 일제히 소리 지르며 그 옆에 모여들었다.

그가 만든 특제 낚싯밥에 걸린 잉어가 하늘 아래, 섬

광처럼 번득였다. 빛이 부셔 감았던 눈을 떠보니 핏발 선 커다란 눈알이 내 옆에 더 바짝 붙어 있었다. 으아악, 나는 소리 지르며 옆으로 물러났는데 내 얼굴보다도 큰 눈알과 나 사이엔 다행히 유리벽 하나의 막이 있었다. 눈이 안 보인다 싶어 안심하는 사이 내 몸은 나도 알 수 없는 불가항력의 힘으로 끌어 올려졌다. 덥고 답답했다. 정신을 차려보니 딱딱하고 낮은 나무 침대 바닥에 부려져 있었다. 뜻밖의 상황에 어안이 벙벙했다.

"인간 한 마리 건져 올렸구만. 상하지 않도록 잘 손질하라구."

나는 더욱더 어리둥절해졌다. 이상한 울음소리와 파동이 뒤섞인 듯한 소리가 귀를 통하지 않고 단번에 내 의식에 스며들어왔다. 내가 부려진 나무 침대는 도마였다. 나는 벌벌 떨며 머리 위를 쳐다보았다. 내 몸만 한 칼이 들어 올려져 있었고 그것은 무서운 속도로, 내리 찍혀왔다. 쾅!

나는 들고 있던 수저를 놓쳤다. 국물이 튄 옆 사람이 앗, 뜨거 소리를 질렀다. 나는 멍하게 내 앞을 바라다보았다. 잉어가 우려낸 뿌연 국물이 끓어오르는 냄비를 두고 과장과 정 팀장, 팀원들이 빙 둘러앉아 있었다. 맞은편에 앉은 과장이 말했다.

"자네, 피곤해? 아까부터 깜빡깜빡 조는데 괜찮은 거야?"

그의 말에 식당에 오기 전의 상황이 떠올랐다. 대물 잉어를 거둬 올린 정 팀장이 찢어진 채 뻐끔대는 잉어 입에 승리의 세리머니라며 입을 맞붙였던 것, 회원들도 저마다 공수해온 필살의 미끼와 낚싯대를 늘어뜨렸던 것, 몇 시간 동안 올린 조과를 아이스박스에 넣어 이 곳에 들어왔던 것…… 휴우, 나는 한숨을 내쉬며 봄날 햇살이 춘곤증을 유발했고 가벼운 잠이 어지러운 꿈을 가져온 것으로 생각했다. 내가 잡은 고기는 없었음을 상기하자 또 한숨이 나왔다.

식당 한쪽에 켜져 있는 TV에서는 소말리아 상공을 날던 비행기가 아직도 연락 두절된 상태로 어디에서도 발견되지 않았다는 소식이 방송되고 있었다. 3차 대전 발발 지구 재앙 운운하는, 낚시 의자 위에서 들었던 뉴스를 다시 들으니 현실감각이 회복되었다. 그래, 잉어가 푹 고아진 국물을 먹으며 땀이나 푹 흘리자. 마음먹었을 때였다. 옆에 앉은 최군이 좀 이상했다.

불길한 예감에 국자로 잉어탕을 옮기는 척 시선으로만 그를 보니 의자 아래 다리 대신 꼬리가 한쪽으로 휘어진 채 놓여있는 게 아닌가. 나는 놀란 기색을 숨기며 천천히 국물을 떠먹었다. 손이 떨렸지만 태연함을 가장한 채 그 말고도 다른 사람들 하체를 살폈다. 상반신만 사람의 것이고 나머지는 물고기였다.

나는 이 비릿한 냄새가 파 마늘을 잔뜩 넣은 잉어 국물이 아니라 나와 동석한 이들에게서 나는 것임을 깨달았다. 설마, 아직도 몽중이겠지. 나는 정신을 차리려고 애썼다. 하체에 꼬리 대신 두 발이 달린 사람은 나밖에 없었다. 내가 그 사실을 눈치챈 걸 알면 이들 모두가 칼을 들고 나무 침대에 나를 눕힌 뒤 단번에 두 토막을 내버릴 것 같았다. 웃어지지 않는 입을 벌려 무슨 내용인지도 모를 화제에 맞장구치듯 웃는데 최군이 말했다.

"팀장님, 진짜 어디 아프신 것 아닙니까? 식은땀을 너무 흘리시는데요."

내 이마를 짚으려는 그의 손길에 나는 흠칫 뒤로 몸을 뺐다. 사색이 되어 눈을 부릅뜬 내게서 최군이 손길을 거두었다. 그의 하체엔 두 다리가 얌전히 달려 있었다. 그제야 나는 안도가 되어 사람들에게 모든 걸 털어놓았다. 아침부터 나를 바라보던 충혈된 잉어의 눈, 그것이 나를 건져 요리해 먹으려고 도마 옆에 놓아두었던 것까지. 조금만 더 늦게 깨어났어도 튀김이나 지리가 됐을지 모른다고 하자 정 팀장이 말했다.

"자네는 야근과 술로 쩔어 있잖아. 그리 신선한 고기는 아니니 지리가 아닌 매운탕이 됐을 거라구."

좌중이 웃음을 웃어대던 것도 잠시 그가 돌연 선득한 눈을 빛내며 이리 말하는 것이었다.

"그치만 오늘 잡은 잉어는 신선하니 먹고 기운 내지."

그가 국자로 냄비 안을 휘젓자 내가 있는 공간이 지진이 난 듯 흔들리며 뒤섞였다. 소리치며 테이블을 박차고 벌떡 일어났다. 식당 문을 여는 순간 나는 허공으로 솟구치는 중이었다. 내가 잡은 문고리가 나를 끌어 올리고 있었다. 아니다, 문은 미끼였다. 손때가 탄 유리문 위의 어떤 힘이 나를 문과 함께 잡아끌고 있었다. 햇볕 때문에 온몸이 무척 따가웠고 눈이 부셨다. 땅 위에서 느꼈던 햇볕이 온기였다면 지금은 숯불구이용 화로 같았다. 이제쯤 투망으로 툭 떨어질 만도 한데 한없이 솟아오르기만 했다.

찌를 머금고 들어 올려지고 있는 고기가 나인지, 찌를 힘껏 들어 올리고 있는 게 나인지 구분이 되지 않았다. 사실 나는 요즘 먹고 싶은 게 없고 먹어도 맛있지 않았고 잠을 자든 못 자든 피곤한 채 아무런 의욕도 생기지 않았다. 승진해야 한다는 강박과 의무감밖엔 없었다. 아내는 몇년 전 아이를 데리고 처음 놀이터에 가는 동네 엄마 데뷔를 한 이래 다른 엄마들에게 꿀리지 않으려 기를 써왔다. 아내 말에 따르면 내년에 중학교에 들어갈 딸도 친구들과 집 평수와 아빠의 지위를 비교하며 논다고 했다. 가족들이 나를 응원하고 있는데다가 기껏 시험도 쳤는데 떨어지면 회사 동기와 사원들 앞에서 무슨 망신이냐는 생각도 들었다.

하지만 내가 정말 승진을 원하던 것인가? 가족들이 원하고, 동료들 보기 창피하지 않으려다 보니 어딘가 떠밀린 느낌이었다. 요즘 느끼던 무기력증은 나 자신을 깨끗이 정제하여 누군가의 식탁에 오르기 위해 준비하라는 하늘의 뜻이었나. 내 안의 모든 걸 비우고 내장까지 냄비에 담겨 한 솥 맛난 매운탕으로 끓여져 누군가의 살과 삶에 보탬이 되면 그것도 나름대로 좋은 인생, 아니 어생이 아닐까 싶었다.

정신을 차리자 나는 팀원들과 같이 탄 승합차 유리창에 기대 졸고 있었다. 도무지 깨질 않는, 잠 속의 터널을 지나는 듯한 느낌이었다. 지붕으로 막힌 차내에 환기구처럼 뚫린 창으로 햇볕이 비쳐들어 어두운 가운데 부옇게 난사된 사진을 보는 듯했다. 제자리에 엉덩이를 대고 앉아있는 회원들을 보며 문득 이런 생각이 들었다. 이건 하나의 어항이 아닐까. 그리고 나는 잉어가 아닐까. 물 깊이 노닐다가 찌를 가지고 놀며 장난치는 건강하고 어린 잉어가 아니라 스스로 알을 짜낼 힘이 없어 뱃속에서 알이 부패해가는, 탁한 수족관 한쪽에 몸을 고인.

잉어 배 속에서 알은 눈부시게 찬연했겠지만, 공작이 날개를 못 펴면 딱 접힌 채로 달라붙어 썩어가듯 잉어의 알 역시 산란하지 못해서 그 안에서 까맣게 녹이 슬었을 것이다. 부화하지 못한 알과 함께 곰팡이 슬어가고 있는 잉어. 그렇게 부패를 거듭하다 마침내 등뼈조차 남지 않고 그 자신 물속의 곰팡이가 되어 흩어지는.

그렇다면 난 병든 잉어의 배 속에 담긴 알, 단내를 풍기며 상해가는 한 움큼 알이 빚어낸 거품일까? 그 거품 속에 이토록 넓은 하늘과 깊은 바다와 꼬릿짓하는 잉어들이 있는 걸까? 차량 속에 부글부글 거품이 일며 의자에 엉덩이를 댔던 사람들이 스르르 일어나 부유하기 시작했다. 모두 창문 밖으로 몸을 빼내 헤엄을 쳤다.

어두운 승합차를 벗어나 물속을 유영한 것 같았는데 눈을 뜨니 식당 앞의 마당이었다. 정신을 차리고 초점을 맞추니 낚시 동호회원들은 삼삼오오 몰려 담배를 피우고 나는 파라솔이 쳐진 야외용 테이블 앞, 의자에 몸을 기댄 채였다. 연기를 뿜어내던 무리 중 누군가가 현기증은 좀 괜찮은지 물어왔다. 어떤 물고기 배 속에 있기에 이토록 낚는 것과 낚이는 것 사이의 꿈만을 반복적으로 오가는 걸까.

"참 오만하구나. 설마 네가 꿈속을 오간다고 생각하진 않겠지?"

딱딱한 나무 침대 위에 누운 여자가 말했다.

"넌 그냥 보는 거야, 프로그래밍이 된 꿈을."

"누구신지."

"잠의 나라의 여왕이지."

느닷없고도 뜬금없었다. 눈을 깜빡이지도 않았는데 일시에 모든 풍경이 뒤바뀌어 있을 수가 있나? 이것은 꿈이 분명했다. 더구나 여자는 도마 위에 놓여 칼을 맞았던 먼젓번 꿈속의 그 여자였다.

"여긴 어디죠?"

"침대 안이야."

여자가 심드렁하게 대꾸했다. 내가 이해 안 간다는 표정을 짓자 그녀는 탐탁지 않다는 듯 시선을 돌려 자기 손에 쥐어진 스마트폰을 쳐다보며 말했다.

"침대는 늪 같은 거야. 눕기만 하면 나른함의 늪으로 끌고 들어가지."

미친 여자인가 싶었는데 그녀는 뜯어볼수록 꿈에서 봤던 게 아니라 현실에서도 본 듯했다. 여자가 하는 말도 어딘가에서 들은 적이 있었다. 기억을 더듬었다. 깨어있을 때조차도 잠 속에 있는 것만 같은, 눈을 깜빡일 때마다 눈가에 쌓였던 졸음이 날려 켜켜이 부서지는 것 같은 사람이 있었는데… 어딘가 아주 가까운데 꽂혀 있는데 찾지 못하는 책처럼, 그가 누구인지 기억날 듯 말 듯 내 마음을 졸였다. 빛이 비추는 풍경보다 빛이 만드는 잔상을 보는 듯하던 눈길, 모호한 목소리… 현시의 일을 떠올리는데 왜 이리도 안간힘을 써야 하는지 의문이 들었다.

"글쎄- 이곳에선 현시의 일이 꿈처럼 여겨지나 보지."

여자의 목소리에 묻은 졸음기는 역시나 어디에선가 접한 적 있는 듯했다. 그녀의 얼굴을 똑바로 볼수록 내가 아는 친숙한 윤곽이 겹쳐졌다.

"알아보는 거야?"

여자는 스마트폰에서 고개를 돌리더니 내게로 가까이 얼굴을 디밀었다. 맙소사, 여자는 내 어린 딸과 무척 닮아 있었다. 그래, 더 커서 숙녀가 되면 이런 얼굴일 것 같았다. 딸애는 잠에 빠져 있길 즐겨 두 눈꺼풀이 통통 부은 붕어처럼 맞붙어 있곤 했는데 잠에서 깨우면 물속에서 건져지는 붕어처럼 도무지 못 견뎌 했다. 또래 초등학생 애들이 유학이나 명문대를 목표로 공부하는 반면 자기는 커서 수면연구학과에서 일할 거라나, 아무튼 이렇게도 맑고

또랑또랑한 눈빛을 보긴 거의 처음이었다.

"너 어떻게 된 거냐?"

"현실보다 꿈의 세계에 오래 머물면 이렇게 돼. 요즘 사람들은 잉여의 잠을 잘 안 자니까. 가장 오래 잠 속에 있는 내가 이 나라 안내 사무를 맡고 있지."

나는 속으로 고개를 끄덕였다. 툭하면 병적으로 잠에 빠지는 딸이라면 현실보다 이곳 꿈의 나라의 원주민인 게 어울렸다. 눈 뜨고 있을 때 딸은 거의 대부분의 의사 표현을 '헐'로 했다. 신기하게도 아내는 '헐'의 음조와 강세에 따라 딸의 말을 알아들었고 내게 의역까지 해주곤 했다. 아마도 꿈속이니 이런 딸의 상태도 쉽게 이해하고 용인하는 것이 아닐까. 하지만 아무래도 딸의 불룩한 배가 신경 쓰였다.

"아, 신경 쓰지 마세요. 꿈을 잉태한 거니까. 암튼 여기서 보니 더 반갑네. 골치 아픈 문제를 가져온 것 같지만."

"근데 너, 아빠에게 그게 무슨 말버릇이냐? 웬 반말을 그렇게……"

말을 끝맺기도 전에 딸애, 아니 여자는 점점 더 커지고 높아졌다. 순식간에 공기를 주입한 풍선처럼 거대해진 딸이, 아니 여자가 나를 내려다봤다.

"아빠, 여기선 비축해놓은 잠의 시간이 존재의 크기를

결정해요. 게다가 모든 것들이 의식세계에서완 다른 관계를 지녀요. 당신과 난 여기서 부녀인 게 아니라고요."

거인이 된 여자는 순식간에 수십 갈래로 분열하여 새, 무지개, 고양이, 강아지, 얼룩말, 그것들이 뛰노는 너른 풀밭으로 변해 흩어지는 것이었다. 햇빛으로 환한 공중에 물고기 떼가 헤엄치더니 분홍 고래가 나타나 천지를 뒤덮을 정도의 커다란 소리를 울렸다.

"로마에 가면 로마법을 따르라."

"얘야, 아니 여왕님 알겠습니다."

세계보다 거대한 고래가 순식간에 깡충깡충 뛰는 토끼로 변해 노래하듯 종알댔다.

"꿈속에 가면………."

그 말을 내가 이었다.

"꿈의 법을 따르라."

토끼는 어느새 내 옆얼굴에 바짝 붙어 있었다. 그의 몸체는 사자였고 등에는 날개가 달려 있었다. 이 세계의 여왕이라는 그, 혹은 그녀, 아니 생물에게 나는 잉어가 꿈에 난입하여 힘든 점을 토로했다. 이 세계 왕이라면 나의 꿈을 바로잡아 주리라는 희망에서였다. 접시 위에 놓인 잉어 머리가 산만하게 커져 나를 억누르는 장면, 나를 바라보는 핏발선 잉어의 눈, 나의 잠은 온통 잉어로 얼룩져서 그토록 좋아하던 잉어가 악몽으로 변질되었다고 말했다. 나는 잉어가 만든 그물에서 빠져나오고자 발버둥 치는 한 마리 가련한 인간이었다.

토끼는 알았어, 알았어, 하며 손에 쥔 스마트폰 자판을 양 귀로 톡톡 건드리기 바빴다. 내 얘기를 제대로 듣고 알았다고 하는 건지 의심하고 있는데 토끼가 찾았다, 하며 액정화면에 뜬 '잉여꿈 나라에 처음 입국하는 존재를 위한 설명' 매뉴얼을 읽어주었다.

"심신의 피로를 푸는데 필요한 잠의 양이 충족되면 그 이후에 꾸는 건 잉여의 꿈으로 분류된답니다. 유희적 꿈이라고 부르는데 수면자 본인에게 주어진, 남는 공간의 하드디스크 같은 거예요. 어떤 프로그램이라도 깔아서 실행할 수가 있죠. 사람들은 자기를 벗어나고자 하는 경향이 있기에 대부분 자신이 아닌 다른 존재가 되는 데 그 꿈을 할애해요. 또 다른 자아를 형성하죠. 말하자면 꿈이란 세계 속에 전혀 다른 자신을 분재하는 거예요."

토끼의 설명대로라면 나는 잉어가 분재한 또 하나의 자아라는 것이었다. 아니 장자의 호접지몽(胡蝶之夢)도 아니고 이어지몽(鯉魚之夢)이라니? 그런 건 들어본 적도 없었다. 나는 황당해하며 내 배를 주먹으로 때렸다. 아팠다.

"그럼요, 꿈속에서 당신은 실제예요.."

토끼의 말에 거 꿈이란 얘기 좀 하지 말라고 꿈이라기 엔 너무 진짜 같다고 반론하자 토끼도 양 귀를 쫑긋대며 말했다.

"진짜로 진짜라니까. 이 잉어 꿈의 세계도 어떤 면에선 현실 세계와 똑같아요. 몇 개로 나뉘어 있으면서도 때때 로 연결된 세계를 꿈, 혹은 현실이란 이름으로 부를 뿐이 에요. 꿈과 현실이란 투박한 정의 안에 들지 않는 세계들 이 더 많다고요 이 세상에는요."

"잠깐, 내가 한 마리 잉어가 꾸는 꿈이라 칩시다. 그럼 한 마리 잉어의 꿈에 등장인물은 왜 이렇게 많은 거요? 나, 당신, 그리고 낚시하러 온 팀원과 정 팀장, 가게 앞 인 형 뽑기를 하던 엑스트라 소년까지…… 내 아내는 어떻 게 설명할 거요? 그녀와 만나 산지가 어언 십 년이 넘었는 데."

"꿈도 세계처럼 공동의 공간이에요. 당신의 꿈만 있는 게 아니잖아요. 잉어왕국 백성들의 꿈, 인간의 꿈, 여우의 꿈, 구름의 꿈… 존재가 딱 하나씩의 꿈만 갖고 있다고 생 각해요? 잉어 꿈의 양이 많으면 수면자에 의해 꿈꾸어지 는 존재가 또 다른 자아를 만들기도 한다구요."

"그럼 내가 잠들 때 꾸는 잉어 꿈은 대체 뭡니까?"

"잉어 꿈의 존재인 당신도 피로를 해소하고 남는 꿈으

로 새로운 자아를 만든 거겠죠."

"그게 바로 잉어다?"

"그렇겠죠? 사람으로만 사는 건 지루하니까."

"난 그런 걸 보기 싫어요. 잉어의 핏발 선 눈이며 벌어진 입, 대가리, 이제 다 지긋지긋하다고. 근데도 왜 내게 그런 게 보이냔 말요."

"글쎄 말이에요. 뭔가 이유가 있을 텐데."

"그 이유가 뭐냐고요?"

"꼭 이유가 있을 필요 있나요? 없을 수도 있지."

"모른다는 무책임한 대답 말고 어서 안내해줘요. 당신이 이 나라 안내 업무를 맡고 있다면서요."

내가 애원하자 토끼는 시덥지 않은 표정으로 건성건성 스마트폰을 조작하더니 말했다.

"그것까진 이 스마트폰에서 검색이 안 돼요. 모든 삶이, 물어서 답을 구할 수 있는 것이라면 이 모든 존재가 왜 살고 있겠어요? 편히 죽어서 천국에 가 있겠죠."

내가 다른 걸 물어보려는 찰나 토끼는 성가시다는 듯 스마트폰 전원을 껐다. 햇볕이 분홍 솜사탕 같은 토끼를 녹여 기다란 귀부터 흐무러지기 시작했다.

"아, 일을 너무 많이 했어. 또 한숨 자야지."

분홍색 스마트폰 액정이 암전되며 공간 전체가 어둠 속

에 남겨지려는 순간 나는 한 귀퉁이의 빛을 향해 튀어 올랐다. 검은색 어둠이 덤블링대처럼 받쳐주어 아주 높이 솟아오를 수 있었다. 눈을 뜬 순간 나는 잉어 학당에서 글 공부하고 있었다.

"오늘은 천지 창조 신화를 이야기해주는 날이지, 제군들."

"이 세상은 거대한 카오스였네. 그 암흑 속엔 신과 물고기가, 인간과 식물이 함께 살고 있었네. 그중 인간은 가장 약하고 약빠르면서 잔인했네. 사람과 사람끼리도 잡아먹었으니 다른 동물과 조류도 잡아먹길 일삼았지. 모든 생물이 모여 회의를 했고 신에게 이 세계를 정돈해 달라고 의견을 전달했지. 그때부터 세상의 재편 작업, 다시 말해 천지 창조가 시작된 것이라네.

신은 어둠을 땅, 바다, 하늘로 나누곤 인간과 교접하던 조류를, 조류와 뛰놀던 새들을 각각의 경계 안에 살게 했지. 그때 찢어진 서로 다른 종의 커플들이 셀 수 없이 많다지. 카오스의 세계에선 물고기와 사람이 성교하여 인어를 낳고 원숭이와 새가 교배하여 불사조가 태어나곤 했네. 세계가 정비되자 그런 것들은 어디에도 속하지 않는 예외가 되어버렸고 서로 만날 수 없는 종들은 그런 일들이 먼 옛날 전설 속에서나 존재했을 것이라고 믿게 되었지.

하지만 그건 전설 속의 일들이 아니네. 자, 이 PPT를 보게나. 바다 맨 밑바닥엔 물이 닿지 않는 층의 흙이 있는데 거기서 발견된 미라라네. 뭐처럼 보이는가 제군들? 맞아. 줄기와 가지가 있지만 그 끝에 매달린 건 잉어 치어들이네. 제군들이 보듯, 잉어 열매 나무인 셈이야. 식물과 어류가 만나 그들의 2세가 태어난 거지. 연구소에서는 이 미라의 생몰 연도를 498374년 전쯤, 천지 창조 전으로 보고 있다네. 콩 심은 데 팥 나고 팥 심은 데 잉어가 나는 자유롭고 방만한 시기였지.

삶의 터전에 경계가 지어지자 생물들은 자연히 비슷한 종들끼리 떼를 지어 살게 되었어. 물속에도 동류들끼리 모여 여러 개 왕국이 건설되었고 각자가 왕위를 차지하려는 춘추전국시대가 전개되었지. 우리 잉어들은 전 세계적으로도 널리 편만해 있어 수적으로 압도적이었기에 어떤 왕국도 우릴 무시하진 못했어.

하지만 우리 왕국 백성들은 빠르게 줄어들었네. 다른 물고기들보다 순박한 우리를 인간이 끊임없이 잡아먹었기 때문이지. 우리는 몇몇 어류 왕국들과 연합하여 신에게 억울함을 호소해 보았지. 우리는 사람을 먹지 않는데 사람은 우리를 먹는다고 말야.

그러자 신은 천지 창조가 완료된 시점에 작성한 규약서를 보여주었네, 제군들. 어떨 것 같은가? 나는 이 대목에서 여러분이 계약서를 쓸 땐 반드시 돋보기를 지참하라고 조언하고 싶네. 돋보기를 대자 사람은 지상에 존재하는 모든 생물을 먹으며 생육하고 번성할 수 있다는 조항이 보이는 거였어. 어류계 대표는 꼬리의 지문을 찍어놓았는데 불행히도 그 규약서가 그토록 불공정하게 씌어 있었단 걸 몰랐던 거야. 조류계 대표도 그런 줄 모른 채 부리로 도장을 찍었고 짐승계 대표도 마찬가지였지. 각계 대표들이 나서 인간을 편애한 신을 규탄하며 자기들 지문이 찍힌 규약서를 무효로 하라고 농성했지만 신은 눈 하나 꿈쩍하지 않았어.

신의 총애를 등에 업은 인간들은 손으로 작살로 우리를 우악스럽게 잡는 것도 모자라 아예 한 마리씩 유인해 잡으려고 낚싯대를 만들었지. 그뿐인가. 한꺼번에 많이 잡기 위해 그물을 쓰기 시작했고 잉여 농산물이 생기자 이런저런 기구를 개발하여 우리 잉어들을 다양한 방법으로 조롱했다네.

우리로 말하자면 차라리 고통을 줄일 수 있게 한 방에 찍어 올리는 작살 낚시를 원했지만, 인간 녀석들은 릴낚시니, 루어낚시니 하며 우리가 잘 먹는 음식이나 암컷으로 보이는 가짜 잉어를 매달아 우리를 유인했지. 그러곤 자신이 낚은 조과라고 다른 인간들에게 자랑하며 우리를 치욕에 벌벌 떨게 한 뒤에 탕이나 찜으로 알뜰하게 발라 먹는 거였어.

우리도 대책을 강구하기 시작했다네. 동서고금의 미끼와 낚시용품 정보를 총망라한 낚시 도감 편찬을 시작한 거야. 우리가 직접 뭍으로 나갈 수 없으니 낚시용품점 가까운 곳에 거북이를 보내기도 하고 우리와 협정을 맺은 철새의 말을 들으며 정보를 모았어. 쿠로시오 해류와 멕시코 만류, 훔볼트 해류 등에 사는 이국의 물고기들과도 자료 교환을 할 뿐 아니라 우리 왕국 자체로도 물속에 내려온 찌를 보는 파수병을 세워 조금이라도 새로운 걸 발견하면 온 백성들에게 알려주었지.”

교탁 앞에 선 잉어는 각계 생물들이 신에게 연이은 진정을 넣은 결과 근래에는 잉어 똥만큼의 성과가 있었다며 자랑스러운 표정을 지었다. 잉어 학생들이 환호하자 그는 다시 근엄한 표정으로 꼭 피해야 할 요주의 미끼와 찌에 대해 강의를 계속했다. 특히 고소한 냄새에 이끌리는 우리 잉어들이 가장 조심해야 할 미끼는 떡밥이라며 떡밥의 재료와 모양에 관해 설명하기 시작했다. 다른 잉어들이 가슴지느러미를 놀리며 진지하게 필기하는 사이, 나는 다른 생각을 하며 머리를 끄덕이고 있었다.

그렇구나, 그래서 그리도 안 잡혔구나. 잉어도 예전처럼 순박하지가 않은 것이다. 잡히지 않을 때마다 기온 이상 현상이 난무하고 환경파괴가 진행되어 개체 수가 줄었다는 핑계를 대왔지만, 환경에 맞춰 잉어도 적응하며 번성하고 있었던 것이다.

꿈에서 깨어나면 나도 잉어를 속여 넘길 멋진 미끼를 개발하리라 다짐했다. 어서 빨리 잠에서 깨고 싶은데, 가만, 언제까지 여기 있어야 하는지 불안해지기 시작했다. 내가 잉어가 만들어낸 사람이었다면 지금 잉어가 된 모습은 '나' 라는 사람이 만들어낸 것일까. 생각이 엉키고 설켜 답답해졌다. 물속에서 지금 이 모습으로, 이 잉어가 죽을 때까지 여기 머물러야 하는 건가? 초조한 생각에 애가 타고 모든 비늘이 바짝 일어서 신경이 마비되는 듯했다. 아아, 나도 모르게 지금 마취되고 있는 건가.

내 몸을 흔드는 거친 손길에 눈이 떠졌다.

"뭐, 뭐야?"

생포한 나를 그물망에 넣었다가 매운탕에 쓰려고 빼내려는 손길인가 싶어 온몸을 털어 손길을 떨쳐냈다.

"아니, 이 양반이 왜 이래? 늦었으면 곱게 일어나기나 해야지!"

지금 몇 시인 줄 아느냐는 아내 말에 벽시계를 쳐다보았다. 10시가 넘어 있었다. 아내는 출근하라고 닦달했지만 그게 무슨 상관이란 말인가? 내가 잉어가 꾸는 꿈속의 사람이라는데. 내가 별 반응이 없자 내 멱살을 쥐고 흔드는 아내의 손길만은 역시나 생생했다. 달아났던 정신도 한 번에 되찾아질 만큼 거센 잔소리가 나를 향해 뿜어졌다.

나는 픽 웃을 뿐이었다. 나의 아내가 똑같은 점만은 다행이라 여기며 아내를 본 순간 나는 까무러칠 뻔했다. 아내는 하반신뿐 아니라 상반신까지도 완벽한 잉어가 되어 있었다.

'잘못 보이는 거겠지, 잠이 덜 깬 거겠지.'

눈을 감았다, 떠도 마찬가지. 두 개의 꿈이 아니라 세 개, 아니 네 개의 꿈속에서 헤엄치는 느낌이었다. 벗어나려 발버둥 쳐보지만 여전히 물속, 물과 같은 꿈속의 수면 위로 솟구쳤다고 생각하지만 조금도 헤어나지 못했다. 나를 낚는 누군가의 손길에 잠시 끌어 올려진 것일 뿐 여전히 낯선 곳에 부려져 아가미 질을 하고 있는 것이었다. 아내의 잔소리가 현실감을 띠며 내게로 육박해 들어왔다. 목소리만은 아내가 확실한데 나와 맞먹는 거대한 잉어의 몸뚱이가 지느러미와 꼬리로 번갈아 나를 후려치고 있었다.

"으, 으악!"

"이 양반이 이제야 상황 파악이 되나 봐?"

내가 소리 지른 건 아파서도 출근 시간 때문도 아니었다. 아내가 완벽하고도 거대한 잉어로 변해 있다는 것 때문이었다. 그녀는 아랑곳없이 지느러미로 나를 이끌고 화장실 앞으로 데리고 갔다.

"정신 차렸으면 어서 씻고, 옷 입어욧! 지각하고 싶으면 승진 결과가 나온 뒤 하라고요!"

문을 열자 펼쳐진 화장실 정경은 더 괴상했다. 세면대와 욕조 대신 누가 봐도 커다란 도마가 있었다. 거울 속엔 아내와 비슷한 크기의 잉어인 내가 비쳤다. 이제는 나까지 잉어로 보이다니 꿈을 덜 깬 게 아니라 꿈에 마취된 듯했다. 얼떨떨해하는 나를 보고 그제야 아내도 뭔가 이상하다는 걸 느꼈는지 '당신, 씻는 법 몰라?' 하며 도마 위에 자기 몸을 누이며 시범을 보였다.

아내가 초대형 도마에 몸을 놓자 부글거리는 샤워 거품이 떨어졌고 아내는 몸을 요리조리 움직이며 거품이 자기 몸 구석구석 닿게 했다. 그러더니 도마에 자기 몸을 비비는데 그럴수록 거품이 나서 마치 빨래판에 옷가지를 문대고 있는 것 같았다. 그러더니 도마 옆의 거대한 싱크대에 폭 뛰어들어 마음껏 헤엄치며 비누 거품이 씻겨나가게 하는 것이었다.

'이건… 꿈이야……'

어서 나가야 한다는 생각만이 들 뿐이었다. 황급히 집 안을 벗어나던 중, 내가 있는 이 모든 곳이 물로 가득 차 있다는 걸 알게 되었다. 나는 뛰는 대신 지느러미로 헤엄치고 있었다. 나를 따라잡은 아내가 꼬리로 내 옆구리를 투웅 차며 멈춰 세웠다.

"어제 낚시 다녀왔을 때부터 이상했어. 대체 왜 그러는 거야 당신?"

낚시, 낚시! 그 말에 현실감을 되찾은 나는 아내의 목소리와 둥글넓적한 눈, 작은 코와 커다란 입을 보았다. 사실 아내의 얼굴은 사람일 때와 별다를 게 없어 보였다. 익숙함과 반가움이 밀려와 가슴을 적셨다. 그래, 나와 십 년을 같이 산 아내에게 모든 것을 말해보자.

나는 그동안 겪었던 일 모두를 그녀에게 고백했다. 그런 다음 나뿐 아니라 아내까지 잉어로 변한 지금의 꿈에서 같이 나가자고 했다.

"이 잉어가 대체 뭐라는 거야. 나처럼 열심히 살아봐.

온종일 집 치우고 집안 대소사에 가족들 치다꺼리해 보라고. 꿈같은 게 꾸어지나. 한 번만 더 꿈 운운하기만 해봐!"

아내가 내게 호통을 치는 순간 내 입에서 꿈의 여왕의 목소리가 튀어나왔다.

"꿈꾸지 않는 존재는 없어요. 꿈꾸지 않는다는 이들에겐 현실이 곧 꿈인데, 그걸 모르는 거죠."

의외의 상황에 나조차 놀랐지만 이런 현상 역시 꿈이어서 그런 것일 터이리라. 그런 나를 아내는 한심하게 바라보았다.

"당신까지 물들었어? 기면증 걸린 딸년이 맨날 하는 소리 당신까지 곱씹는 거유?"

나는 당장 딸의 방문을 열어보았다. 분홍색 비늘을 단 비단잉어가 침대에 누워 깊은 잠에 빠져 있었다. 어디에 있든지 딸은 참 일관성 있게 등장하는 걸 보면 꽤나 조직적이고 체계적으로 설계된 꿈이라는 생각이 들었다. 나는 아내를 이해시키기 위해 내가 뱉은 대사가 꿈의 여왕의 말이었음을 상기시켰다. 복화술 하듯 내 입을 통해 내뱉어진 꿈의 여왕의 음성이 바로 여기가 꿈의 복판이란 증거가 아니냐고 말했다.

"딸년도 추운 날씨를 핑계로 동면하고 있는데, 대체 왜 그러는 거야 당신? 아무리 꽃샘추위라지만 경칩도 지났겠다, 지상에선 벚꽃놀이가 한창이라는데 아직도 겨울잠 자는 듯 뚱딴지같은 소리만 하면 어떡해?"

"여보, 혹시 우리는 딸애가 꾸는 꿈속의 일부가 아닐까?"

내 말을 들은 아내의 얼굴은 믿을 수 없다는 듯 일그러지더니 차츰 눈썹이 팔자를 그리며 작은 한숨을 내쉬었다. 그러곤 자기의 통통하고도 편평한 볼따구니를 내 얼굴에 대보았다.

"과도한 열이 나면 정신이 이상해질 수도 있다던데. 당신, 지금 어디 아픈 거지?"

내가 아니란 말을 하기도 전에 아내는 나를 몰고 유영하여 부드러운 진흙더미로 만들어진 침대에 나를 눕혔다. 그러곤 당신 상태도 모르고 출근을 종용해서 미안하다고 했다. 내가 원래부터 잉어였던 것처럼. 아내는 나를 종으로서 자기 정체성마저 잃어버린 환자로 보고 있었다. 나는 당황해서 소리쳤다.

"여, 여보? 당신도 알잖아. 내가 어제 낚시 다녀온걸. 나 어제 잉어를 낚으러 갔었다고!"

아내는 끌끌, 혀를 차더니 목놓아 울기 시작했다.

"여보, 미안해요. 내가 너무 당신을 압박했나 봐요. 흑

흑, 그치만 내가 뭘 잘못했다고. 이러면 어떡해. 나는 어떡해요! 호접지몽은 들어봤어도 인간지몽은 들어본 적도 없는데… 제발 정신 차려요 여보. 엉엉."

인간지몽? 내가 언젠가의 꿈속에서 이어지몽이란 말을 썼었는데. 묘하게 비슷하다는 생각을 이어갈 사이도 없이 아내는 스스로 만든 통곡의 방에 갇혀 폭포 같은 물줄기를 쏟아냈다. 나는 꼬리로 토닥토닥 아내의 미끈하고 통통한 등을 쳐주었다. 그러자 분연히 몸을 일으킨 아내는 가슴지느러미로 나를 잡아끌었다. 잉어를 낚시하다니 무슨 말이냐며 어제 갔던 낚시터로 같이 가보자는 거였다.

아내는 나를 데리고 금붕어가 운전하는 택시를 잡아탄 뒤 낚시공원에 가 달라고 했다. 연어가 회귀할 때 너무 많은 개체가 죽어 고향으로 거슬러 오르기 수월하라고 만들어놓은 에스컬레이터가 보였다. 거대한 건물 앞에서 금붕어가 목적지에 다 왔음을 알리며 요금을 말하자 아내는 기사를 잡아먹어 버렸다. 택시비를 아껴야 한다는 이유에서였다.

지하에서 공중까지 이어주는 엘리베이터가 우리 앞에 나타났다. 승강기 안에는 안내양 인어가 수염을 리본으로 묶어 목 앞에 늘어뜨리고 있었다. 상냥하게 우리를 맞은 안내양은 최첨단 엘리베이터라고 소개하며 전망대와 기념품점, 그리고 곳곳이 뚫린 호공(空)이 있는 낚시터 중 어느 곳에 내리길 원하느냐고 물었다. 당연히 낚시터였다.

낚시터 층에 당도한 나는 입을 다물 수 없었다. 골프장처럼 너른 평수의 진흙과 자갈 곳곳에 물 대신 공기로 채워져 있는 호공이 뚫려 있었다. 크고 작은 호공들 둘레엔 이미 많은 잉어가 자리를 잡고 낚싯대를 드리우고 있었다.

내가 갔던 곳은 강이지 이런 곳이 아니라는 말에 아내는 잠자코 따라오라는 뜻으로 꼬리를 구부려 내 헤엄을 재촉했다. 낚시터 가까이 멈춘 나는 자세히 보려고 머리를 디밀었다. 그 깊이가 상당해서 끝까지 들여다보이지도 않았다. 호공 안은 하늘색으로 뻥 뚫려 있었고 그 아래 구름과 태양이 보였다. 그보다 낮은 곳에서 비행기가 왔다 갔다 했고 이 밑으로 더는 보이지가 않았다. 육안으로 확인되는 것보다 더 깊은 수심, 아니 공기심인 듯했다.

"어허, 치사하게 비행기를 잡아 올리는 건 반칙이야. 낚싯대를 놓고 우아하게 건져 올려야 진짜 낚시꾼이지. 얼마 전에도 소말리아 해상에서 비행기를 잡으려다 놓친 잉어가 낚시법 위반으로 처벌받지 않았나."

나를 견제하듯 여유가 만만해 보이는 선배 낚시꾼이

말했다. 그는 오늘 열 마리를 낚겠다며 손수 만들어온 듯한 미끼를 열 개의 자동낚싯대 찌에 정성껏 매달고 있었다. 찌에 달린 미끼는 뜻밖에도 지렁이나 떡밥 같은 것이 아니었다. 명품이나 수표, 남의 애인이나 명예, 출세욕 등이었다. 내 시선을 느낀 그는 여전히 미끼를 매달며 나를 향해 말했다.

"표정을 보니 초보로군. 주먹밥 같은 건 옛날 보릿고개 때나 낚였을까, 요즘엔 이것들도 약아져서 돈다발을 미끼로 걸지 않으면 고개를 내밀어보지도 않아."

내가 말을 끝맺기도 전에 누군가 입질이 온다며 소리를 질렀다. 소리가 난 쪽으로 시선을 돌리니 비스듬히 몸을 늬고 있던 잉어가 꼬리로 자갈을 박차고 오르며 입으로는 릴을 끌어당겨 머리 위로 보냈다. 찌가 하늘로 향하며 미끼에 뭐가 달려있는지 보였다. 사지를 버둥거리며 딸려 올라온, 사람이었다.

헉, 내가 숨을 내뱉자 사람 입에 입을 맞추며 세리머니를 한 잉어가 자존감 넘치는 미소를 지으며 나를 쳐다보았다. 잡힌 사람은 끄르륵거리며 물속에서 공기 방울을 내뿜었다. 낚시꾼은 미끼를 움켜쥔 사람의 손을 빼내어 물 대신 공기가 가득 차 있는 사각 산(酸)조에 담갔다. 찌를 쥐었던 사람의 손에서 피가 철철 났다.

"중간에 놓기만 해도 안 잡혔을 텐데. 인간이란 한번 쥔 미끼는 놓는 법이 없어 건져 올리기가 좋다니까. 몇 마리 더 잡아서 반은 회쳐먹고 나머지는 매운탕을 먹어야겠어."

나는 헤엄쳐 산조에 담긴 인간을 보았다. 믿을 수 없었다. 진흙 바닥에 눈을 비비곤 다시 공기통 속의 인간을 보았다. 낚시 모자며 복장, 챙겨 신은 장화까지도 잉어 낚시를 나왔을 때의 나와 똑같은 모습이었다. 낚인 건 분명, 나였다.

"왜? 맛있어 보이나?"

낚시어가 나를 보며 물었다. 그는 잡힌 인간에게서 눈을 떼지 못하는 내가 자기의 인과를 부러워한다고 생각했는지 주절주절 떠들었다. 그러나 산조에서 버르적거리며 핏발 선 눈으로 나를 올려다보는 '나'를 보며 머릿속에 자꾸만 불쾌한 기억이 나려고 했다. 설마, 내가 원래 잉어였다는 기억이 나려는 건 아니겠지. 난 사람이라고.

영모도가 눈앞에서 아른거렸다. 장원 급제. 잉어를 잡으면 원하는 것이 이루어진다지. 내가 속으로 되뇌었던 중얼거림이 머릿속에서 재생되었다. 난 내 꿈을, 아니 내 가족의 꿈을 현실로 만들기 위해 낚시터로 간 것이었다. 꿈에서 본 듯 거대한 잉어를 실물로 잡아 그놈으로 속 풀리는 매운탕을 끓여 먹으면 내 속을 끓이고 있는 승진 문제도 시원하게 풀릴 것 같았다. 난 단 한 계단만 높아지고 싶을 뿐이었다. 직함도 연봉도 사무실과 집에서의 대우도 딱 한 계단만큼 윗급으로 받고 싶었을 뿐, 그런데 너무 많은 계단을 한꺼번에 건너뛴 듯 하늘로 올려졌다 다시 처박혀 정신을 차리니 원래 있던 인간이라는 계단보다도 한참 낮은 층계참, 잉어가 돼 있는 것이다.

"아냐, 난 사람이야!"

혼잣말하는 내게 아내는 그게 무슨 얼빠진 소리냐며 나보다 더 황당하고도 걱정스런 표정을 지었다. 그것도 잠시 단호한 얼굴로 나를 보더니 말했다.

"우리 잉어가 파렴치한 인간들보단 훨씬 낫죠. 당신, 지금 세상이 어떻게 변했는데? 이 낚시터가 처음 문 열었을 때도 같이 왔었잖아. 여기가 왜 생긴 곳인지도 기억 안 나? 아무래도 당신 단기 기억상실증인 것 같아."

아내는 비어버린 내 기억의 일단을 채워주기 위해서라는 듯 이 낚시터의 유래에 대해 설명했다. 먼젓번 잉어 학당에서 들었던 강사의 설명과도 겹치는 부분이 있었다.

인간들은 각계 생물을 잡아먹으면서도 그들을 조금도 배려해주지 않고 같이 사는 지구마저도 오염시켰다. 한 해에도 수많은 종의 생물들이 멸종했고 자신들이 만물의 영장이라며 피라미드 끝에 올라 왕 노릇을 했다. 각계 대표들은 신에게 꾸준히 진정서를 내어 인간들을 고발했다.

신도 처음엔 듣지 않았지만 천지 창조, 즉 세상을 재정비할 때 자신을 도와준 천사들이 인간을 제외한 생물들의 편에 서자 마음을 움직이지 않을 수 없었다. 신은 미끼에 걸려 지구에서 낚여 올라온 사람들은 잉어들이 어떻게 해도 좋다고 판정 내려 주었다.

첫눈에 보기엔 먹음직하고 탐스럽지만 두 번만 보아도 위해롭고 거짓된 열매를 미끼삼아 그 떡밥을 무는 자만을 낚도록 한 것이다. 명예와 출세, 탐욕, 남의 애인 등 추상의 가치를 붉게 뭉쳐 한 알의 실과처럼 만들어 대롱거리며 놓아두니 사람들이 한꺼번에 많이 잡혀 인구 공동화 현상이 일어났다.

이런 속도로 낚이다간 일주일 만에 인간이 멸종하리라는 신의 말에 따라 천사들은 인간을 낚을 수 있는 공공 낚시 산역을 만들고, 대부분의 경우, 조항에 따라 방생해 주기를 권고했다.

"저 사람은, 방생해 주지 않는 거야?"

핏발 선 눈으로 나를 올려다보는 인간 '나'를 보며 아내에게 물었다. 그러자 우리 옆에서 대화를 고스란히 듣고 있던 인과의 주인이 말했다.

잉어와 잉어

"흠, 남의 인과에 침 흘리면 안되네. 이 인간은 같이 낚시하던 승진 후보자가 심장 마비를 일으켜 강에 빠지자 그대로 두어 죽게 했다는군. 본인의 탐욕으로 된 미끼를 물 경우엔 방생하지 않아도 된다는 조항이 있어."

"아, 아니야."

나는 무의식적으로 고개를 흔들었지만 낚싯줄에 매달려 발버둥 치는 정 팀장의 모습이 의식 한가운데서 너무 선명하게 떠올랐다. 허푸허푸, 헛손질 치며 나를 바라보던 핏발선 두 눈. 그가 잡아놓은 잉어가 그물 안에서 축 늘어져 있었다. 주위를 살펴보니 팀원들은 근처 식당을 알아보겠다며 자리를 비운 상태였다.

내가 조는 동안 속임수만 쓰지 않았어도 정 팀장을 버려두진 않았을 것이다. 낚시 의자에 걸터앉아 선잠에 들었다 깨는 순간 정 팀장이 축 늘어진 잉어 입을 자기 낚싯대에 꿰는 것을 보았다. 그 옆엔 전기충격기가 있었는데 물속에 전류를 흘려 기절한 채 떠오른 잉어를 낚싯바늘에 매달고 있었던 것이다.

물가에 쭈그려 앉아 작업하던 그가 나를 보고 놀라는 듯하더니 한 손을 가슴에 대며 기우뚱 했고 잉어와 함께 낚시찌를 놓쳐 버렸다. 어어어어, 그는 호수에 빠진 잉어를 잡으려다 물에 빠졌다. 녀석이 심장 쪽에 지병을 앓고 있다는 건 이미 알고 있었다.

"헉헉, 나 좀… 건져 줘……"

물속에서 시뻘건 눈으로 나를 보며 정 팀장은 거대한 잉어처럼 펄떡거렸다.

"빠, 빨리……."

품에 숨겼던 전기충격기가 작동하는지 물속에 흐르는 전류가 녀석의 온몸을 통과하고 있었다.

'저건 사람이 아니야, 잉어야.'

나는 속으로 중얼대며 호수를 완전히 등졌다. 그래, 이건 꿈이다. 나는 똑똑히 단정 지었다. 내 옆에 있던 낚시꾼이 또 한 마리의 사람을 건져 올렸다.

"상하지 않도록 잘 손질하라구."

동료 낚시꾼이 옆을 건너다보며 말했다. 인간인 '나'도 산조에서 꺼내어져 도마 옆에 놓였다. 잉어의 칼은 도마 위에 놓인 '나'를 향하고 있었다.

굉음과 함께 온몸이 토막 나는 듯한 감각에 놀라 잠을 깼다. 다행히 잠에서 깨어나 꿈을 잊는 데 걸리는 시간은 단 몇 초밖에 걸리지 않는다. 아직은 선명한 꿈의 장면들이 흩어지고 스러져 등뼈가 해체된 물고기처럼, 미생물이 되어 흔적 없어진 것처럼 되는데 꿈을 잡으려 하지 않고 그냥 놔두는 것만으로 충분하다.

출근 준비 시간에 맞춰둔 휴대폰 알람이 울렸다. 이불 속에서 나는 일부러 눈을 감고 있었다. 내가 무슨 꿈을 꾸었는지 기억나지 않았고 곧 꿈 없는 잠을 잤다고 여겨졌다. 나는 잘 때 한번도 꿈을 꾼 적이 없었다. 몸을 일으켜 휴대폰을 집어 들어 알람을 끄고 씻은 뒤 면봉으로 귀속의 물을 빼낼 때였다. 내 귀에서 분홍색 치어가 튕겨져 나왔다.

"키킥. 어리석은 인간이 자기 마음에 빠져 허우적대는 도다."

소리인 듯도 하고 생각인 듯도 한 이상한 음파였다. 내가 뱉은 말은 아니었다. 치어가 말을 하는 건가? 정말로? 하도 이상한 꿈을 많이 겪어 놀랍지도 않았다. 오늘은 아내가 깨우러 오기 전에 제대로 출근하리라, 다짐하며 화장실 거울 앞에 섰더니 뜻밖에도 가슴지느러미와 꼬리지느러미가 길쭉하게 분리되어 다리와 팔이 달린 직립 잉어의 모습을 하고 있었다.

"여, 여보!"

내가 놀라서 불렀지만 아무런 답도 들려오지 않았다. 아내를 불러 내가 사람이며 지금도 몽중이란 걸 확인해야 했다.

"키킥, 잉어 돌연변이 중엔 암수가 한 몸인 자웅동체도 있거든요. 그래도 아저씨의 잉어 꿈은 잔량이 많아 딸도 키우셨네요."

어느 사이엔가 나를 따라온 치어가 음파로 말했다. 무슨 말인지 혼란스러웠다

"아저씨, 여기는요, 현실이에요. 꿈속에서의 관계가 그대로 적용되진 않거든요?"

어디선가 들은 것 같은 말⋯ 이런 상황을 전에 겪어봤다는 강렬한 기시감이 들었다. 치어의 얼굴 역시 어딘지 낯익었다. 하지만 어디를 봐도 나보다 한참 어린 치어의 말버릇을 고쳐줘야겠다는 생각이 들었다.

"아아, 됐어요. 내 말버릇은 담에 고쳐주고."

어디에서 봤는지 기억을 헤아릴 사이도 없이 치어는 자기 스마트폰으로 뭔가를 검색하더니 '우주잉어 나라에 입국한 존재를 위한 설명' 매뉴얼을 읽어주었다.

"당신은 지금 우주잉어의 뱃속에 인양되어 있습니다. 3차 세계대전이 일어남과 동시에 신이 지구를 우주잉어에게 먹이로 던져줬거든요. 더 이상은 지구를 물로 싹쓸이하지 않겠다고 했으니 약속을 지키는 차원에서."

"뭐, 말도 안 돼."

내가 말하자 치어는 귀찮다는 듯

"안 되는 말이 어딨어요? 태양계보다 더 큰 우주잉어에

잉어와 잉어

182

겐 지구도 사람과 자연을 뭉쳐놓은 떡밥일 뿐인데.”

하더니 나머지 안내 멘트를 무지 빠른 속도로 읽어 내려갔다.

“우주잉어 뱃속에서 핵이 터져서 지구와 사람과 자연이 초토화됐고 그것들이 한데 뒤섞여 소화되고 있는 중이랍니다. 당신뿐 아니라 모든 사람이 여러 차원을 오락가락하고 있어요. 포식해서 졸려진 잉어가 잠을 자고, 잉여 꿈의 잔량이 늘어나 원하는 존재를 무한대로 만들 수 있게 됐죠.”

“뭐야, 무슨 말이야. 어떻게 된 건지 차례대로.”

치어에게 말하는 와중에 아내도 딸애도 내가 분재한 잉여 꿈속의 존재라는 게 깨달아졌다.

“원래 꿈이란 시간이 뒤죽박죽이잖아요.”

“확실해 말해줘. 정답을 알려 달라고.”

“정답이 뭐냐고요?”

“그것까진 이 스마트폰에서 검색이 안 돼요. 모든 삶이, 물어서 답을 구할 수 있는 것이라면 이 모든 존재가 왜 살고 있겠어요? 편히 죽어서 천국에 가 있겠죠.”

내가 다른 걸 물어보려는 찰나 치어는 성가시다는 듯 스마트폰 전원을 껐다.

물고기의 분홍 비늘이 햇볕에 녹으며 세계가 뚝뚝 녹아

떨어지기 시작했다. 엉킨 실타래를 한꺼번에 삼킨 듯 가슴이 답답하고 호흡이 가빠지며 숨쉬기가 어려워졌다. 세상이 무너지고 있었다. 이게 정말, 우주잉어란 것의 내장이란 말인가? 나는 흐물흐물한 잉어의 내장 벽에 커터칼로 창을 냈다. EXIT. 표지판이 저절로 창문 위에 붙었다. 나는 고개를 디밀고 이곳과는 다른 곳의 공기를 들이마시며 간신히 아가미를 놀렸다.

남우 공방

남우 공방

"한수린, 어디 가니?"

"오픈 시간까진 가게에 갈 거야. 걱정 마."

엄마는 늦으면 황도 국물도 없을 거라는 협박성 당부를 잊지 않는다. 나는 의자 위에 놓여 있던 전단지를 이정표처럼 들고 대문을 나선다.

컬러로 인쇄된 종이에는 나무로 만든 가구들의 사진이 실려 있다. 맨 위에 굵은 폰트로 박힌 '남우 공방'은 아무리 강조를 위한 거라지만 글씨체도 다른 데다 크기가 너무 커서 뭔가 어색해 보인다.

광고지 맨 아래에는 공방의 전화번호와 주소가 적혀 있다. 일 년 전, 매일 아침 집 앞에서 버스를 타고 한 번 더 갈아탄 뒤에 도착하던 곳이다. 지금은 노선이 통합되어 한 번에 가는 버스가 생겼다.

정류장에서 발길을 멈춘다.

대한민국 프리미엄, 윤성원. 옆면에 광고띠를 부착한 835번 도시형 버스가 선다. 높아지고 좌석이 많아진 버스에 오르자 창밖으로 거리의 풍경이 지나간다. 매일 아침 출근하면서 봤던 구두집이나 작은 옷가게, 분식집 중엔 간판을 바꿔 달거나 아예 없어진 집도 있지만, 가로수도 없이 조붓하게 이어지는 길목은 여전하다.

며칠 전에도 귀가하자마자 화장실에 들어간 나는 머리와 몸을 빠득빠득 닦았다. 많이 맡다 보면 음식 냄새처럼 역한 게 없다지만 그중에서도 닭 튀기는 냄새는 계속 들이마시다 보면 본드와 같은 환각작용마저 일으키지 않을까 싶게 독하다. 물이 떨어지는 머리를 수건으로 감싼 나는 내 방에 들여 놓인 나무 의자를 발견했다.

"엄마, 이거 뭐야?"

"오늘 점심에 네 앞으로 배달된 거다."

소리쳐 묻는 내게 엄마도 소리를 질렀다. 홈쇼핑이나 인터넷 쇼핑을 완전히 끊은 내가 물건을 주문한 적은 없었다. 의자를 덮은 연두색 방석이 낯익다 싶을 때 그 아래 깔린 남우 공방 전단지와 등본을 발견했다. 등본의 흰색 여백엔 내가 쓰던 휴대폰 번호가 적혀 있었는데 이제는 사용하지 않는 번호였다.

나는 그것을 책상 위에 두고 의자를 살펴보았다. 상판 가장자리에 담뱃불로 구멍 났던 흔적을 찾아볼 수 없었다. '남우'라는 사인도 새로 파 넣은 걸 보니 사포질을 한 다음 다시 바니시를 입힌 게 분명했다. 그래서인지 보기에도 반들반들하고 손에 쓸리는 질감도 한결 부드러워져 있었다.

공방에 놓여있을 때는 울퉁불퉁한 모양새며 굵고 짝이 맞지 않는 다리가 전형적인 하체비만형 못난이 의자였는데 프레임과 상판 빼고는 다리도 등받이도 새로 붙였는지 키도 껑충 높아져 제법 쓸 만한 의자가 돼 있었다. 등받이와 상판, 상판과 다리 모두 주먹장 짜맞춤 식으로 되어 있었는데 그건 거구의 사람이 앉아도 삐걱대거나 휠 염려가 전혀 없다는 뜻이었다. 사인이 없었다면 그 의자가 이렇게 환골탈태했는지 전혀 못 알아봤을 것이다. 그 공방에서 남우라고 불리던 의자는 딱 하나뿐이었으니까.

차창 밖으로 건물 위에 달린 방송통신대학 광고판이 보인다. 나도 일 년 전엔 방송통신대 쇼호스트학과 입학을 꿈꾸고 있었다. '세일해서 육백이에요. 등받이는 페브

릭이고 엉덩이는 가죽이라 색감 대비도 좋고 편하기도 해요. 테두리는 자작나무를 써서 고풍스러워 보이죠? 한정 출시된 상품이라 지금이 기회입니다.'

월드컵 시즌이라 저녁부터 새벽까지 손이 발이 되도록 서빙하고 있던 내게 홈쇼핑 가구 프로그램은 새 눈을 뜨게 해주었다. 탁자 위에 있는 접시와 그 위에 놓인 모형 빵, 유리 장식장 속에서 빛나는 보석들, 원목 책상 위에 놓인 노블레스, 럭셔리라는 이름이 붙은 잡지들. 그 모든 게 연극을 위한 세트처럼 한 점 티도 없었으며 그 스튜디오 가운데, 어깨에 뽕이 들어간 오렌지색 코트를 입은 화면 속의 여자는 그곳의 주인으로서 나직한 목소리로 나를 안내했다.

상품 실물은 카메라가 클로즈업과 풀샷을 반복하며 자세히 보여주고 보조출연자들이 소파에 앉아서 실용성을 강조했다. 그 모든 것이 쇼호스트의 진행과 멘트에 따라 진행됐다.

치킨집에서는 손님이 왕이지만 홈쇼핑 프로그램에서는 호스트가 여왕과도 같이 빛을 발했다. 그녀는 손님이 드나들 때마다 인사를 할 필요도 없고 조금 늦어지는 서빙에 대해 사과할 필요도 없었다.

무엇보다 돈을 벌기 위해 땀과 기름내로 범벅될 이유도

없었다. 심지어 배송이 늦어지는 것조차 해당 업체의 ARS 를 통해 컴플레인하지 그녀에게 직접 하는 게 아니었다. 나는 내 몸에서 나는 기름 찌든 내를 맡으며, 그러나 온 몸이 피곤해 씻으러 가지도 못하고 거실 소파에 널브러진 채 여왕의 말을 따라 중얼거렸다. 다크브라운, 페브릭, 플로럴 패턴, 가격적인 측면.

부드러운 눈빛과 고상한 말투로 닭의 몇백 배나 되는 가격의 소파를 파는 일을 나도 하고 싶었다. 나는 월드컵 이 끝나자마자 고급상점이 밀집한 학동의 가구거리를 헤 매며 매니저 채용에 응시했다. 모두 경력직을 뽑는다고 했다.

이탈리아노, 스윗 봉봉, 파네마누. 몇몇 가구점의 면접 을 봤지만 다 떨어지고 덜컥 붙은 게 남우 공방이었다. 즉 석에서 면접을 보고 다음 날 등본 한 장을 주는 것으로 알 바 취업 절차가 끝났다. 내 휴대폰 번호는 등본의 여백에 써넣었다.

학동 가구거리에서 버스를 타고 한참 가다가 남우 공 방이라는 간판 아래 유리에 '사람 구함'이라는 종이만 붙 어있지 않았다면 눈길을 주는 둥 마는 둥 하고 지나쳤을 가게였다. 그곳은 건물 전체를 매장으로 쓰는 학동 거리 의 가구점과는 달리 좁고 낮고 깨끗해 보이지 않았으며

남우공방

멀기까지 했다.

 하늘이 흐리다 했더니 빗방울 알갱이들이 듬성듬성 차
창에 달라붙는다. 비 오는 날, 할배는 건조 중인 가구를
보며 혀를 찼다. 그러곤 그것에 대고 단도리를 했다.
 "뒤틀리거나 덜 마르면 안 된다. 알았지?"
 한쪽 귀가 잘 안 들리는 할아버지는 남들도 자기처럼
안 들릴 거라 생각하는지 무슨 말이든 크게 하는 버릇이
있었다. 그럴 때면 할머니는 "잘 마르려던 나무도 당신 목
소리에 오그라들겠수."라고 타박했다.
 할배는 첫날부터 가구들을 가리키며 이게 심재로 만들
어졌는지 변재로 만들어졌는지 아냐고 물어왔다. 내가 주
춤거리자 할배는 밥통이라며 그것도 모르고 공방에 왔냐
고 했다.
 "심재는 나이테가 새겨지는, 나무의 가장 깊숙한 중심
부란다. 껍질 쪽에 가까운 변재는 부피가 제멋대로 널뛰
지만, 심재는 변하지 않거든."
 친절히 알려주는 할머니 덕분에 되돌아 나오진 않았지
만, 나의 첫 출근은 그렇게 시작되었다.
 노인 부부가 운영하는 열 평짜리 공방은 대체로 한가
했다. 도시 변두리에 위치한 그 동네는 젊은이들이 출근

하고 없는 한낮에 이따금 쉰내를 풍기는 노파나 중장년의 상가 아주머니들이 들르는 것이 다였다. 공방 옆에 재활용센터가 있어서 그나마 방문객들도 가구를 샅샅이 만져보며 이게 원목이 맞느냐고 물을 뿐 사는 일은 좀처럼 없었다.

"마구리 면을 만져보소. 나이테가 있나 없나."

할배의 말에 아주머니가 눈을 크게 뜨면 그는 "책상 모서리면 말요. 거기 필름지를 붙여놔서 가짜 무늬를 만들었나 안 만들었나 보란 말요."라고 호통을 쳤다.

할머니는 그게 바로 사람을 구한 이유라고 했다. 가는 귀가 먹어 손님들 말도 잘 못 알아듣고 대답을 해도 윽박지르는 것처럼 들려 어쩌다 들른 사람도 영영 가버린다고 했다. 가게 문을 열고 얼마 뒤 화장대를 주문한 아주머니가 있었는데 그이와도 의견 조율이 잘 안 되어 다 만든 가구를 찾아가지 않았다고 했다. 그이가 마을의 부녀회장이라 공방 소문이 안 좋게 났을 거라고 할머니는 걱정했다.

"알아서 잘 만들라고 해놓고는 완성되니 이런 게 아니었다고 발뺌한 거지. 만드는 중간중간 그 개코같은 여자한테 전화해서 한번 보고 말해달라고 했더니 시간 없다며 뚝뚝 끊기만 했었다고."

할배 말에 할머니는 어련하겠수, 하며 마른 수건으로

집기를 닦았다.

할머니는 오전내내 공방에 있다가 내가 출근하는 점심이 되면 싸 온 도시락을 할배 앞에 펼쳐주었다. 무말랭이와 담근 지 오래된 김치, 홍어무침. 할배는 늘 같은 반찬을 같은 모습으로 씹었다. 자기 고집이 서린 듯 뾰족하고 툭 튀어나와 있는 턱이 움직이는 걸 볼 때면 가구를 만들 때 저 턱으로 대패질을 하면 좋겠다는 생각이 들곤 했다. 할배가 밥을 먹는 내내 할머니는 요즘 들어 입이 마른다며 따뜻한 차를 쉬지 않고 홀짝였다.

할배가 식사를 마치면 할머니는 도시락을 챙겨 집으로 돌아갔다. 할배가 작업하는 공방은 소음과 먼지, 톱밥이 많아서 기관지가 약한 할머니가 종일 머물 순 없다고 했다.

수작업 목가구 공방이라 주문이 없으면 일거리도 없는 건데, 할배는 오후 내내 일을 했다. 그리고 그 시간은 내게 인내심 테스트의 현장이 되었기에 나는 할배가 도면을 더 오래 그리기를 바랐다. 낱낱의 티끌들이 눈으로 보이는 햇살 좋은 낮 시간, 나무 톱밥과 뒤섞여 폭풍처럼 날리는 먼지들의 텁텁한 냄새는 치킨 기름내에 단련돼 온 나로서도 달갑지 않았다. 더 큰 문제는 할배의 갖은 트집과 까탈이었다.

"삼나무 가져와. 가문비 가져와라. 아니 아니, 그냥 소나무가 잘 얼리겠어."

공방 한쪽엔 다양한 사이즈의 목재가 세워져 있었는데 모눈종이에 샤프로 도면 그리기를 마친 할배는 재료를 고르기 위해 내게 몇 번을 번갈아 나무를 가져오라고 했다. 몇 걸음 안 되는 거리에 본인의 사지도 멀쩡하면서 말이다. 공방이 처음인 나로선 "무슨 색깔 나무요?" 라고 되물을 수밖에 없었다. 그때마다 할배는 그것도 모르냐며 탐탁지 않아 했다. 다시 갖다 놓으라고 한 목재를 비스듬히 세워놓았다고 무척 혼나기도 했다. 휘어지거나 수축이 일어날 수도 있다는 거였다.

각종 도구를 재깍재깍 건네는 것도 내 일이었다. 처음엔 당연히 어떤 게 누리끼 장도리인지 모른다. 눈에 띄는 대로 고무망치를 쥐여줬다가 답답하다고 욕을 먹기 일쑤였다. 할배가 점심 식사를 하는 동안 할머니가 도구를 하나하나 가리키며 이름을 알려주지 않았다면 할배에게 먹었을 욕 때문에 불사신이 됐을 것이다.

"연필 좀 가져와 연필."

할배가 재단선을 그리려고 직각연귀자를 목재에 댄 채 나를 불러 책상에 굴러다니던 것을 집어줬더니 샤프를 갖고 와야지 연필을 갖고 오면 어쩌냐고 화를 낸 적도 있었다. 연필심은 샤프보다 두꺼워서 톱날이 3mm인데 그렇게 열 번이면 3cm가 모자라 일어설 수가 없는 절름발이 가구가 된다고 했다.

둥근 톱으로 자른 목재들을 가조립할 땐 옆에서 도면을 들고 있어야 했다. 할배는 조금 어긋나거나 수정해야 할 부분이 있으면 내가 든 도면 위에 간단히 표시했다. 잘라내기 어려울 정도로 미세한 오차는 대패질을 통해 사이즈를 조절했다. 완벽히 재단된 것들은 등대기톱으로 매끈하게 켰다. 일정하게 재단된 상판이며 프레임, 보강재와 받침대들은 다시 대패로 다듬은 다음 철마 끌로 홈과 촉을 파내어 아귀를 합치는 짜맞춤 방식으로 접합되었다. 그것들은 때로 나비경첩이 붙은 다기장이 되기도 하고 바닥 판과 옆 받침대 선반들로 이루어진 책장이 되기도 했다.

공방 안은 할배가 만든 가구들로 북적댔다. 작업할 공간이 모자라 가게 밖에 책상이나 책장을 내어놓고 양날 톱질을 하기도 했다. 그중에는 누가 집어 갈까봐 절대로 밖에 내어놓지 않는 의자가 있었는데 그게 바로 남우였다.

"영감, 나무 조각 튀지 않게 남우한테 마스크 덮어주는 거지?"

할머니는 이따금 할배에게 묻곤 했다. 끌로 목재를 파

거나 톱으로 재단하면 조각들이 튀어 올라 할배 얼굴을 스치기도 했다. 할머니가 보안경과 마스크를 착용하라고 해도 할배가 이따금 쓰는 것과 달리 남우 위에는 매일 천을 덮어주었다.

그러나 나는 남우만 보면 늘 마음이 조마조마했다. 할배나 할머니가 남우 위에 덮인 연두색 방석을 치울까 봐서였다. 그 일은 공방에 출근한 둘째 날 일어났다. 할배와 할머니 모두 자리를 비운 사이 손님이 들어왔다. 아주머니는 가게 안에 있는 것 중에서도 유독 못생긴 남우 곁으로 갔다. 남우가 어떤 의자인지 몰랐던 터라 나는 반드시 팔아 치우겠다는 생각으로 아주머니 옆에 섰다.

곱상하고 맨질맨질한 촉감과 모양을 가진 것도 많은데 남우는 할배의 턱으로 깎아 놓은 건지 결이 거칠고 어딜 봐도 어설펐다. 엉덩이가 닿는 상판은 네모로 깔끔하지도 않고 정겹게 둥글지도 않은 것이 곡선과 직선이 짜깁기된 것 같고 얇디얇은 등받이는 맘 놓고 기댔다간 툭 부러질 듯했다. 그런 와중에 네 개의 다리는 짧고도 두꺼워서 전형적인 하체비만형이었다. 그러나 나는 유니크한 디자인이 이 의자의 매력이라고 설명해 주었다.

아주머니는 자연스런 멋이 있다며 고개를 끄덕였다.

"앉아보시겠어요?"

내가 미소를 짓자 아주머니는 그래 볼까, 하며 엉덩이를 들이밀었다.

"저희는 중간상인 없이 나무값만 받아서 저렴한 편이에요. 지금 보신 건 오십⋯⋯."

나는 들어본 적 없는 남우의 가격을 제멋대로 부풀려 말했다. 내 말이 끝나기도 전에 문이 열리더니 가게 앞에서 담배를 피우고 있던 아저씨가 성큼성큼 들어왔다.

"옆에 재활용센터 가면 싼 의자 널렸는데 뭘 아직도 보고 있어?"

아저씨는 아주머니 팔을 잡아끌었다. 엉겁결에 일어난 아주머니는 이걸 갖고 싶다며 버텨 섰고 아저씨가 끌어당기는 찰나 담배가 떨어져 치직 소리를 내며 상판에 구멍을 만들었다.

"아파트단지에 가구 폐기물 배출된 것만 잘 살펴도 공짠데 생돈은 왜 버려."

들으라는 듯 말하며 가게를 나선 아저씨는 아주머니와 함께 뛰는 듯한 걸음으로 내 시야를 벗어났다.

그들이 물어내야 했지만 이미 사라진 뒤였다. 담배토막을 화장실에 갖다 버리고 걸레로 의자를 닦아보았지만 검게 그을린 구멍은 사라지지 않았다. 임시방편으로 할머니가 매일 앉는 의자 위의 방석을 날름 집어 흠이 생긴 의자 위에 놓았다.

의자의 흠이 언제 들킬지 몰라 불안했지만 오십만 원을 물어낼 수도 없어 나는 남우 쪽으로는 눈길도 주지 않았다. 오십만 원이라고 말해놓고 나니 그 의자가 정말 오십만 원 인 것 같았다. 다행히 할머니는 남우가 춥지 않게 연두색 모자를 잘 씌어졌다고 할 뿐 방석을 젖혀보지 않았다.

오빠에게서 전화가 온다.

"야, 나 오늘 저녁에 약속 있어. 너 다섯 시까지 들어올 거지?"

"안 가면 어쩔 건데?"

내가 퉁을 놓자 오빠가 죽겠다는 소리를 한다.

"오늘 주말이잖아. 모처럼 중요한 약속이야."

그렇다. 오늘은 오빠 말대로 주말이다, 치킨 가게 매출이 평소보다 늘어나는. 지난 월드컵, 치킨집 특수때 나온 돈들은 모두 오빠의 사립대학등록금으로 들어갔다. 나는 입학을 접고 매일매일 엄마 가게에 나가고 있다. 엄마는 조만간 나도 학교에 가라고 하지만 오빠의 등록금이 또 오른 탓에 월드컵이 매년 열리지 않는 한 입학이라는 단어는 뜬구름처럼 요원해 보인다. 지금은 쇼호스트 학과에 갈 마음도 없어졌지만.

휴대폰을 든 김에 광고지에 나온 남우 공방 번호를 눌러보지만 받지 않는다. 의자를 받은 다음 날부터 몇 번을 전화해도 그랬다. 할배 책상 위에 있던 구닥다리 유선전화기를 떠올린다. 할배는 수화기 속의 목소리는 더더욱 알아듣지 못했기 때문에 할머니가 없는 오후에는 내가 전화를 받았다. 이따금 걸려오는 전화의 주인공은 할배의 오랜 친구인 나무가공장이었다. 그는 할배에게 정기적으로 목재들을 보내주었다. 아침에 운송 차량이 다녀간 날이면 할배는 목재 더미를 바닥에 펼쳐놓고 하나하나 뜯어보며 구시렁댔다.

　"이건 덜 말랐고 이건 옹이 자국이 있어. 도무지 쓸만한 게 없군."

　할머니는 당신만큼 까다로운 사람도 없을 거라며 친구에게 감사 전화를 하라고 했다. 할배는 수화기를 들고 그닥 좋은 나무가 없다고 불평을 해댔고, 공짜로 주고도 욕먹는다며 너털웃음 짓는 친구의 목소리가 송화구를 삐져나와 내 귀에 들리기도 했다.

　"어이, 공방 하나 차렸다더니 쥐구멍에 처박혀 있었군? 늦장가 가는 아들부부의 침대랑 며느리 방에 놓은 화장대 좀 근사하게 만들어줘 봐."

　"소개받아 전화 걸었어요. 전통방식의 자개장을 하나

맞추려고 하는데."

이런 주문 전화는 아주 가끔 있을 뿐이었고 그마저도 축음기에서 울려 나오는 듯한 노인들의 목소리들이었다.

그래서 뜻밖에도 젊은 남자의 목소리가 남우 공방의 위치를 물어올 땐 별일이다 싶었다. 그날 할배는 점심을 물리고 난 뒤 나를 불러 숫돌을 갈게 했다. 목재를 자른 뒤, 조립 전후, 칠을 하는 사이사이, 목공이란 대패질의 연속이었는데 바로 그 대팻날을 벼리는 것이 숫돌이었다. 할배는 할머니가 있는 오전이면 작업 대신 숫돌을 꺼내 대팻날 갈이를 하곤 했다.

할배는 무디어진 숫돌과 숫돌 평잡이를 건넸다. 그가 하던 것을 따라 왼손으로 숫돌을 고정하고 평잡이에 힘을 실어 문질렀다. 도면을 그리던 할배는 숫돌을 뺏어 들고는 평평하게 갈아야지 사선으로 비뚤게 갈면 어떡하느냐고 성을 냈다.

"그럼 갈기 전에 말을 해야지, 전 몰랐잖아요."

참아온 울분이 켜켜이 쌓여있던 나는 나도 모르게 대들었다.

"몰라? 그것도 모르냐? 이렇게 코앞에서 보고도 몰라? 어깨너머로 보는 녀석도 너보단 잘 알겠다."

모르는 걸 가르쳐주는 대신 그것도 모르냐고 야단하는

게 할배의 특기였다. 이까짓 공방일, 때려치우겠다고 마음먹고 고래고래 소리 지르려는데 남자가 들어왔다. 깔끔한 정장을 갖춰 입은 그는 올림머리를 한 부인과 함께 아이 서재를 꾸며주기 위해 학동 가구거리에 들를만한, 내가 떠올릴 수 있는 가장 이상적인 손님이었다.

"스승님, 무고하셨어요?"

남자의 말에 할배는 콧방귀도 뀌지 않았다.

"진작 찾아뵙지 못해 죄송합니다. 스승님."

할배가 여전히 자기를 쳐다보지도 않자 남자는 할배 앞으로가 깊이 허리를 숙였다.

"스승님 아니었으면 제가 어디서 대패질이나 하고 있었겠습니까."

남자는 이제 무릎을 꿇고 이마를 땅바닥에 댔다. 할배는 꼴 보기 싫다는 듯 고개를 외로 꼬고 미간을 잔뜩 구긴 채로 눈마저 감고 있었다.

그때 목마르다며 생수를 사러 갔던 할머니가 돌아왔다. 공방엔 정수기가 없었다. 바닥에 꿇은 남자가 "사모님" 하며 알은체를 했다. 눈가에 맺힌 할머니의 부챗살 주름이 더 깊어졌다.

"남우 보낼 때 보고 처음이구나."

"네가 이런 소리나 할 것 같아서 지난번 전화도 끊어버린 거다."

책상 앞에 앉아 할머니가 끓여낸 차를 마시며 용건을 꺼낸 남자의 말을 노인이 잘랐다. 오래된 제자를 자기 모르게 박대했냐며 할머니가 할배를 나무랐다.

"그럼, 인사도 없이 사라졌다가 이십 년 만에 나타난 놈이 내 이름 팔아먹겠다는데 오냐오냐 그러마 해? 네 녀석은 손기술이 뛰어났지만, 잔머리가 너무 많았어. 너 가짜나무로 애들 장난감이나 만들고 있다지?"

쫓기는 사람처럼 급하고 큰 소리로 내뱉은 할배와 달리 남자는 싱긋, 웃어 보이곤 차분하게 말했다.

"MDF와 합판입니다. 스승님. 요즘 사람들은 막공장에서 찍어낸 조립형 가구를 인터넷에서 주문해 쓰기도 해요. 그보다야 물가에 맞춰 확실히 만든 저희 제품이 좋죠. 제가 런칭한 베란다 공방은 중저가 브랜드니까 디자인과 실용성, 가격이라는 고객들의 니즈를 확실히 수용할 수 있습니다. 정기적으로 목공교실을 열어 취미인과 전문인 모두를 양성하고 있구요."

"뭘 좀 아는 사람들이 네 가구를 구멍가게 물건이라고 무시하니까 비싼 물건을 만들려는 게지."

할머니가 할배를 빤히 쳐다보며 만류했다.

"여보, 왜 그러우? 버스 타고 다니다보면 베란다 공방

남우공방

가구점이 심심찮게 눈에 띄는데, 당신 제자의 실력을 사람들이 인정해준 게 그렇게도 화낼 일이우?"

남자는 틈을 발견했다는 듯 재빨리 파고들었다.

"베란다 공방이 중저가 브랜드니까, 고가여도 좋으니 더 높은 품질의 수 가구를 원하는 고객들이 많습니다. 아시다시피 이케아가 들어온 뒤부터 가구 시장 가격은 아예 낮든가 아예 높든가, 더 이분화되었잖아요. 그래서 대기업의 지원을 받고 스승님 존함을 빌려 명품 수가구 브랜드를 런칭하려고 하는데 초기부터 매출 때문에 압박받을 일도 없을 겁니다. HK도 일단은 기업이미지 때문에 만드는 거니까요"

"그럼, 사재기 수가구. 이렇게 되는가?"

할머니가 묻자 남자는 예의 미소를 띤 채 말을 이었다.

"스승님이야 유명한 대목으로 전국을 다니셨잖아요. 남우가 생기고부터는 정착하셔서 남우라는 이름을 내걸고 마을의 소목 생활을 시작하셨지만. 그때도 스승님께 혼수 가구 맡기려고 전국에서 몰려들었지요. 그런 만큼 재기 공방보단 남우 공방이 더 나을 것 같은데. 그러고 보니 남우가 만들었던 의자는 아직도 있네요. 스승님을 닮아 재주가 좋았는데, 남우가 아주 어릴 때 만든 거 빼곤 손님들이 다 사 갔었죠."

남자는 연두색 방석을 덮은 의자를 보고 말했다. 할배가 답이 없는데도 남자는 여유로운 어조로 이야기를 이었다.

"빈티지를 선호하는 시대예요. 베란다 공방에서도 엔틱 효과를 낸 제품이 잘 팔리거든요. 그게 바로 이케아와의 차별점이기도 하고요. 코리안 빈티지, 남우. 어떠세요? 계약금은 바로……."

따악 소리가 들렸다. 할배가 남자의 뺨을 후려친 것이었다.

"내 이름도 모자라 떠난 내 아들도 팔아먹고 싶으냐? 당장 나가라."

할배가 남자를 때리며 몰아붙였기에 그는 뒷걸음질 치며 가게 밖으로 퇴각했다. 이어 자동차 시동이 걸리고 창문을 연 그가 "또 찾아뵙겠습니다, 스승님 사모님." 하며 떠났다.

버스가 터널에 들어서자 사방이 깜깜해진다. 떠올려보면 그 남자의 등장과 동시에 남우 공방도 어두운 터널에 진입했던 듯싶다. 거기엔 나도 가세를 했지만, 당시에는 공방에 정수기도 보내오고 전기샌더나 지그쏘 같은 전기공구를 보내오는 그가 다비드 조각상처럼 빛나 보이기만 했다. 또 할배와 할머니를 위해서도 남자의 제의를 받아들이는 게 좋을 줄 알았다.

할머니도 나도 새로 생긴 정수기가 좋았지만 할배는 배달된 공구들을 내팽개치고 사용하지 않았다. 그때쯤 나는 숫돌도 제법 잘 갈았고 600방부터 1,200방까지의 거칠거나 결 고운 사포를 구분할 줄도 알게 되었다. 할배의 명에 따라 숫돌에 벼린 오금대패로 각재의 모서리 부분을 둥글게 다듬기도 했다.

처음 몇 번은 대팻날을 뽑아내는 데 애를 먹기도 했었다. 어미날을 망치로 살살 내려쳐 끼워 넣은 다음 덧날을 슬쩍 빼내야 하는데 어미날이 도무지 들어가 박히지 않아 힘껏 망치질했더니 나무 대패가 부서져 버린 것이었다. 얼마를 변상해야 하냐고 물었더니 할배는 역정이 범벅된 목소리로 숫돌이나 잘 갈라고 했다.

물론 섬세한 공정을 요하는 홈파내기 작업은 할배 혼자만 했다. 사개 맞춤이나 장부 맞춤, 숨은 주먹장 맞춤 방식 등 목재를 블록처럼 끼워 붙이는 짜맞춤 방식은 홈이 오차 없이 맞물려야 튼튼하게 결합되어 어떤 하중도 견딜 수가 있었다.

나는 할배가 치워둔 전기 공구를 매번 보이는 곳에 재배치해두곤 드릴로 구멍을 뚫어 직결 나사못으로 목재를 이어보자고 했다. 할배는 들은 체도 안 하고 끌질을 하다가 뻑뻑한 눈을 껌뻑이거나 손목운동을 하며 자주 쉬곤 했다.

"홈을 일일이 파내다 보니 눈도 침침해진 거예요. 팔도 쉬게 해야죠. 톱 대신 지그쏘로 자르고 드릴로 구멍을 내서 나사못만 박으면 레고 만들듯 뚝딱 만들어지는데 왜 그런 고생을 사서 해요? 사포질도 전기샌더를 작동시키면 훨씬 쉽잖아요."

할배는 시끄럽다며 작업을 계속했다. 그러다 튀어 오른 나뭇조각에 뺨을 긁혔다. 나는 할머니가 일러주었던 대로 서랍을 열어 연고와 밴드를 꺼내 할배에게 건넸다. 할배는 언짢다는 듯 쯧쯧대기만 하고 밴드를 붙이지 않았다.

목재를 짜 맞춘 뒤에 할배는 바니시로만 마무리했다. 닭 튀기는 냄새 다음이 바로 바니시 냄새라고 해도 될 정도로 지독했다. 바니시는 일종의 니스나 락카로 나무의 원래 색과 결을 보존하는 데는 가장 좋은 안료였지만 그밖의 효과는 낼 수가 없었다.

"프로방스풍 밀크 페인트로 좀 환하게 해보면 안 돼요? 요즘은 그런 게 유행이라고요. 아니면 핑크 스테인으로 결도 살리면서 아기자기한 맛을 낼 수도 있잖아요? 바니시로만 하면 너무 밋밋한데. 나무 나이도 많은데 좀 젊게 꾸며주죠?"

할배는 남자가 보내온 천연오일이나 스테인, 스펀지 붓에 눈길도 안 주고 바니시가 마르면 또 바니시를 덧칠했다.

턱처럼 뾰족한 할배의 고지식함이 꺾이지 않을수록 나도 작업 때마다 알짱대며 할배를 집적거렸다. 솔직히 내가 한동안 겪었던 할배의 지청구를 갚아주기라도 하듯 요즘 시대와 사람들을 운운하기도 했다.

"아님 특색 있게 엔틱 효과를 주든가요. 다른 가구점 보면 옹이 있는 목재로 다탁이나 콘솔을 만든 다음에 스웨이드 페인트를 칠한 뒤 가장자리에 사포질해서 그럴싸한 분위기를 내던데. 오리엔탈 콘솔이니 엔틱 다탁이니 이름도 붙이고요. 네이미스트들이 따로 있는 건 알아요? 아무리 좋은 나무를 쓴다고 해도 요즘은 이미지 시대라구요."

"네가 말하는 골동품 효과라는 게 눈속임 아니냐? 옹이 있는 건 힘도 약하고 짜개지기도 쉬워. 칠해놓고 겉면만 긁어놓으면 다 골동품인 줄 알어? 이름만 안티크라고 붙여놓으면 누가 오랫동안 썼던 물건이 된다더냐? 그런 건 시간의 먼지를 먹어야 하는 게야! 저리 좀 가 있어라."

할배는 역시 완강해서 할머니가 있을 땐 할아버지가 전기 공구를 사용하면 건강에 좋을 것 같다고 얘기해 보기도 했다.

"어쩜, 너는 마음 씀씀이까지 남우를 닮았니. 남우가 참 효자였는데."

할머니가 구부러진 눈을 더욱 구부리며 말했다.

"네 이력서랑 등본 보고, 남우가 먼 나라 숲으로 떠난 나이와 똑같아서 얼마나 짠했는지."

나는 뜨끔했지만, 집에 있는 백을 떠올리며 마음을 다잡았다. 할아버지 좋은 보청기라도 하려면 그 제자와 계약하는 게 좋지 않으냐고 하자 할머니도 고개를 끄덕였다.

"고집은 아무도 못 말린단다. 전국에서 제일가는 육송만 구해서 기껏 다듬어 놓고는 나무값만 받곤 해서 내가 얼마나 힘들었게."

할머니는 속 타는 얘기를 했더니 입이 탄다며 정수기 쪽으로 가다가 비틀거렸다. 요즘 종종 현기증이 난다고 했다.

터널을 통과한 버스가 신호를 기다린다. 뒤차가 빵빵댄다. 남자는 공방 퇴근길, 버스정류장에 선 내게 경적을 울렸다.

남우공방

"아가씨, 스승님 제자지?"

창문을 연 그가 빙글대며 물었다.

"아닌데요. 왜요?"

남자는 할배의 태도를 볼 때 애제자가 분명하다고 했다. 나는 절대 아니라고 했다. 몇 걸음 안되는 공방에서 목재 심부름부터 쓸데없는 숫돌 갈기까지 갖은 욕을 먹이며 시킨다고 하자 그는 고개를 저었다.

"노인네 안력이 얼마나 형형한데 목재 심부름을 시키겠어. 도면 그릴 때 재목쯤은 다 정해 놨을 거라고. 아가씨를 훈련시키려고 그런 거지. 숫돌 갈기가 목공의 시작과 끝이라는 건 알고 있지?"

그는 자리를 옮겨 이야기하자고 했다. 듣지 않고 버스에 올라타려는 찰나 그가 내게 커다란 쇼핑백을 안겼다. 이게 뭐냐고 묻지 않아도 종이봉투에 새겨진 로고 덕분에 명품백이란 걸 알 수 있었다.

그는 할배와 계약이 체결되는 즉시 학동 거리 신축건물 전체에 본점을 낼 거라고 했다.

"학동, 가구 거리 한가운데요?"

내가 토끼 눈을 하고 묻자 그가 눈을 가늘게 뜨더니 씨익 웃었다.

"그래, 계약만 되면 아가씨를 매니저로 채용하지."

그런 데서 일하다 쇼호스트 학과에 입학하는 것도 나쁘지 않을 듯싶었다. 그는 수량이 많지 않은 소프트 우드를 쓴 화려한 제품은 한 대에 오천만 원도 호가할 거라고 했다.

그 뒤에도 남자는 이따금 버스정류장으로 와 명품구두나 화장품, 원피스가 담긴 종이백을 건네고 갔다. 현금 결제했으니 맘에 들지 않으면 돈으로 바꿔도 좋다고 했다. 할배에게 집적대는 얘기들도 사실은 그 남자에게 들은 것들이었다.

명품백을 들고 귀가한 날 엄마는 어느 좌판에서 사 왔느냐고 했다. 제품보증서를 보여주자 요즘은 가짜도 보증서 만든다더니, 하곤 가게에 나갔다. 휴일 낮에 엄마와 들른 백화점에서 나는 보란 듯 선물 받은 구두와 가방을 착용했다. 해외 브랜드 매장에 들렀더니 점원이 웃으며 다가왔다.

"어머, 저랑 똑같은 가방이네요. 가끔 가짜를 들고 와서 수선해달라는 고객들이 있는데, 이건 진품이네요. 진짜는 진짜를 알아보는 법이니까요."

찐인지 짭인지 따지는 애들은 유치하다고 생각해 왔지만 그런 말을 듣자 어깨가 펴졌다. 나는 공방에 다니며 모아둔 돈으로 또 다른 가방을 샀다. 엄마가 말렸지만, 대형 가구점 매니저라면 이 정도는 걸쳐야 한다고 말해주었다. 엄마는 원피스와 구두도 진품이냐고, 가구점이 아니라 이상한 데 나가는 게 아니냐며 의심했다.

버스가 터널을 벗어난다. 이제 조금 더 가다가 조그만 굴다리 하나를 지나면 내려야 한다. 나는 지금 버스에서 내리고 싶기도 하고 이대로 쭉 승차해 있고 싶기도 하다. 지금 내가 쥔 휴대폰은 아이폰이다. 남우 공방을 나오면서 기계와 번호를 같이 바꿨다. 남우 공방 번호는 남겨놓지도 저장해 두지도 않았다. 의자가 배달되지만 않았다면 남우 공방에 다시 찾아오는 일은 없었을 것이다.

드디어 내려야 할 정거장이다. 다른 사람이 하차 벨을 누른다. 나는 앞사람을 따라 버스에서 내린다. 비가 멎은 상태라 가방 속에 든 우산은 꺼내지 않는다. 신호등 없는 횡단보도를 건너고 골목으로 접어들어 얕은 시멘트로 올라붙은 인도를 걷는다.

상가 유리에 비친 내 모습을 본다. 팔에는 코르덴 재질의 주름이 많이 간 가방이 들려있고 발에는 오래 신어 편하게 구부러진 구두가 신겨져 있다. 젊은 사람들이 일터로 가 낮에 썰렁한 건 일 년 전이나 지금이나 똑같은 동네다. 한쪽에서 아이들이 튀어나온다. 뚜르르르. 아이들은 음향 효과를 내는 장난감 총을 쏘며 부리나케 내 앞을 지나간다. 남우공방의 전화벨 소리도 저랬었다.

나무가공장 친구에게 전화가 걸려 왔다. HK기업의 신생 브랜드 물량공급처로 약정을 맺어 더 이상 사적인 재료 제공을 할 수 없으니 이해해 달라는 것이었다. 할배는 그 공장이 넘어가기 직전이었다는 것을 알고 있어 친구가 계약한 것에는 별다른 반응이 없었다. 그러나 할배도 계약을 받아들이는 게 좋을 것 같다는 친구의 제안에는 몹시 노여워했다.

"그놈이 며칠 전에도 마지막이라며 또 왔다 갔다. 하도 전통 수가구 수가구 하길래 짜맞춤이냐고 물었더니 그러면 인건비가 너무 많이 든다고 하지 않겠냐. 나사로 콱 박아버리고 본드로 딱 붙이는 게 무슨 전통 수가구야? 나무도 숨을 쉬는 것들이어서 그렇게 막 접붙여놓으면 안 되는 거야. 정 사장이 더 잘 알고 있잖아?"

할배는 전화기에 대고 소리치면서도 할머니가 들으라는 듯 할머니 쪽을 쳐다보았다. 그즈음 유난히 말라가던 할머니는 어두운 얼굴을 한 채 아무 말도 없었다. 제자라는 남자가 준 돈으로 공방 월세를 낸 사실을 알아버린 할배가 벌써 며칠째 할머니와는 말도 섞지 않았기 때문이다. 할머니는 할배 앞에 도시락을 꺼내놓고 가게를 나섰다. 유령이 걷는 듯한 할머니의 뒷모습을 보자 할배한테 부아가 치밀어 올랐다.

"할머니한테 왜 그러세요? 이렇게 장사가 안되니까 월세 낼 돈이 없는 거잖아요!"

할배가 고개를 들어 나를 노려보더니 뜻밖에 아무 말도 않고 고개를 돌렸다. 오후 내내 바니시 냄새 대신 무말랭이와 삭힌 홍어 냄새가 났다. 밥과 찬을 펼쳐놓은 그대로, 할배가 손도 안 댄 까닭이었다. 공방 안의 공기가 답답해 나는 밖으로 나가버렸다. 산책 좀 하다 다시 들어갈 생각이었다. 공방 앞에 도착하자 할배는 화강암같이 두껍고 굳은 손으로 똑똑, 노크하듯이 남우를 두드리고 있었다.

낯익은 이삼 층의 주택들이 나타난다. 이제 사층짜리 빌라 옆의 구불구불한 골목만 휘돌아 살짝 기운 시멘트 턱을 몇십 보쯤 디디면 재활용센터가 나오고 그 옆 이 층 건물의 일 층이 남우 공방이다. 지금 투명하거나 불투명한 건물의 유리를 훑어보듯 그때 나도 공방 밖에서 할배의 행동을 좀 더 지켜보았다. 벨이 울리는지 할배가 수화기를 들었고 입모양으로 보아 자꾸만 되묻는 듯했다. 나는 들어가서 전화기를 건네 달라고 했다. 병원 응급실이었다. 할머니가 저혈당 쇼크로 길거리에 쓰러져 119 구급대에서 이송해 왔다고 했다.

할머니가 입원해 있는 동안 할배는 오후 내내 어떤 작업도 하지 않았다. 남우는 할머니 병실에 갖다 뒀다. 남우 공방에 남우가 없자, 무척 못생긴 의자였는데도 찾아내야 할 숨은 그림이 없어진 것 같았다.

남자는 할배의 연락을 받고도 사흘 뒤에 나타나 성글거렸다. 계약하겠다는 할배의 말에 그는 기업 측에서 투자 경로를 바꾸었다고 답했다.

"너무 늦으셨어요. 제가 마지막이라고 왔던 때 스승님이 절 내치셨잖아요."

통화했던 응급의는 할머니가 의식을 회복해도 24시간 배에 튜브를 꽂는 인슐린 펌프를 달아야 한다고 말했다. 기계값이 만만치 않은 데다 주입해야 하는 인슐린도 사서 채워야 해서 엄마 말에 따르면 당뇨란 돈 없으면 죽는 병이었다.

"고가 브랜드는 아니고 HK 자회사로 비교적 저렴한 가구 상표도 기획 중인데 생각 있으세요?"

남자는 의자에 느슨하게 걸터앉아서 말했다. 할배가 승낙하자 이야기와 달리 준비해 왔던 듯 계약금 반이라며 봉투를 내밀었다. 나는 그를 따라 나갔다.

남우공방

"쇼호스트가 된다며? 매니저보단 그게 더 잘 맞을 거야. 아가씨한테도 저 노인네한테도."

남자는 차를 타고 사라졌다.

할배는 내게 아무것도 묻지 않았다. 새삼스러운 일이지만 남자는 내게 명함 같은 걸 준 적이 없었다. 정류장에서 기다리다 나를 만나고 간 것뿐. 나는 그것이 분하여 다음 날 한 시간이나 일찍 출근했다. 할배에게 남자의 연락처를 물어볼 생각이었지만 공방 문이 닫혀 있었다. 유리문이 잠긴 게 아니라 셔터가 내려진 상태였다.

다음 날도 그다음 날도 똑같았다.

계약금을 받고 나니 날 버린 거로군. 쓸모가 없다 이거지. 나는 굳게 닫힌 셔터에 마구 발길질을 해댔다. 가로로 수많은 빗금이 간 채 덜컹거리는 셔터가 할배였으면 좋겠다고 생각하며 마지막으로 니킥을 날리곤 휴대폰을 바꾸었다. 할머니에게 낸 등본에 내 휴대폰 번호를 써두었기 때문이다.

저 앞에 재활용센터의 간판이 보인다. 나는 빨라지려는 발걸음의 고삐를 잡아 쥐며 한 발 한발 앞으로 나간다. 남우 공방이라고 음각된 나무 간판이 있던 자리에 굿모닝토스트라고 쓰인 판넬이 붙어 있다. 실내는 텅 비어 있다. 지문 자국이 빽빽한 유리문에는 '임대'라고 써놓은 흰 종이만 붙어 있다. 혹시나 실내에 나무 톱밥이라도 있을까 해서 살펴보지만 작은 휴지조각들뿐이다.

'임대'라는 글자 아래 휘갈겨 쓰인 번호로 전화를 걸어본다. 일 년 전쯤 이 곳을 임대해 썼던 노부부를 아느냐고 묻자 뚝 끊어버린다. 다시 걸어보니 전원이 꺼진 상태다.

발걸음을 돌려 왔던 길을 되짚어 걷는다. 공방에 나가지 않게 된 나는 자동으로 치킨집에 나가게 되었다. 마침 알바생이 그만둔 터이기도 했다. 처음엔 쇼호스트 학과에 입학할 생각으로 열심히 서빙 했다. 점심땐 주로 인터넷을 하거나 홈쇼핑 방송을 봤다.

그러기를 몇 달째, 할배를 보았다.

공방으로 꾸며진 스튜디오 가운데서 할배가 자른 목재들을 클램프로 고정해서 가조립했다. 그러곤 전동 드릴로 목재의 이음매를 한꺼번에 구멍 내 직결 나사못을 박아 넣었다. 끼워 맞춤을 위한 홈과 촉 파내기 작업이 생략되니 등받이와 상판, 프레임과 다리들이 순식간에 나무 소파가 되어 스튜디오 바닥에 섰다. 다음은 채색 작업이었다. 할배는 조명이 익숙지 않은 듯 땀을 뻘뻘 흘렸다.

"전통 장인이 만든 믿을 수 있는 가구 – 코리안 빈티지, 남우입니다. 스펀지 붓으로 색을 입히고 있죠? 엔틱 효과를 위해 붓을 세모꼴 모양으로 휘돌려주며 칠하고 있습니

남우공방   218

다.”

　“바탕 채색이 다 된 뒤에는 여기 놓인 스탠실로 무늬를 찍어낼 겁니다. 공장에서 찍어낸 제품과는 수준이 다릅니다.”

　“그럼요, 프리미엄 퍼니처 윤성원의 자회사 브랜드인 남우는 좀 더 대중적인 가격 책정이 강점이죠? 좋은 재료로 수작업 하는 것은 모회사인 윤성원과 똑같습니다.”

　나는 당장 인터넷 창을 열어 코리안 빈티지, 남우로 검색해 보았다. 오프라인 매장 없이 인터넷 쇼핑몰과 홈쇼핑에서만 구입할 수 있었다. 연관검색어로 윤성원이 뜨길래 클릭했더니 할배의 제자였던 그 남자의 모습이 떴다.

　‘가구계 마이더스 윤성원씨, 베란다 공방에 이은 새 브랜드 런칭.’ ‘프리미엄 퍼니처 윤성원.’ ‘대한민국 최고 육송, 나무값만 받습니다.’ ‘화려한 소프트 우드로 장식적 측면 극대화한 디자인 가구.’

　여러 개의 기사가 화면을 가득 메웠다. 윤성원 쇼핑몰 매장정보를 클릭하자 학동거리에 본점이 있다고 나왔다.

　나는 TV로 시선을 옮겼다.

　“칠이 마를 동안 사재기 장인과 담소를 나누어 보죠.”

　호스트 두 명이 있는 스튜디오로 옮겨온 할배는 소파에 앉았다. 인사말과 함께 할배를 소개한 호스트가 할배

쪽으로 고개를 돌렸다.

"40년간 남우 공방이란 이름을 걸고 목가구를 만드셨는데 거기 담긴 뜻이 있나요?"

할배는 미리 대사를 외웠는지 쇼호스트의 입을 주시하다가 그녀가 입을 다물자 무어라고 대답했다. 고목 같은 할배 옆에서 스튜디오 조명을 빨아들인 듯 생기 넘치는 호스트가 활짝 웃는 얼굴로 말했다.

"아드님의 이름을 걸고 만드는 가구. 그래서 정성이 대단한 거군요."

화면 왼쪽에는 색과 형태가 다른 두 대의 나무 소파 밑에 '남우 AW-3849. 1번', '남우 CG-8382. 2번'이라는 모델명과 번호가 적혀 있었다. 화면이 바뀌고 쿠션을 얹은 나무소파가 나타났다.

"오늘 구매하시면 나무 소파 위에 놓을 롱 쿠션도 서비스로 드립니다. 쿠션은 한정 수량이니 주문 서둘러 주세요. 코리안 빈티지 – 남우의 나무 소파, 올드 핑크 컬러는 1번, 라임 그린 컬러는 2번입니다."

그 뒤로 나는 한 번도 홈쇼핑 채널을 틀지 않았다. 채널을 넘기다 홈쇼핑 프로그램이 잡히면 철 지난 유행가를 배경음으로 등받이에 스탠실 무늬를 찍어대던 할배의 모습이 떠올라 금방 TV를 껐다.

TV에서 할배를 본 날 저녁, 앞으로도 치킨집 일을 돕겠다고 하니 엄마는 또 가방을 사고 싶은 거냐며 돈 없다고 말했다.

"그런 게 아냐. 치킨은 덜 튀긴 다음에 허연 프로방스풍 치킨이라고 하지도 않고 많이 튀겨낸 다음에 엔틱치킨이라고 하지도 않잖아. 치킨을 팔기 위해 양계장 이름까지 대며 튀기는 사람 소개할 필요도 없고. 치킨은 그냥 치킨이니까."

"뭔 소리니?"

엄마는 홀을 청소하며 심드렁하게 대꾸했었다.

정류장에 선 나는 휴대폰 액정을 본다. 가게 오픈 시간까지는 넉넉하다. 집에 들러서 내 방에 있는 남우를 치킨집에 데리고 갈 생각이다. 그리고 서빙하지 않을 때면 앉아 있는 카운터 자리에 놓을 것이다. 나보다 오랜 세월을 살았는데도 뒤틀리지 않는 걸 보면 남우는 좋은 심재로 만들어진 게 틀림없다. 휘거나 옹이 진 재목을 골라내며 혀를 차던 할배의 목소리가 들리는 듯하다. 흐린 하늘 아래 써늘한 바람이 불어온다. 835번 버스를 기다리는데 휴대폰이 울린다. 모르는 번호. 광고면 바로 끊어야지 생각하며 전화를 받는다.

"한수린 씨죠?"

여자도 아니고 남자의 목소리. 광고보다 더한 폭탄이다. 검사를 사칭한 보이스 피싱일 수도 있으니까. 통화 종료 버튼을 누르려는데 목소리가 바뀐다.

"수린이?"

따스하고 부드러운 음성에 코끝이 찡해진다.

"할머니가 어떻게?"

"공방 임대인이 나 찾는 전화 왔었다고 전해줬어. 우리 아들 핸드폰으로 걸어서 낯선 번호였겠네."

"아들이요?"

"핀란드 눅시오 국립공원에서 일하던 아들이 나를 보살피려고 들어왔거든."

떠났다던 먼 나라의 숲이 핀란드였었나 싶어 어안이 벙벙해진다.

"이름이 남우인?"

내가 말하자 할머니가 반색을 한다.

"아유, 기억력도 좋지. 수린이 번호가 바뀌어 속수무책이었는데 남우 말을 듣길 잘 했어. 남우가 의자를 네 주소로 보내 보자고 했거든."

"아하?"

"바깥 양반이 사재기 공방을 준비 중이야. 남우 이름은 팔았으니 미련 없다고. 수린이가 조수하면서 목공 일 배워보면 어때?"

픽, 웃음이 난다. 기름 온도와 건지는 타이밍을 못 맞춰 치킨이 되지 못한 닭들을 버렸던 기억이 난다. 할배의 말을 못 알아들어 좁은 공방 안을 덤벙대며 오가던 것도.

만들어진 가구를 입을 놀려 소개하는 것보다 가구를 만들며 손을 쓰는 것이 내겐 더 어울릴지도 모른다는 생각이 든다.

"할배, 아니 할아버지도 여전하시죠?"

'말해 뭐해'라는 듯 수화가 너머로 해사한 할머니의 웃음기가 잔뜩 전해져온다.

버스에 올라타 창밖을 본다. 조금 흐리긴 해도 언제나처럼 하늘이 드넓은 여백으로 펼쳐져 있다.

눈, 꽃 피다

눈, 꽃 피다

"이렇게 아름다운 걸 왜 인정해주지 않는 거야!"

그는 분노에 차서 중얼댔다. 왼쪽 눈에 피어난 꽃을 거울로 비춰보며 그는 다시 흐뭇한 미소를 지었다. 그러자 이 아름다움을 인정해주지 않는 사람들에게 다시금 화가 치밀었다. 저명한 식물학자나 연구소에 자기 사례를 기증하고 공유하겠다고 해도 이미 한참 전에 퇴짜를 맞은 터였다. 눈높이를 낮춰 자신의 꽃씨를 퍼뜨리려고 계약하러 간 농원에서도 그는 홀대를 받았다.

그는 자신이 응시하는 안방의 거울을 통해 벽면의 시계를 보았다. 아내의 퇴근 시각이 임박해 있었다. 그는 서둘러 정장을 벗고 부엌에 들어갔다. 새 밥을 안치고 반찬을 차려내기에 아슬아슬한 시각이었다.

아내는 현관에 들어서면서부터 겹겹이 두른 옷들을 벗

어 던졌다. 얇은 살색의 스타킹마저 거실 바닥에 던지는 걸 그가 주워들어 빳빳이 편 뒤에 걸어놓았다. 아내는 그가 준비한 밥을 맹렬한 속도로 해치우기 시작했다. 그녀의 동물적인 식성, 쩝쩝대는 소리를 내며 씹다가 꿀꺽 삼키고 기름 묻은 입술을 혀로 핥는 입의 움직임을 그는 옆에서 바라보았다.

그가 여자와 결혼한 건 입 때문이었다. 그가 대꾸해주지 않아도 별로 신경 쓰는 기색도 없이 혼자서 끝없는 이야기를 뿜어내는 입, 오므리고 활짝 펼치고 비틀렸다 기묘하게 일그러지는 다양한 입의 표정이 그의 시선을 끌었다. 사로잡힌 게 아니라 시선을 끌었다는 이유로 결혼을 결심할 정도로 그는 이성에 취미가 없었다. 그는 그녀와 달리 대개 식욕이 없었고 유행하는 신상품이나 옷차림에도 둔감했다. 사람이라면 가지게 마련인 현실에 대한 건강한 욕망도 빈약하기만 했다.

그는 매일 아침 출근하는 연구소에서도 별말이 없었고 표정이 변하는 때도 드물었다. 신혼집에 들어앉은 여자는 새것과 고급에 대한 소비의 식탐을 끈덕지게 부렸고 표정 많고 풍만한 입이 그를 통째로 빨아들이려 한다고 느낄 때쯤 그의 눈이 가렵기 시작했다.

눈알을 벅벅 긁을 수 없다는 조바심에 그토록 옥조여

보긴 처음이었다. 눈이 자리자리한 느낌에 온몸이 뒤틀리고 침이 말랐다. 자세를 바꿔 앉아보기도 하고 안약을 넣기도 했지만 그대로였다. 그의 얼굴에서 표정을 발견한 연구소 직원들은 '어?' 하고 놀랐다.

며칠 뒤 그의 눈에서 무언가가 돋아났다. 겹겹의 붉은 잎이 동그란 모양으로 겹쳐져 아직 웅크리고 있는 꽃은 무척 아름다웠다. 흙 대신 그의 눈알에서 피어난 것만 빼면 말이다. 연구소장은 휴직을 권했고 그는 받아들였다. 그는 연구원으로서 기질을 발휘해 매일 꽃을 관찰하고 일지를 썼다. 그는 자기 눈을 가리키며 아내에게 징그럽지 않느냐고 물었다. 이혼할 생각이라면 받아들이겠다고 했다.

"아니, 그게 왜 징그러워야 하지?"

아내의 대답은 간단했다. 그녀는 일하기 시작했고 전보다 더 왕성한 욕구로 하루하루를 꿀떡 꿀꺽 삼켜나갔다. 그는 식탁 앞에 선 채로 밥을 먹는 아내의 탄력적인 엉덩이를 바라보았다. 밖을 거닐 때면 아내의 몸에 꽂히는 뭇 남성들의 시선을 읽을 수가 있었다. 이제 부부가 걸으면 사람들은 그의 눈을 바라보곤 했다. 그는 뿌듯했다. 누군가의 시선으로 자신의 꽃이 겨냥된다는 것이. 봉오리가 열리면 지금은 이상하게 쳐다보는 사람들도 감탄하게

눈, 꽃 피다

될 거라는 기대가 그의 가슴을 간질였다.

그는 먹지 않았다. 연구소 직원들이나 아내와 함께 밥 때가 됐으니 먹어야 한다는 식의 식생활은 더 이상 이어지지 않았다. 아내의 요구에 응하는 정도였던 성생활도 더욱이 흥미가 없어졌다. 그는 꽃을 보면 배가 불러 모든 걸 잊고 거울 앞에 서 있기 일쑤였다. 그는 이제 잘 때도 코를 고는 대신 새근새근 소리를 냈다. 어둡고 깊은 터널을 헤매는 꿈 대신 연연한 바람에 한껏 익은 복숭아가 후두두둑 떨어지는 꿈을 꿨다.

여자의 언니들은 그녀가 남편 대신 일하는 것을 반기지 않았다. 남자가 자기 눈에 꽃을 틔워 무엇 하느냐며 헤어지라고 종용했다.

"왜 그래야 하지?"

그녀가 반문 형식의 대답을 했다. 언니들은 백오 겹으로 접힌 병풍을 펴듯 굽이굽이 자세한 이유와 사례를 들어 설명했다. 여자는 스마트폰으로 오늘의 유머를 검색해 보며 웃음을 터뜨렸다. 언니들이 얘기하는데 귀 기울이지 않는다고 야단치면 여자는 액정을 향했던 눈을 들고 말했다.

"왜 그래야 하지?"

그녀는 남편이 꽃을 잉태한 뒤부터 매일 밤이 즐거웠

다. 불을 끄고 눈꺼풀을 닫아 사방이 깜깜해진 다음이면 맡아본 적 없는 향기가 났다. 향기와 함께 날개같이 부드러운 감촉이 닿아 왔다. 그것은 꽃잎같이 싱싱한 살결이었다. 아프로디테의 아들 에로스의 살이 그런 느낌일까? 그녀는 어둠 속에 신방을 차린 프시케가 된 기분으로 에로스가 주는 환희를 음미했다.

그녀의 얼굴빛이 더 희어지고 윤기가 도는 것을 언니들은 이상하게 여겼다. 그녀는 자신이 꿈속에서 에로스와 같은 존재와 즐기는 환락을 작은 비밀로 삼기로 했다. 생크림 케이크 위에 촛불을 켜놓으면 그것을 후, 불어 단숨에 꺼 버리려는 사람들의 속성을 모르지 않기 때문이었다. 그 즐거움을 독점하고 싶기도 했다. 말로 하는 순간 어둠 속에서 간직되는 기쁨이 산산이 사라져버릴까 싶었다.

봉오리는 점점 더 부풀었다. 그의 가족은 안대를 선물했다. 튀어나온 꽃망울을 가리고 다니라는 거였다. 착용해 보았지만 불편했다. 가족들은 안대 쓴 모습이 낫다며 손뼉을 쳤다. 그는 가족들을 만날 때만 안대를 쓰기로 했다.

몽우리가 커지면서 그의 마음도 시룽새룽해졌다. 한없는 열락에 휘감싸여 있다가도 아무것도 아닌 일에 눈물이 터졌다. 봉오리를 잡아 뜯어 버리고 싶기도 했다. 어떤 날은 장 보러 갔다가 마트 한쪽에 있는 꽃집에서 소리를 질렀다. 냉장실 속 화병에 토막 난 머리와 팔과 다리가 담겨 있었기 때문이다. 그의 눈에 꽃집이란 생고기를 토막 내어 파는 정육점과 다를 바가 없었다. 먹지도 않고 고작 흠향하기 위해 꽃의 몸을 동강 내다니. 그는 인간들의 끔찍함에 치를 떨었다.

퇴근하는 길에 우연히 지나치는 길이라며 그의 집에 들른 연구소 동료는 그의 눈을 유심히 봤다. 아프지는 않냐, 불편하지는 않냐 묻다가 너무 상심하지 말라고 했다. 그 말이 위로처럼 들려서 남자는 불쾌했다. 화를 내는 남자에게 꼬리가 데인 듯 놀란 동료는 급히 내뺐다. 그 뒤 남자 집 근처를 지나는 길이라며 들르는 동료들이 많아졌다. 남자의 근황이 어떤지 단체로 병문안을 오기도 했다.

"오오 이거 살아있네. 볼 때마다 부어올라."

동료들은 남자의 환부를 걱정하며 항생제를 가져왔다. 그렇게 커다란 수포 안엔 끈적한 농이 가득 찼을 거라며 염증을 가라앉히라는 것이었다. 남자는 동료들을 쫓아냈다. 눈을 가리라고 사 온 명품 선글라스도 같이 내던져버렸다. 여자는 동료들의 정성인데 그래서야 되겠느냐며 폭신한 안경집 안에 담긴 선글라스를 자기가 꼈다.

아픔과 수치심, 기쁨과 질투, 그가 밟아보지 못했던 미묘한 음계의 감정들을 꽃은 샅샅이 빨아들이는 듯했다. 그가 꽃에 토양이 되어 영양을 공급하는 것과 같이 꽃은 그에게 세상의 모든 감정을 제공하는 것 같았다. 그는 지상의 모든 감정을 한 자리에 놓인 뷔페처럼 맛보고 배불러서 종종 지쳤다.

아내는 탱탱해지는 몽우리를 튕겨보거나 입김을 불며 장난을 쳤다. 어떤 땐 와그작와그작 깨물어서 씹어버리는 시늉도 했다. 그럴 땐 그의 얼굴에도 웃음이 스쳤다. 그의 밥맛이 전에 없이 좋아지기 시작했다.

변한 그를 보고 부모님은 시름에 잠겼다.

'죽기 전에 사람이 바뀐다던데.'

옆에 앉은 아내보다 더 음식을 탐하는 그의 꼴에 부모님은 결심을 굳혔다. 질병관리본부에서 파견 나온 보건사가 그의 눈에 소독한 수건을 덮었다. 그러곤 앰뷸런스에 태워 보건 당국의 비밀 병동으로 데려갔다.

흰색 보건 관리국은 미사 수건을 뒤집어쓰고 치맛자락을 사방으로 떨친 성모마리아 같았다. 건물 앞엔 커다란 녹지가 조성돼 있었다. 잔디 위엔 각양각색 꽃들이 만발했다. 이것들은 마리아의 흰색 치마폭에 흐드러져 그녀의 뱃속으로 가는 길을 아름답게 장식했다. 그러나 화단과 행로는 시멘트 턱으로 경계 지어져 꽃들의 향기를 맡을 수는 없었다. 그는 안내원을 따라 입구를 지나 진료실로 갔다.

라텍스 낀 장갑으로 봉오리를 눌러보고 당겨보던 연구의는 그가 나가자 영어로 뭔가를 지껄였다. 옆에 있던 견습의는 컴퓨터 기록 일지에 희귀성 안구 수포라고 적었다. 초빙된 식물학자는 남자의 눈에 핀 꽃이 포자로 퍼지는 종이라 번식력이 대단할 것이라고 말했다. 견습의는 특이사항에 그 말도 적어 넣었다.

남자의 경우는 임상 사례가 없던 터라 수포를 최고도로 번지게 한 다음 터뜨리는 시술을 통해 과정과 예후를 수집하기로 했다. 점심 식사를 하고 온 선임 의사는 자기 손에 특수 사례가 쥐어져 무척이나 흐뭇했다. 연구의가 임시로 지은 남자의 병명에 관해 묻자 선임의는 생각하기 싫다는 듯 고개를 떨쳐 흔들었다.

'우리가 어떤 이름을 짓든 노 과장이 최후로 손 볼 거야. 아무거나 써 둬.'

일하러 나갔던 아내는 그를 면회실에서 만났다. 매일 밤 만났던 에로스를 못 본다고 생각하니 가슴이 아렸다. 그럴 수는 없었다. 그녀는 남편의 증상이 병이 아니라며 풀어줄 것을 주장했다. 보건사는 전염될 수도 있으니 격리 상태에서 검사가 필요하다고 했다. 남자는 삼십 개가 넘는 검사를 한 뒤였기에 앞으로도 할 검사가 남았다는 것에 기겁했다.

그는 독실에 배정되었다. 호텔 방과 다를 바 없이 깨끗하고 쾌적한 방이었다. 벽걸이 TV와 인터넷이 구비돼 있었고 그가 주문하는 음식이 빠짐없이 제공되었기에 그는 만족했다. 최고급 헬스 시설에 수영장과 테니스장이 구비돼 있었고 이동 독서실 덕분에 보고 싶은 책을 볼 수 있었다. 그는 포만한 배의 측면을 침대에 대고 잠이 들었다. 그의 옆방에서 자고 있던 환자는 꿈속에서 에로스를 만났다. 그는 들리지 않는 소리를 들린다고 하는 정신병을 앓고 있었다. 그가 이곳에 온 이유는 너무도 그럴듯하게 환청을 이야기했기에 주변 사람들조차 그의 환청을 진짜 들리는 소리라고 믿어버리는 데 있었다. 말하자면 전염성 환청을 앓고 있는 것이다.

이 환자는 날개가 사라락거리며 내려앉는 소리를 통해 그 날개가 황금빛이라는 걸 알았다. 날개는 그의 온몸을 감싸고 태양보다 찬란한 쾌락을 안겨주었다. 환자는 격리되어 검사와 치료를 받고 있은 지 2년째였으므로 자기의 욕구불만이 꿈속에서 해소된 거로 생각했다. 매일 밤 그런 꿈이 계속되자 이런 꿈이 어느 날부턴가 갑자기 안 꾸어지면 어쩌나 걱정이 됐다.

남자의 봉오리는 더 커졌다. 누가 봐도 피어나기 직전이라는 걸 알 수 있었다. 그날 밤 보건 당국에 수용된 모든 환자가 꿈속에서 즐거움을 누렸다. 경비를 서는 수위도 동정을 떼던 날보다 더 황홀한 기쁨을 맛봤다. 연구 병동에 남아 자료를 정리하던 인턴도 첫사랑을 안을 때보다 더한 환락을 만끽했다.

　"남자의 병명을 환미라고 이름 붙이는 게 어떨까요?"

　다음 날 브리핑 시간에 인턴의 제안은 과장에 의해 기각됐다.

　"희귀난치성 안구 종양이라고 해. 그래야 더 위험해 보이지."

　질병 관리과장인 노미희는 사원들 사이에서 그녀의 성이 노할 노 씨라고 불릴 만큼 엄청난 히스테리의 소유자였다. 그녀 이름을 굳이 늙어서 사망에 이른 아름다움과 기쁨이라고 풀이하지 않아도 항문처럼 쭈글쭈글한 입술에 새빨간 립스틱만을 바르고 다니는 그녀는 보건 당국 사람들에게 두려움의 대상이었다. 유부남이건 미혼의 인턴이건 들이대고 보는 노 과장에게 집적거림의 대상이 될까 봐 다들 몸을 떨었다. 인턴이 브리핑할 때 일부러 그 옆에 앉아 젊고 싱싱한 엉덩이를 주물럭거리는 게 그녀 일상의 기쁨이었다.

길고 가는 하이힐이 그녀 발에 걸려 있으면 구두를 신은 게 아니라 무기를 장착한 것 같았다. 온 힘을 다해 바닥을 꾹꾹 찍고 다니는 요란한 그녀의 구두 소리는 몇 층 아래에서도 들려 업무에 지장을 받을 정도였다. 허리까지 오는 긴 머리칼은 여성스럽다기보다 할미귀신 같았고 갖춰 쓴 안경은 너무 진하게 남은 쌍꺼풀 자국을 감추기 위해서라는 걸 누구나 알 수 있었다.

인턴의 말에 호기심이 생긴 그녀는 당직실에 머물기로 했다. 한밤에 에로스를 만난 그녀는 다음 날 단 한 개 남은 이성의 단추를 부여잡고 큰소리로 외쳤다.

"환자의 병명을 변경해! 이건 종양을 넘어선 국가적 위험 사태야. 너무 위험해서 당장에 없애야 한다구!"

둘째 밤 만난 에로스 앞에서 그녀가 움켜쥔 마지막 단추도 뜯어졌다. 그녀는 안구 종양 환자를 당직실 옆 방으로 배정했다.

환청 환자는 매일 밤 찾아오는 에로스의 날갯짓 소리가 이전보다 훨씬 작아진 것을 느꼈다. 그 존재가 머물다 가는 시간도 줄어들었다. 환청 환자의 건너편 방에 있던 환자는 에로스를 독점하려는 누군가가 있기 때문이란 걸 알았다. 이 환자는 공기의 흐름과 낌새만으로 일이 되어 가는 모양을 재빨리 파악했는데 논리에서 벗어난 방법으로 너무도 정확히 알기 때문에 그의 회사 동료들이 신고하여 감금된 것이었다.

노 과장은 자기에게 매일 밤 에로스를 선물하는 환자의 실물이 보고 싶었다. 안구 종양 환자의 방문을 열었다. 그녀의 얼굴을 본 남자는 깜짝 놀라 충격에 빠졌다. 그 순간 꽃이 피어나기 시작했다. 시시각각 벌어지는 꽃잎들을 본 노 과장이 비명을 질렀다.

"불결해, 불결하다고!"

그녀는 곧장 방을 나왔다. 그녀는 뾰족한 구두 굽으로 통통하게 살이 올라 있던 봉오리를 밟아주지 못한 것을 한으로 여기며 씩씩댔다. 그녀는 독한 향신료 냄새를 맡으며 마음을 진정시켰다. 그러곤 부하 직원을 불렀다.

"저 커다란 종양을 당장 제거해!"

일어나보니 모든 게 끝나 있었다. 남자는 수면마취 중에 꽃을 잃었다. 그의 동공에 박혔던 뿌리까지 말끔히 걷어낸 상태였다. 봉오리가 열렸던 때 그는 왼쪽 눈은 꽃이 보는 걸 보고 꽃이 듣는 걸 들었다. 꿀벌의 윙윙거림이 들렸고 햇빛이 두꺼운 창문을 뚫고 꽃잎 위에 내려앉는 걸 보았다. 감겨 있던 안구 보호대를 푼 그는 울부짖었다. 헤집어진 눈동자는 동그랗게 뭉친 넝마가 돼 있었다.

"나는 혈관 속에 물고기를 키운다네. 조용한 곳에서 눈을 감으면 그것들이 내 몸 어디쯤에서 해치는지 알 수 있어. 한번은 눈에 연결된 현관으로 거슬러 올라왔지. 생선이 커서 어떤 땐 꼬리 어떤 땐 지느러미만 보였네만 천상 어는 몰랑몰랑하고 철벅 철벅한 눈 속을 좋아하는 듯했다네. 다른 곳으로 떠나질 않아 한동안 동공 안에 물고기를 넣고 다녔다네."

남자에게 위로를 건넨 환자는 자신의 눈이 물고기가 변하여 된 것이라 믿는 사람이었다. 그의 동공에선 실제로 빛에 따라 색이 달라지는 작고 가는 비늘 몇 조각이 채취되었지만, 그 사실은 보건 당국 캐비닛의 기밀 서류에만 보관됐다.

치아가 움직이며 몸속을 항해하다 광대뼈 부근에서 발견된 환자, 손톱과 발톱에 꼬리가 말려 있는 사람, 속눈썹이 길게 자라 저 혼자 춤을 추는 사람 등등 건물의 각 방에는 인간이란 종의 기준을 변화시킬 가능성이 다분한 생물들이 들어차 있었다.

영화나 소설 안에서 그들은 초능력자일지 몰라도 현실 속에서는 환자였다. 이런 사람들이 영화나 소설에서나 있을 법하다고 믿게 하기 위해 현실은 환상을 만들어 내는 듯했다.

석회로 뒤덮인 그의 왼쪽 눈은 점점 시력을 잃어갔다. 수포의 재발을 막으려고 연구자들이 그의 눈에 석회를 주사했다는 걸 그가 알 리 없었다. 물기 많고 말랑말랑했던 그의 눈은 딱딱하고 건조하게 변했다.

연구진의 예상대로 그의 눈에선 더 이상 어떤 종양의 기미도 감지되지 않았다. 아내는 안구 보호대를 낀 그를 보고 깊이 실망했다. 다시는 에로스와 밤을 못 보낸다고 생각하니 그리움이 들끓었다. 그는 아내로부터 위로를 기대했지만, 아내는 자신의 아쉬움에 버거워했다. 마음을 어떻게 다스려야 할지 모르겠다는 그의 말에 그녀가 반문했다.

"왜 다스려야 하지? 물결이 안정될 때까지 그냥 놔둘 수도 있는 건데. 혼란스러움과 절망에 빠지지만 않으면 되는 거잖아. 물론 난 그 가운데로 투신할 거지만."

그러곤 그녀는 남편의 눈으로 들어갔다.

그는 눈을 비비며 있을 수 있는 일인지 자문했다. 내가 헛것을 본 게 아닌가? 그는 면회실 천장 한구석에서 작동하는 CCTV를 올려다봤다. 그가 헛것을 본 게 아니라면 그녀가 자기 눈 속으로 투신하는 장면이 녹화돼있을 터였다. 그는 간수에게 도움을 청하려 했지만, 다음 순간 이런 생각이 들었다.

'왜 그래야 하지?'

자신의 눈으로 똑똑히 봤다면 그걸로 됐다고 느껴졌다.

여기저기 금이 간 도자기처럼 굳어버린 그의 눈동자는 기괴한 느낌을 주었다. 보건 당국에서 주는 검은 안대를 끼고 다니자 그의 별명이 정해졌다.

"어이, 후크. 후크가 실은 피터팬이 자란 모습이란 걸 아나? 늙는 걸 거부하던 피터팬은 눈과 손 한쪽씩을 잃고 나서야 네버랜드에서 나왔다네. 팅커벨이 안 보이는 대신 황금 상자가 보이고 단도를 던지는 대신 갈고리를 휘두르게 됐지."

간수는 눈을 찡긋거리며 그에게 말했다. 그는 머리칼이 하나도 없는 데다 덩치가 좋아 험상궂어 보였다. 그런데 숙직실에서 로마의 휴일을 보며 울더라, 그의 캐비닛에는 건담 모형이 즐비하더라는 불가사의한 목격담이 무성한 사내였다.

"후크가 피터팬을 시기해서 죽이려는 것 같지만 그렇지 않아. 그의 목적은 피터팬들을 인도하는 거라네. 자기처럼 불구가 되기 전에 두 눈과 양손이 있는 이쁜 모습 그대로 네버랜드에서 나오라고 말야."

눈, 꽃 피다

간수는 이 말을 남기고는 음식을 내려놓고 방을 나갔다. 꽃을 잃던 날, 그는 간단한 검사를 할 거라는 간수의 안내에 따라 수술실에 갔었다. 간수가 그의 사지를 수술대에 묶고 간호사가 팔에 주사를 놓아 시야가 흐려지는 순간에야 남자는 양팔을 버둥댔고 깨어나 보니 왼쪽 눈엔 아무것도 남아있지 않았다.

소독 장갑을 낀 집도의가 핀셋으로 남자의 꽃을 들어낼 때 노 과장도 옆에 있었다. 그녀는 자신의 팽창한 혓바늘을 이 사이에 대고 눌러 터뜨려버리고 싶은 조바심과 초조함으로 지켜봤다. 꽃은 바람 한 점 없는 수술실에서 핀셋을 피하듯 하늘하늘 움직였다. 질기기까지 해서 제일 큰 핀셋으로 잡아당겨도 늘어날 뿐 뜯기지 않았다. 멸균을 위해 마스크를 쓴 노 과장은 의사를 탓했다. 마스크 안의 입김이 그녀의 속눈썹에 서려 마스카라가 번졌다. 의사는 속눈썹이 흘러내린 듯한 노 과장의 얼굴에 짜증이 나 그의 꽃을 힘껏 잡아당겼다. 투두두둑, 두꺼운 휘장이 아래서부터 위로 갈라지는 소리가 나며 꽃이 뽑혔다. 꽃의 체액이 얼굴에 튄 노 과장은 욕을 뇌까리며 수술방을 나갔다.

혀가 긴 노 과장은 무심코 얼굴을 핥다 꽃 즙을 핥았고 온 몸이 마비되는 듯한 감각에 휩싸였다. 그녀는 밤에 찾아왔던 에로스가 자신의 미뢰를 통해 몸 구석구석 퍼져나가는 걸 느꼈다. 그녀는 수술방 간호사에게 떼어버린 종양을 가져오라고 했다. 이미 폐기물 통에 들어갔다는 간호사의 말에 그녀는 새것처럼 만들어서 가져오라고 했다. 겹겹이 뜯어진 꽃잎들과 동그란 씨방은 헤지고 시들고 짓물러 있었다. 그렇지. 꽃은 물병에 꽂아야지. 그녀는 바싹 말라서 고도 2만 9,384미터의 절벽이 불쑥 튀어나온 듯한 광대뼈에 홍조를 띠며 혼잣말을 했다.

화병 옆에서 잠들었지만 아무 일도 일어나지 않았다. 그렇게 며칠을 보내던 그녀는 문득 강렬한 향기를 맡았다. 찢긴 꽃잎과 벌어진 씨방이 담긴 물에서 나는 것이었다. 그녀는 얼굴에 묻었던 꽃의 체액을 떠올렸다. 그와 동시에 벌컥벌컥, 화병 속의 물을 들이켰다.

보건 관리국은 환자의 치료는 물론 재활까지 책임지는 훌륭한 곳이었다. 담당의는 그의 왼쪽 눈에서 재발 가능성이 보이지 않으니 시력을 정상으로 되돌려 보자고 했다. 그는 꽃을 잃었을 때 왼쪽 눈은 물론 자신의 뿌리를 같이 잃었기에 시력 회복에 대한 의욕이 없었다. 의사는 시야란 두 눈으로 볼 때만 초점이 맞는다며 시력 복구를 설득하고 약속했다.

눈, 꽃 피다

그는 주어진 일정에 따라 원적외선 치료실에 들어가 눈에 빛을 쬐고 소독실에 들어가 영양분이 첨가된 인공눈물로 석회 안구를 마사지 받았다. 주사실에서는 시신경에 작용하는 약물 주사를 맞았고 재활치료실에서는 지도사가 처방해준 눈 운동을 했다. 그의 왼쪽 눈이 맑아지고 있었다. 밝아지기도 해서 어렴풋한 빛은 알아보게 되었다. 그러나 전에 없이 잔상이 어른대서 양쪽 눈을 뜨고 걸어도 한쪽 벽이 커지다가 얼굴을 때렸고 코앞에 선 사람이 뒤통수에서 말을 걸어오는 것처럼 느껴지기도 했다.

　오른쪽 눈만 뜨고 걸을 땐 문제가 없었다. 담당의는 반드시 양쪽 눈을 떠서 균형을 맞추라고 했다. 왼쪽 눈만 뜨고 있을 때도 문제가 없었다. 햇살 아래서 투명한 거미줄이 자아지듯 어떤 형상들이 맺혔다 사라지는 게 재미있었다.

　양안을 뜨고 있으면 현실과 허구가 뒤범벅돼 오히려 시야가 흐려졌다.

　치료 일정을 마친 밤중에 남자는 적적함을 달래기 위해 복잡하게 꼬인 복도를 따라 방들을 탐험했다. 방문은 대개 잠겨있었지만 두드리면 열어주었다. 오랜 시간을 거기서 보낸 사람들일수록 그를 반겼다.

고양이처럼 털을 곧추세우고 옷걸이 끝에 걸터 올라 있는 여자, 침으로 실을 자아 베를 짜내는 할머니, 손에 물갈퀴가 달린 아이, 어깻죽지의 승모근이 날개 모양으로 발달한 소년, 양쪽 엉덩이에 손잡이가 달려 성기라고 오해받는 불쌍한 남자…… 상상을 했거나 상상을 넘어서는 모습 그대로 그들은 실재했다. 그들은 자기 병이 완치되어 하루빨리 세상에 나가고 싶어 했다. 지루하지 않느냐는 그의 물음에 특히 남자는 손사래를 쳤다. 맞는 옷도 없는 데다가 지하철에 타면 엉덩이에 달린 손잡이에 닿은 여성들이 신고해 저지른 적도 없는 죄로 범죄자가 되었다고 했다. 아이들은 욕하고 놀리면서도 손잡이를 잡아당기고 간신히 취업해도 여사원들의 청구에 번번이 잘린다는 것이었다. 그는 식칼로 손잡이를 잘라내려다 과다출혈로 정신을 잃었고 깨어나 보니 이곳이었다고 했다.

"난 여기가 좋아. 바깥에선 날 욕하고 손가락질하지만 여기는 삼시 세끼 맛난 밥도 주고 간호사가 때마다 들러 불편한 건 없냐고 물어주고. 손잡이가 완전히 없어지지 않는다면 이 방에서 평생 사는 것도 나쁘지 않아."

할머니에게선 향이 좋은 차를 대접받았다. 처음 발을 들였을 때 그는 깜짝 놀랐다. 색색의 천이 천장까지 쌓여 있었다. 왕자와 결혼하려는 소녀가 하룻밤 만에 배 100필을 짜야 했던 옛날이야기 속에서 처녀를 도와준 게 자기 조상이라고 노인은 말했다.

"이 능력을 죽을 때까지 비밀로 하랬는데 남편 사업이 망하고 동대문 시장에 포목점을 내면서부터 일이 엉킨 게 야. 커튼을 치고 조심조심 옷감을 짰는데도 건너편 여편네가 어떻게 알고는 신고한 게지. 예서 빨리 나가려고 침에서 실 성분을 없애는 약도 한꺼번에 삼켜보고 먹지 않으면 침도 마르겠거니 싶어 열흘 밤낮을 물 한 방울 먹지 않았는데…… 남편이 그 망할 여편네랑 와서 짜놓은 천을 달라는 게야. 그것들이 바람나서 나를 예 집어넣은 걸 알곤 나가지 않기로 했지."

할머니가 이 건물에서 제일 오래 있었겠다는 그의 말에 노인은 고개를 저었다. 자신이 왔을 때부터 간수가 있었다는 거였다.

"그 대머리 간수요?"

그가 묻자 할머니가 끄덕였다. 노크 소리가 나더니 문이 열렸다. 대머리 간수가 빈 카트를 끌고 들어와서는 천들을 수거해갔다. 하얀 불빛 아래서 울퉁불퉁한 민머리를 가로지르는 흉터 자국이 선명했다. 머리 가죽을 감침질한 듯한 자국은 토성의 고리처럼 민머리의 앞뒷면을 두르고 있었다. 간수가 탁자를 내려치기에 남자는 몸을 떨었다.

방문이 닫히고 노인의 탁자에는 간수가 내려놓고 간 금빛 바늘이 형광 불빛을 받아 빛났다.

노파가 창문을 열자 세상엔 포근포근한 민들레 홀씨들이 휘날리는 중이었다. 그중 하나가 들어와 그의 왼쪽 눈에 얹어졌다. 떼어내려고 눈동자 표면을 긁다가 그는 방금 본 것들이 왼쪽 눈에만 보인다는 걸 깨달았다.

다음 날, 담당의가 눈을 들여다보는 아침 검사 시간, 그는 두려움에 가슴이 옥좼다. 의사는 씨앗을 찾아냈고 간호사를 불러 섞을 약물 목록을 불러주었다. 고체 약도 들어 있어 잘 녹여서 뒤섞으려면 시간이 필요했다. 그는 두 시간 뒤에 주사실에 들르라는 일정을 부여받았다.

그 시각, 꽃잎을 우려낸 물을 마시며 몽롱한 기쁨에 취해있던 노 과장은 비서의 말에 정신을 차렸다. 그녀는 잘못 들었길 바라면서 비서에게 뭐라고 했는지 되물었다.

"오늘, 감사가 오신다고 합니다."

그녀는 병동에서 거둬들인 공물을 헌납할 준비를 했다. 노인의 실로 지은 최상급 천과 날개 달린 아이의 깃털로 채운 털잠바, 윤기를 자랑하는, 여자의 춤추는 머리칼…… 감사는 그녀의 자택에서 이뤄졌다. 감사는 그녀의 집안 곳곳을 탐욕스럽게 뜯어보다 선반 유리병에 담긴 과일주를 보았다. 꽃잎과 동그란 열매 같은 것이 떠 있어 마셔보고 싶었다. 감사의 청을 가장한 명령에 따라 노 과 장은 화병에서 물을 따라 주었다.

"이, 이럴 수가. 이거야말로 신의 음료야. 넥타라고!"

감사는 당연한 듯이 더 많은 양의 넥타를 요구했다. 방금 드린 게 마지막이라고 하자 그의 눈썹이 묘하게 휘 었다.

"유감입니다만 이번 감사 결과는 뭐라 말해 줄 수가 없 군요."

말투를 바꿔 존대하는 감사 앞에서 그녀는 두려움을 느꼈다. 환자의 종양으로 담근 술이라 더 이상 드릴 수가 없다고 하자 감사의 눈썹이 좀 더 깊이 휘었다.

"그렇군요. 노 과장님. 과장님 뜻, 제가 잘 알겠습니 다."

좀 더 공손해진 말투에 노 과장은 식은땀을 흘렸다. 그 녀는 조금 떨며 환자의 병을 다시 재발시켜서 종양을 채 취할 순 없지 않겠느냐고 물었다.

"과장님 본분대로 하소서. 하찮은 감사 나부랭이일 뿐 인 소생은 그저 과장님 결정에 따를 뿐이 옵니다."

그녀는 공포심에 온몸을 휘청거렸다. 돌아서는 감사 앞에 무릎 꿇은 그녀는 드리겠다고, 원하는 만큼 넥타를 드리겠다고 소리쳤다.

남자가 간수의 친절한 안내를 받아 주사실에 들어앉은 때였다. 주삿바늘이 남자의 팔을 찌르려는 순간, 주사실의 인터폰이 울렸다. 간호사는 몹시 아쉽다는 듯 한숨을 내쉬며 주사기를 내려놓았다.

그의 눈에 노 과장이 가지고 있던 화병 속 씨앗이 심어졌다. 그는 생활 처방에 따라 물을 많이 마셨고 화단에서 햇볕을 듬뿍 쬐었다. 그의 눈 안의 꽃은 넌출을 뻗듯 자라나 사자가 갈기를 흔들 듯 만개했다. 꽃이 벌어진 새벽에 보건 관리국 사람들은 꿈을 꾸었다. 아니 꿈에서 보았다. 작고 하얀 소녀가 물결치듯 흔들리는 꽃잎 가운데서 천천히 걸어 나오는걸. 살의 기쁨이 아닌 영혼의 즐거움이 눈 감고 잠자는 그들을 강력히 사로잡았다.

꿈 아닌 생시에서도 소녀를 볼 수 있는 건 남자밖에 없었다. 오른쪽 눈을 감으면 소녀는 붉은색의 둥글고 큰 공에 몸을 붙인 채 굴렀다. 양손으로 공을 밀어 멀리 보내기도 했다. 다시 공을 쥔 소녀는 그것을 회전시키며 놀았다. 정원사가 들어오면 소녀는 겁먹은 듯이 몸을 웅크리곤 꽃으로 쏙 들어갔다.

하루에 한 번, 정원사가 그의 방에 들러 꽃의 목을 꺾었다. 노 과장은 감사가 요구한 세 박스의 넥타를 만들었다. 남자는 더 많이 먹고 마시고 해를 바라기 했지만, 점점 더 말라갔다. 그녀는 자기를 위한 넥타도 만들었다. 매일 밤 목이 잘린 꽃은 핏방울이 맺히듯 봉오리 맺혀 다음 날 아침이면 새롭게 피어났다. 그곳에서 소녀가 나왔다. 사람들은 매일 밤 소녀를 보기 위해 더 빨리 잠자리에 들었다.

면회 온 부모님을 보기 위해 남자는 오른쪽 눈을 떴다. 오랫동안 감고 있어 침침해진 눈으로 눈물 훔치는 어머니를 보았다.

"아가, 네 회사 동료들이 매일같이 전활 걸어 며늘아기는 돌아왔냐, 너는 좀 나았나 묻는단다. 이렇게 깡마르면 어쩌니. 어서 나아서 나와야지. 며느리도 네가 여기 너무 오래 있어서 행방불명된 거 아니니."

"행방불명이 아니에요. 제 눈으로 들어갔다니까요."

남자가 말하자 아버지가 답했다.

"그게 그거 아니냐. 어쨌든 우리 눈앞에 없으니까 행방불명인 게지."

어머니는 지친 아들을 위해 무엇이든 해주고 싶어 했다. 그가 입술을 움직거리자 어머니가 귀를 기울였다. 정작 그는 혀가 타는 듯한 느낌에 침이 말라 말도 제대로 할 수 없었다. 할 말이 없어 하지 않던 전과는 달랐다. 그가 원하는 건 하나였다. 단편적으로 보이는 소녀의 모습들을 끊김 없이 연속적으로 보고 싶다는 것. 버퍼링으로 끊기고 멈추는 영상을 처음으로 돌아가 다시, 다시 보려는 사람처럼 그는 조바심에 목이 탔다.

"꽃을 꺾지 않게 해줘요."

그의 입에서 새어 나온 말에 어머니는 무슨 소리냐며 이 악성 종양이 완치돼야 나올 것 아니냐며 걱정했다. 병동을 나온 부모님은 구부러진 눈썹을 더욱 찌푸렸다. 면회 올 때마다 흰 머리가 늘었다. 집에서 염색을 해봐도 면회만 왔다 하면 머리가 세어버렸다.

어머니는 과묵하고 목이 긴 아들이 이름 대면 알 만한 연구소에 다니는 걸 자랑하고 다녔었다. 슬픔은 문을 닫고 창문을 가려도 새 나가는 법이어서 이웃들은 어머니를 마주칠 때마다 물어왔다.

"그래, 아들이 어디가 아프다구요?"

어머니가 작은 입을 오물대며 잠깐 휴직 중이라 말하기도 전에 이웃들은 뒤돌아서 저희끼리 키득댔다.

"정신병원에 감금돼 있다면서?"

"저런 딱해라."

불행의 세부를 낱낱이 확인하고 싶어 하는 이들은 언제 어디서 발병했는지도 물어보았다. 과년한 딸을 그와 맺어주고 싶어 했던 같은 동 여자는 제 딸이 번듯한 남자에게 시집가게 됐다며 뽐내기도 했다. 그 날 어머니는 집으로 들어와 남편에게 우황청심원을 사달라고 했다. 숨이 넘어갈 듯 할짝대며 물약을 두 병이나 마신 어머니는 울다가 잠들었다. 꿈속에서 어머니는 딸이 결혼한다고 뻐겨대던 늙은 여자에게 소리쳤다.

"댁 같은 여자를 사돈으로 두지 않길 잘했어! 댁의 딸에게 우리 아들은 너무 아까워. 옛날에 돌려 돌려 기분 안 나쁘게 거절했더니, 뭐?"

잠에서 깬 어머니는 속이 좀 뚫린 듯한 느낌이었다. 옆에 있던 아버지는 그녀의 잠꼬대 때문에 한숨도 못 자 퀭한 얼굴이었지만.

감사의 얼굴은 나날이 살이 찌고 붉어졌다. 좋은 포도주의 붉은 기가 통통한 이마와 뺨에 윤기처럼 흘러 얼굴이 좋아지셨네요, 라는 인사를 받곤 했다. 그는 노 과장에게서 받는 넥타를 비밀리에 풀곤 했다.

자신의 상관을 비롯해 보건부 장관, 정부 소속 연구소장, 고위 공직자들에게 맛을 보여주면 그들은 눈을 뜨고 꿈을 꾸는 듯 멍한 표정을 지었다. 성냥팔이 소녀가 불을 긋듯 한 모금 한 모금 마시다 보면 한 병의 넥타는 어느 사이엔가 사라지고 없었다. 감사는 승진했고 노 과장은 더 많은 신의 음료를 만들어야 했다. 정원사가 하루에 두 번 들러 봉오리 상태의 꽃을 꺾어 갔다. 그래도 넥타의 수요를 만족시키진 못했다.

"재배해버려. 소독한 무균 비닐하우스에서 신의 꽃을 대량 생산하라고."

넥타의 애주가가 된 보건부 장관이 지시했다. 그는 그 꽃이 사람의 눈에서 피어났다는 것도 종양이라고 명명된 것도 모른 채 단지 감질나는 음료의 원료라고만 알았다. 대통령도 신의 음료를 원하고 있었으므로 그와 꽃의 샘플 세포를 식물학 연구소에서 채취하게 했다. 번식력이 좋은 포자식물은 심기만 하면 개체 수가 늘어난다는 연구 결과에 따라 그의 꽃은 흙으로 옮겨 심어졌다. 영양소를 듬뿍 넣은 흙 위에서 그의 꽃은 탯줄 끊긴 태아처럼 말라서 죽어버렸다. 넥타의 금단증세로 턱이 저 혼자 딸깍대는 보건부 장관이 신경질을 냈다. 아무리 힘을 주어도 덜덜 떨리는 탓에 회의 중에는 마스크를 쓰고 있어야 했다. 그는 남자의 눈에서 갓 따온 꽃을 생으로 씹어 삼켰고 달콤한 꿀이 그의 목젖을 축였다. 장관의 얼굴도 감사처럼 붉어지고 좋아졌다. 식사량이 전에 없이 늘어나 바지 치수가 3인치나 커졌다.

이제 그의 방엔 하루에 세 번 정원사가 드나들었다. 꽃은 더 빨리 피었고 한 번에 두세 송이의 봉오리가 올라왔지만, 가위를 들이대는 정원사의 손길을 피할 순 없었다. 더 탐스런 꽃을 얻기 위해 그의 몸을 불리라는 지시도 내려졌다. 개인 영양사가 붙어 음식을 떠주었지만, 그는 꿈쩍 안 했다. 그의 팔은 영양제와 수액을 흘려보내는 링거 바늘 때문에 바늘꽂이로 쓰는 헝겊처럼 지저분해졌다. 낡고 헤져 바래버린 그 안에서 꽃만이 싱싱하고 크게 피어 그의 눈을 잠식했다. 무성해져 버린 꽃들의 뿌리를 담기에 그의 눈은 너무 작았다.

남자의 꽃이 피어날 때마다 환청을 듣는 환자는 세상에서 가장 아름다운 노래를 들었고 천을 짓는 노파는 무르익은 복숭아가 다섯 개 새겨진 천이 자기 배를 휘감고 있는 것을 보았다. 노파는 눈을 뜨자마자 희디흰 옷감에 꿈속의 복숭아를 옮겨 담았다. 그럴 때면 눈앞이 아뜩해지며 꿈인지 생시인지 헷갈렸다. 날개 달린 아이는 맨몸의 소녀가 자신을 감싸고 남은 한 손으로 자그만 화살대 건네는 걸 받아들었다.

보건 당국은 여느 때보다 평화로웠다. 환자들은 약물 없이도 잘 자고 잘 먹었다. 넥타를 끊은 노 과장은 환자들이 집단 환각과 환청을 본다고 진단하고 장기 치료 계획을 세웠다. 남자의 오른쪽 눈은 뜨여 있었지만 자기 안

쪽으로만 단단하게 쏠려 더 이상 바깥의 것을 읽어내지 않았다. 그의 눈동자가 움직이는 건 꽃 속의 소녀를 볼 때뿐이었다.

간질간질한 느낌이었다. 새끼 새가 부리로 알을 찌른다면 이런 감각일까? 잠결에 희미한 태동을 느낀 장관이 손을 갖다 댔다. 말강, 하는 부드러운 촉감이 닿아 왔다. 불을 켜고 거울을 본 장관은 소리를 질렀다. 그 소리에 놀라 아내도 잠을 깼다. 장관의 큼지막한 콧방울 위에 한 송이 꽃이 돋아나 있었다. 놀라서 어버버 하는 장관에게 아내는 입을 샐그러뜨리며 웃었다.

"코가 비뚤어질 만큼 마시더니 비뚤어지는 대신 꽃이 났구려."

장관은 이 상황이 장난 같으냐고 나무랐고 아내는 장난이 아니니 잘된 것 아니냐고 했다."비뚤어지는 것보단 꽃이 난 게 백 배 낫지."

아내가 손톱깎이로 코에 난 꽃을 깎았다. 처음에 손으로 꺾으려던 것을 그나마 장관이 말려 손톱깎기를 사용한 거였다. 꽃은 작고 여리여리했으므로 줄기를 바짝 깎자 코 위에 작은 뾰루지가 올라온 정도로만 보였다. 뾰루지 색이 녹색이란 게 문제였지만 아내가 쓰는 비비크림을 바르자 감쪽같아졌다.

오후에 있을 국무회의에 빠질 수는 없었다. 그는 꺾었어도 한 뼘 더 자란 꽃을 보며 거울 앞에서 왔다 갔다 했다.

"여보, 병원에 있는 장모님 무사하시지?"

그의 말에 아내는 눈을 치뜨곤 말했다.

"실버타운에 계신 당신 아버님이나 안락사 시키시죠, 상 핑계로 빠지시게?"

회의 시간이 다가왔고 그는 다시 마스크를 착용했다. 보건부 장관이 몸에 꽃피는 병에 걸렸다는 건 아무래도 우스웠다. 임기가 얼마 안 남은 시점이라 병증을 치료하고 나면 차기 장관 자리는 다른 이가 꿰차고 앉을 거였다. 그가 집무실을 나설 때 회의가 미뤄졌다는 전화가 비서에게 걸려왔다. 장관이 만세를 부를 사이도 없이 또 한 번의 전화벨이 울렸다. 대통령이었다. 며칠간 정수리가 가렵더니 콩나물 대가리 같은 것이 올라왔고 삽시간에 커져 꽃이 되었다는 것이었다.

비로소 그는 어젯밤도 대통령과 함께 신의 음료를 나눴다는 걸 떠올렸다. 감사에게 연락을 넣었지만 부재중이었다. 질병관리본부 전임 과장과 접촉해보라는 전언만 전달받았다. 장관은 전임 과장과 연락을 취하려 했지만, 일주일 전 사직한 뒤로 행방이 묘연하다 했다. 노미희. 전임

자의 이름을 메모한 그는 어떻게 해서든 그녀를 자기 앞에 데려다 놓으라고 했다. 한여름인데도 머플러로 목을 칭칭 둘러매고 나타난 그녀는 눈알을 이리저리 굴리다가 장관의 코에 시선을 맞추곤 손뼉을 쳤다.

"장관님도, 장관님도 꽃이 난 거지요?"

충혈된 눈을 가늘게 뜨며 음산하게 물어온 노미희는 천천히 머플러를 풀었다. 그녀의 목을 기다란 꽃줄기가 몇 번이나 휘둘러 감고 있었다.

"어어!"

놀라서 몸을 뒤로 빼는 바람에 장관은 의자째로 나둥그러졌다.

"잘라도 잘라도 계속 자라난답니다. 제초제를 부어도 석회수를 뿌려도 소용없어요."

그녀의 꽃은 목을 감은 상태에서도 계속 피어나고 있었다. 코가 가려운 느낌에 눈을 내리뜬 장관은 벌써 손톱만한 봉오리가 머리를 들이민 걸 보고 경악했다.

환자의 안구 종양으로 담근 술이 넥타였음을 알게 된 장관은 입에 쓴 침이 고였다. 치밀어 오르는 토기를 누르며 물었다.

"백신은?"

노미희는 고개를 갸웃했다.

"재배하라면서요?"

장관은 집무실이 떠나가라고 악을 써댔다.

"전염성 있는 위험한 바이러스인데 아무런 방책도 안 세워 놓은 건가. 당장 연구 착수해서 내일까지 샘플 신약 개발해!"

그 앞에서 노미희가 후후후 웃었다.

"장관님, 전 남자의 꽃을 둘러싼 환자들이 집단 환각을 보고 있는 줄로만 알았어요. 그런데 내 목에 난 이것도, 환각인가요?"

웃으니 한층 더 괴기스러워진 노미희의 얼굴을 보며 장관은 뒷목이 빳빳해져 고갯짓도 못 할 지경이었다. 노미희는 대답을 기다리지 않고 말했다.

"혹시 우리 모두가 그 남자의 환각을 같이 보고 있는 건 아닐까요? 그 남자가 만들어낸 꽃이라는 환영을요."

질병관리본부에 비상이 걸렸다. 꽃이 나는 괴질에 걸렸다는 문의 전화가 수만 통 걸려 왔다. 백신을 개발할 인력들도 몸에 꽃이 피어 결근한 상태였다. 보건부는 긴급하게 발표했다. 꽃이 달린 사람과 접촉하지 말 것. 피어난 꽃을 어떤 형태로든 2차 가공하지 말 것. 감염자는 꽃을 자르지 말고 원상태로 보존할 것. 시민들은 괴질 감염자들을 격리해야 한다고 외쳤지만, 감염자들은 피어난 꽃이 큰 피해를 주지도 않는데다가 이 증상이 병인지도 확실치 않은 상태에서 격리는 인권 침해라고 맞섰다.

엉덩이에 팔에 이마에 허벅지에 꽃이 난 사람들은 끼리끼리 모여 꽃을 가꾸는 모임을 만들었고 간혹 꽃이 난 위치나 종이 비슷한 사람들은 운명을 예감하며 커플이 되기도 했다. 한국에 괴질이 돈다는 소문에 증시는 바닥을 쳤고 북한이 개발한 바이러스를 푼 게 틀림없다는 음모설이 제기됐다.

일각에서는 미국이 북한을 침몰시키려 만든 바이러스를 같은 종인 남한 사람들에게 먼저 풀어 실험 중이라고도 했다. UN은 사실이 아니라며 꽃 모양의 종양이 몸 밖으로 돌출되는 질병 치료를 최대한 지원할 거라고 밝혔다.

환자를 수용해놓은 보건 당국 건물은 이미 오래전에 꽃으로 뒤덮였다. 환청을 듣는 환자의 귀에서는 투명한 꽃이 피어났다. 그는 매일 매 순간 자기 귀에 속삭이는 인어의 노래를 들었다. 천을 짓는 노파는 형형색색의 꽃송이를 옷감에 넣었다. 옷감을 본 이들은 눈을 비비고 살을 꼬집으며 말했다.

"이게 꿈이야, 생시야?"

엉덩이에 손잡이가 달린 남자는 손잡이 끝에 꽃이 피어

괜한 오해를 사지 않게 됐다. 날개 달린 아이는 꽃 속의 소녀가 건넨 화살대를 다른 사람에게 쏘았다. 화살을 맞은 사람의 몸에선 어김없이 꽃이 자라났다.

꽃을 틔운 사람이 그렇지 않은 사람들보다 많아지자 그들은 종양, 혹은 괴질이란 병명을 거부했다. 꽃이 난 사람들은 자신들이 신인류라며 자랑스러워했다. 백신을 개발 중이라는 보건부 장관의 말에 대통령은 손을 내젓고 답했다.

"됐어. 신인류의 기원이니 내버려 두자고."

대통령은 자기 꽃이 다른 이들보다 멋진 것에 자부심을 느꼈다. 정수리 위에 우산처럼 펼쳐진 꽃은 위엄이 있었다. 실제로 그것은 반쯤 벗겨진 대통령의 넓은 이마에서 시선을 분산시켜주는 효과도 냈다.

자신의 이마가 반사되는 창문을 흐뭇하게 주시하는 대통령을 보고 다음 날부터 장관도 마스크를 벗고 코 위에 만개한 꽃을 드러냈다. 처음엔 꽃이 나는 괴질이라니, 하며 들썩이던 국회도 서로서로 꽃을 피우려 난리였다. 넥타를 마셔보고 사람 몸에 난 꽃을 만지고 꽃가루로 팩을 해 얼굴에 붙여도 안 되자 손등에 꽃을 옮겨 심은 시술을 받은 이도 있었다.

TV에서는 유명인들의 꽃을 보여주며 베스트 워스트를

가렸다. 외국에서는 한국의 기현상을 확인하려고 취재진이 몰렸고 위키레스크는 한국인들이 북한과 미국의 위협에서 벗어나 새로운 한반도 공화국으로 재편성하기 위해 정치적 쇼를 벌이는 것이라 했다.

그러한 주장이 힘을 얻자 해외에는 한국이 북한과 합쳐 꽃으로 만든 생물무기를 유럽과 아메리카로 쏘아 올릴 거라는 풍문이 돌았다. 이에 대통령은 불참 예정이던 G20 정상회담에 참석해 자기 머리 위에 난 꽃을 보여주며 소문은 사실이 아니라고 해명했다. G20 정상회담 대표들은 방독면을 쓰고 있었으며 전염을 염려한 대표는 대리인을 보내거나 화상 연결로 회의에 참여했다.

감사의 시체는 그의 자택에서 발견되었다. 상하고 짓무른 꽃 비린내가 이웃집까지 뻗쳐오른 것 때문이었다. 거무튀튀하게 시들고 물러진 꽃잎들이 그의 몸 전체를 휘감아 떼어낼 수 없이 뒤섞인 상태였다. 몸을 장악하려는 꽃과 침범당하지 않으려는 몸이 격렬한 전투를 벌인 결과였다. 몸에 옮아붙은 꽃을 물리치기 위해 과다 백혈구를 만들어 공격하자 꽃은 시들었지만, 꽃이 뿌리 뻗은 몸의 세포도 돌이킬 수 없이 파괴되고 만 것이라고 질병관리본부는 발표했다.

그의 사체는 꽃의 미라라는 이름으로 해외 토픽에 방

송되었다. 한국은 제1 위험국가로 분류되어 비행기가 뜨고 내리지 않았다. 항공기는 한국 안에서만 오갔고 취재의 열정에 몸을 맡긴 외신 기자들은 선착장에 내렸다.

가장 바빠진 건 식물학자들이었다. 사람의 특정 부위에 피어나는 꽃, 위치에 상관없이 모양이 같은 꽃, 번식 방법이 같은 꽃…… 꽃들을 알기 쉽게 분류해놓자마자 어떤 분류에도 들지 않는 꽃들이 마구 피어났다. 다른 꽃과 교배하여 나타난 새로운 꽃은 변종 돌연변이로 분류되었고 드물게 인간을 위협하는 특성을 지닌 꽃이 태어나기도 했다.

꽃들은 나날이 커졌고 사람의 팔이나 목을 휘감아 덩굴을 이루었다. 길을 거닐던 청년은 복숭아뼈에 돋아난 꽃이 무성해지며 발걸음 떼기가 힘겨워졌다. 복숭아뼈에 피어난 꽃은 어떤 운동화를 신은 것보다 멋진 발을 만들어주었기에 청년은 자랑스러웠다.

그러나 꽃이 의지를 지닌 듯 줄기를 땅에 바싹 붙여 청년의 발길을 잡아놓아 당혹스럽기도 했다. 다음 순간 발이 가벼워졌다. 꽃이 이끄는 대로 자신이 따르고 있었다. 청년은 처음 보는 여자 앞에 서 있었다. 청년의 꽃과 여자의 꽃이 순식간에 엉겨들었다. 그들은 떨어질 수 없었고 신고를 받고 출동한 응급대는 소방대를 불렀다. 톱을 사용해 줄기를 잘라봐도 덩굴이 다시 뻗쳐 서로의 줄기를 휘감았다.

꽃의 힘이 세지며 곳곳에서 사고가 일어났다. 꽃줄기가 핸들을 꺾어 일어난 교통사고가 하루 수백 건에 달했고 자살 의지가 없는 사람을 높은 곳에 데려가 떨어지게도 했다. 국민들은 사태를 해결하라며 아우성치었고 집에 들어앉아 꿈쩍도 안 했다. 국회는 변해버린 상황을 다스려야만 했다. 대통령은 당장 보건부 장관을 불렀다.

"백신은?"

대통령이 묻자 장관이 고개를 갸웃했다.

"신인류의 기원이니 내버려 두자면서요?"

대통령이 노기 띤 호통을 치기도 전에 푸확, 아그작, 하는 소리가 들렸다. 그는 얼굴 없는 장관을 봤고 시선만 위로 올려 자기 정수리에 난 꽃을 봤다. 게걸스런 소리를 내며 꽃이 장관의 머리를 뜯어 삼키고 있었다.

대통령은 재빨리 새 법을 만들었다. 꽃은 그 숙주인 인간과는 별개의 생물이다. 따라서 꽃이 저지른 행위는 인간의 법으로 처벌되지 않는다. 이 법이 시행되자 국회에선 말싸움하는 대신 꽃으로 사람을 물어뜯었고 민간에선 하루 수천 건의 실종 사망 신고가 들어왔다. 꽃은 서로를 먹어 치웠고 제멋대로 자라 벽을 뚫고 치밀어 올랐다.

성모 마리아의 흰 치맛자락에 감싸인 보건 당국은 바깥세상과 단절된 탓에 조용하고 평화로웠다.

"왜 우리를 안 풀어주지? 전부 다 꽃이 났잖아."

"괴상한 게 보통인 된 이 세상에서 우리만큼 평범한 사람들도 없을걸."

보건 당국에 환자로 격리되어 수용돼있던 환자들이 물어봤지만, 당국의 대답은 간단했다. 꽃이 나기 전의 병세 때문에 수용된 게 유효하다는 것이었다.

한편 꽃 괴질의 제1 감염자인 남자는 환청을 듣는 사내의 꽃을 타고 올라 인어의 노래를 따라 구름 성에 다다랐다. 팅커벨로 변한 아내가 하프를 들고 거기 있었다.

"어떻게 된 거야?"

남자가 묻자 아내가 씨익 웃어 보였다. 그녀가 비늘 무늬 스커트 끝자락에 달린 앙증맞은 꼬리의 지퍼를 열자 두 다리가 나타났다.

"어머니 아버지가 걱정을 많이 하셔. 같이 내려가지 않겠어?"

남자의 물음에 아내는 날갯짓을 멈추지 않으며 말했다.

"난 성의 주인인 거인의 아내가 되었어. 내려가고 싶어지면 몰래 내려갈게."

"말씀 중에 죄송하지만."

투명한 꽃을 키워낸 다른 환자가 끼어들었다.

"제가 들었던 인어의 노래는 어떻게 된 겁니까?"

사내가 묻자 아내가 자기 뒤에 감춰놓은 라디오를 보여주었다. 녹음한 소리를 틀어준 거라고 했다. 어디에서 녹음했느냐는 물음에 아내는 문과 문이 얽힌 성의 안쪽을 손짓했다.

사내는 수백 개의 방문을 열어 보았다. 그 안에 있던 것들이 열린 문틈으로 흘러나와 지상으로 흘러들었다. 그것은 향기처럼 투명한 꿀처럼 세상을 적셨으나 세상은 알지 못했다. 간혹 냄새 맡거나 소리 듣거나 피부로 느끼는 사람은 있었다. 그것의 편린이 누군가의 잠결을 스치면 꿈이 됐고 다른 이의 머리칼에 닿으면 영감이 됐으며 두 눈을 뜬 사람의 뇌리를 지나치면 백일몽이 되었다.

인어의 노래가 들어 있는 방을 찾았을 때 사내는 환호하며 방문을 닫았다. 바닷물에 몸을 담그듯 온 영혼을 노랫소리에 빠뜨리고 싶었기 때문이다. 눈을 감았던 사내가 눈을 뜨자 화장실 욕조였다. 사내는 자신의 꽃이 시들어버린 것을 알았다. 새로운 꽃이 만개하길 기다려야 했다.

남자와 사내는 다른 환자들의 꽃과 꽃이 엉겨 쌓아 올린 성을 거닐었고 거기서도 방과 방을 출입했다. 어떤 방에서 소녀를 발견한 남자는 영원히 떠나지 않겠다고 결심했다. 그가 소녀의 어깨를 잡으려는 찰나, 소녀는 투명한 실과 줄을 밟는 듯 아무것도 없는 허공을 딛고 밟아 튕겨 올라 사라졌다. 다시 꽃 속의 소녀가 나와 주기를 기다리는 수밖에 없었다.

넥타를 만들지 않게 되면서 남자의 꽃은 매일 세 번 목을 꺾이지 않아도 되었다. 그러나 제 1감염원으로서 그의 꽃은 병증의 진행과 대처법을 조사하기 위해 사흘 주기로 수집되었다. 꽃잎이 활짝 열린 뒤의 시간이 남자에게 주어졌을 때 그는 기대에 차 꽃을 바라보았다. 만개한 꽃에서 나온 소녀가 오랫동안 그 옆에 머물 줄 알았다.

소녀는 빼꼼 얼굴을 비쳤지만 벌어진 꽃 가운데 또 하나의 줄기가 나오더니 봉오리가 맺혔다. 꽃은 자신의 피부결로 이루어진 집에서 나와 구부렸던 몸을 기지개 켜듯 펼쳤다.

남자는 이번에는, 이라는 마음으로 완연히 벌어진 꽃 속을 바라봤지만, 소녀가 나오는 대신 새 꽃집이 매달릴 뿐이었다. 그가 나타나지 않은 소녀를 응시하느라 지친 눈을 감을 때, 앉거나 서서 잠인지도 모르고 빠져드는 잠 속에서만 소녀는 그의 시야 주변에 어른거렸다. 초점을 맞추거나 손을 뻗어 잡으려 하면 소녀는 아주 천천히, 온

데간데없어졌다.

장관의 아내는 꽃에 검은색 물감을 칠하고 남편의 장례식에 참여했다. 검은 옷을 입은 장례사가 애도문을 읽는데 관뚜껑이 열리며 장관이 기어 나왔다. 상복을 입은 장관의 목에는 얼굴 대신 커다란 꽃이 피어 있었다. 암술과 수술이 엉기며 꽃의 체액을 뿌려댔다. 액체를 맞은 사람의 몸에서는 장관의 것과 같은 꽃이 피어났다.

그 꽃이 뇌를 파고들어 가사 상태에 빠진 사람, 팔이나 다리 등 꽃이 피어난 데가 마비된 사람, 드물게 꽃의 체액을 맞고도 어떤 생체 변형도 보이지 않는 사람도 있었다.

"숙주를 잠식한 개체가 생존 경쟁을 시작했습니다."

식물학 연구소와 공동 연구를 진행한 질병관리본부가 발표했다. 예방주사가 개발되자 또 다른 변종이 나타났다. 이제 몸의 어느 한 부분이 꽃에 잠식당하지 않은 사람은 없었다.

꽃의 시대가 온 거야. 이제 인간은 멸망하고 식물이 지구를 지배한다.

상황을 발 빠르게 받아들인 이들은 가장 널리 퍼진 꽃의 체액을 맞고 완전히 꽃이 되고자 했다. 기왕이면 많이 퍼진 종의 꽃이 좋다는 생각에서였다. 변종의 변종, 돌연

변이의 돌연변이가 나타나며 듣도 보도 못한 꽃들이 다투어 피어나 의약 개발도 소용이 없어진 때 홀연히 노미희가 나타났다.

꽃이 했을지라도 엄연히 사람을 죽인 사람이 대통령이라는 건 말이 안 된다고 해외 여론이 들끓고 있을 때였다. 그녀는 국회의사당 뒤뜰, 갖은 꽃이 심어진 화원에서 눈부신 나신인 채로 서 있었다. 눈이 부시다는 건 그야말로 똑똑히 보면 시력을 잃을 정도로 위협적이란 뜻으로 1초만에 눈이 멀어버리는 메두사의 파급력을 1메두사 지수라고 봤을 때 인간으로서는 그에 최대로 근접한 0.89메두사 지수를 가진 형상이었다.

다행히 국회는 텅 비어 있었다. 화상으로 회의가 진행되기 때문이었다. 의원들은 상대의 꽃에 전염될까 전전긍긍했다. 타인의 꽃을 자기 몸에 피운다는 건 정치적 각축에서 상대한테 정복되었다는 뜻으로 받아들여졌으므로 회의는 화상으로 진행됐다. 또 한 가지 다행인 것은 노미희의 나신을 실물로 보지 않으면 시력을 보호할 수 있었다는 사실이다.

그녀의 몸은 구름을 뚫고 비치는 한줄기 햇빛을 받아 무대 위에 조명을 받은 배우처럼 빛났다. 그녀는 가느다란 눈을 내리뜨고 엄숙하게 말했다.

"내 몸은 깨끗해요. 어떤 꽃의 흔적도 없죠."

CCTV를 통해 화면을 보던 경호병은 꽃의 흔적이 없는 그녀 몸에 놀라 스피커폰을 집어 들었다. 꽃을 몰아내는 방법은 간단해요. 그녀는 혀로 입술을 핥더니 숨을 고르고 말을 이었다.

"보지 않는 거죠."

경호병은 자기 다리를 내려다보았다. 다리를 감싸며 덩굴을 이룬 꽃줄기가 바닥에 붙박여 의자 모양으로 굳었다. 한 달 전부터 꽃으로 이루어진 의자에 앉아 꼼짝도 못하게 된 그는 현장 경호 대신 보안실 관리를 맡게 되었다. 굽혀진 무릎을 펴고 세상을 마음껏 뛰어보고 싶었다.

"보면 볼수록 꽃은 커지고 더 빨리 자라나요. 더 많은 사람이 더 강하게 주목할수록 찬란하게 우거지죠. 우리의 관심이 꽃을 키웠으니 죽이는 법은? 반대로 하는 거예요. 거울을 볼 때마다 몸에 난 꽃을 보지 않는 거죠. 보여도 보지 않으면 그뿐이에요. 보지 않으면 잊혀져요. 점점 더, 완벽히. 철저히. 잊혀져 내 목에 꽃이 있었지, 회고하는 어느 날 거울을 보면 꽃은 없어져 있죠. 이렇게요."

경호병은 여자가 가리키는 목을 쳐다봤다. 역시 아무것도 없었다. 자기 다리를 보았다. 무성한 꽃줄기가 엉겨 단단히 경화되어 있었다. 보여도, 보지 말라는 거지. 그는 중얼대며 눈을 감았다. 뜨자 꽃은 여전히 그 자리에 있었다. 화면 속에서 노미희가 웃었다.

"처음엔 잘 안 될 거예요. 하지만 난 늘 외톨이로서 연마해왔죠. 결혼 언제 할 거니? 남자는 있니? 저 여자 히스테리 마귀야. 이 모든 말들을 무시하는 기술을요. 물론 그 말들은 무언으로 전해져 와요. 시선으로, 뒷목으로, 비껴튼 어깨로, 상대가 내쉬는 숨소리로 알아들을 수 있죠. 들리지만 들리지 않는 것처럼 안 들려, 안 들리네 하다 보면 진짜로 그런 소리에 대해선 귀먹게 돼요. 이 기술을 터득했기에 보이는 걸 안 보는 법을 단기간에 익힐 수 있었죠."

말을 맺은 노미희는 높고 메아리 나는 웃음을 허공에 흩뿌렸다. 소음의 최고 데시벨을 능가하는 듯한 소름 끼치는 소리였다. 경호병은 들리지만 안 들린다, 되뇌며 바로 써먹어 보았다. 노미희의 강연은 경호병의 스마트폰을 타고 전역으로 퍼졌고 컴퓨터를 모르는 노인들이 영상을 보고자 며느리나 손주에게 인터넷 조작법을 배울 때쯤 한국의 꽃 괴질 증상은 잠잠해졌다.

노미희가 과장으로 복직된 건 물론이었다. 꽃이 쓰다 버린 장관의 몸은 너덜너덜하게 해지고 부패한 채로 거리에 버려졌다. 그것은 누가 입다 버린 옷 같았다. 감염을 피해 외국에 가 있었던 장관의 아내는 그제야 귀국해 남편의 장사를 치렀다. 그 일은 기삿거리로도 나지 않았다. 누구도 꽃에 대해 얘기하지 않았으므로 누구도 꽃에 관심을 두지 않았다. 바람이 휘돌다 지나간 듯 한국은 고요했다. 그런 소용돌이가 있었나? 속삭일 땐 괴질로 죽은 8,364명을 떠올리고 나서야 가만히 그러나 짧게 고개를 끄덕이는 것이었다.

모든 게 정상화되자 대통령은 꽃이 벌인 살인을 사죄했다. 사람을 잡아먹는 꽃으로 가장 많은 전염 개체 수를 확보하여 사람들 입에 두려움으로 오르내리던 대통령은 꽃의 흔적도 없어진 정수리를 내보이며 사과했다. 무척이나 유감이며 아마도 그 당시, 정수리 위의 꽃이 몹시 배가 고픈 게 틀림없었을 거라는 해명은 국민들의 반감을 샀다. 괴질 유행 시 숙주인 사람의 의지가 아니라 꽃의 힘으로 이루어진 강도 살인 폭행 등의 범죄가 처벌되면 국민 중 대다수가 징벌 될 것이기에 국민들은 대통령을 욕하면서도 너그러움을 발휘해 넘어갔다. 꽃죄법은 폐지되었고 한반도에서 꽃 괴질 환자가 있는 곳은 보건 당국의 병동뿐이었다.

왼쪽 귀에 꽃이 피어 환자들을 검진하러 들어올 때도 스스럼없던 인턴이 방독면을 쓰고 소독의를 걸친 채 방문했다. 그는 방방을 돌며 환자와 꽃의 상태를 기록했다. 환자들의 방은 코끼리의 무좀을 잡는 아주 독한 약으로 소독됐고 그 청결한 냄새가 피어난 꽃잎을 쿡쿡 찔렀다. 냄새를 맡는 동안 환자들은 꽃을 망각했다. 망각의 시간이 길어질수록 꽃은 균열했다. 거품이 사라지듯 꽃이 터졌고 허공에 흩어진 꽃잎들이 멀어지다 희미해졌고 다시는 보이지 않게 되었다.

더 이상 인어의 노래가 들리지 않는 남자, 엉덩이 손잡이가 가라앉아 버린 환자, 침에서 실을 뽑아낼 수 없게 된 노파, 날개가 퇴화해 버린 아이가 물었다.

'왜 우리를 안 풀어주지? 전부 다 꽃이 졌잖아.'

대답은 간단했다. 너희가 언제 다시 꽃을 피울지 모르기 때문이라고 했다.

보건 당국에서 유일하게 꽃을 안 피웠던 간수가 죽었다. 부검 결과 사인은 두개골내 꽃 괴질 만연이었다. 그의 꽃이 머릿속에서 만연해진 탓이었다. 두텁게 덧대고 꿰매 놓은 그의 머리 가죽은 꽃이 뚫고 나오기엔 너무도 두껍기 때문이었다. 간수는 보건당국에서 국내에 도입된 첫 번째 수술을 한 환자였다. 두피 대신 동물의 질긴 가죽을 써 안정성을 높이는수술이었는데 한국인에게는 맞지 않는다고 여겨져 도입이 중단된 시술이라 했다.

그의 유언은 이것이었다.

난 밖보단 여기가 좋아. 밖에는 피터팬 얼굴을 한 후크들만 우글대니까. 난 후크의 얼굴을 한 피터팬이 실은 더 좋아. 실은 더 좋아.

질병관리본부는 간수의 진짜 사인을 감추어 한국에 꽃 괴질 환자가 남았었다는 사실을 은폐했다. 꽃 괴질은 이미 철 지난 질병이었고 질병관리본부의 주의는 다시 제 1 감염원인 남자에게 쏠렸다.

소독을 몇 번씩 해도 30층 석탑을 진 듯, 봉오리 위에 봉오리가 피어나는 남자의 꽃은 아직도 피어나는 중이었다. 남자의 꽃은 계속 자라나 천장을 뚫고 뚫어 3층 높이에 이르렀다. 봉오리 속의 소녀를 보기 위해 남자의 목도 덩달아 길어졌다. 그는 이제 막 맺힌 꽃망울이 최후의 것임을 직감했다.

사다리에 꽃의 줄기를 묶어 높이를 낮춘 그는 앙당그리고 있는 꽃을 응시했다. 잎이 열리면서 소녀의 하늘대는 머리칼이 보였다.

꽃잎은 파르르 파르르 떨 뿐 더 이상 열리지 않았다. 그가 손을 대어 도우려 하자 꽃은 그 가는 떨림으로 이어가던 개홧짓조차 멈추었다. 그는 미라처럼 바싹 마른 자신의 몸을 내려다보고 힘이 없어 완연히 열리지 않는 꽃잎을 바라보았다. 그는 살짝 열린 꽃의 가운데에 손가락을 넣었다. 꽃의 중심으로 그의 손이 빨려들었다. 조금도 아프지 않았다. 없어진 손과 팔을 이어주던 손목에서 피가 흘렀지만, 감각은 마취한 듯 평온했다. 약간의 힘이 생긴 꽃이 제 잎을 밖으로 밀어젖혔지만, 소녀가 나오기엔 충분치 않은 틈이었다. 그는 다리를 집어넣었다.

그가 꽃 속으로 들어갈수록 소녀가 꽃 밖으로 나왔다. 그는 소녀를 보기 위해 머리와 상체를 그대로 남겨놓았지만 이대로라면 소녀가 완전히 나올 수 없었다. 그는 배를 천천히 밀어 넣으며 정령처럼 상반신을 내미는 소녀를 보았다. 소녀의 배는 얄팍하고 희었다. 그는 소녀의 다리가 빠져나오길 바라며 가슴을 밀어 넣었다. 소녀의 종아리가 보였고 그가 목을 집어넣었을 땐 도도록한 복숭아뼈가 나왔다. 그는 아주 천천히 목을 집어넣었다. 하나하나 온전히 맺어진 소녀의 발가락 끝이 허공에 닿았다. 소녀는 허공을 딛고 춤추었다. 나비와 같은 소녀의 춤은 멈추지 않았다. 소녀가 점점 커져 눈앞에 희고 무른 살빛만이 어른댈 때 그는 깨달았다. 자신이 소녀 안에 있음을. 너무도 생생하게.

인턴이 검안을 위해 그의 방에 들어왔을 때 방에는 혈관처럼 불거진 엽맥을 지닌 나무가 호흡 하듯 새 봉오리를 틔어내며 서 있었다. 소독 장갑을 낀 인턴이 나무를 만지자 딱딱한 껍질 대신 여리고 물렁한 피부가 느껴졌다. 인턴은 으악 소리를 내며 튕겨나가듯 물러섰다.

남자는 꽃나무가 되어가는 중이었다. 인턴의 알림을 받고 온 연구의는 청진기를 대보았다. 심장 뛰는 소리가 들렸다. 껍질이 딴딴해지고 불룩 튀어나왔던 녹색 혈관들이 나뭇결로 굳어지면서 박동 소리도 서서히 약해지다 안 들리게 되었다. 단단해진 나무껍질에 가려 안 들리는 것인지 인간의 심장은 멈추고 나무로서의 혈액순환만 하게 된 것인지는 저명한 식물학자도 몰랐다.

꽃나무는 특이하게도 땅에 뿌리내리지 않았다. 자꾸만 솟아나는 봉오리를 위로만 피워 올릴 뿐이었다. 투명한 뿌리가 났을 거라는 가설과 허공에 뿌리박을 자리를 찾기 위해 봉오리를 틔워 올리는 것이란 가설이 제기됐지만 어떤 것도 확인할 수 없었다. 살색을 띠던 나무가 짙은 갈색으로 변하자 마침내 질병관리본부는 살아있는 꽃나무를 남자의 시신으로 정의 내리고 방부 처리했다.

CCTV를 통해 남자가 꽃 속으로 들어가고 마침내 꽃나무가 되는 것을 본 인턴은 큰 충격을 받았다. 그리고 다음과 같은 검안 보고서를 완성했다.

<아폴론을 피해 월계수가 된 다프네 이야기는 신화가 아닌지도 모른다. 꽃 괴질을 앓던 환자의 시신, 그러니까 봉오리 나무의 껍질과 꽃잎 DNA 분석 결과 인간의 체세포와 동일한 성분이 검출되었기 때문이다. 이것은 보통의 식물들과는 확연히 구분되는, 동물성을 지닌 세포이며 인간의 신체가 자가 세포에 기생하는 꽃괴질과 얼마든지 친화할 수 있다는 사실을 보여준다. 처참한 모습으로 발견된 감사의 사체가 자가 세포와 타가 세포의 편 가르기와 상호 적대의 결과라고 할 때 제 1감염원의 나무는 인간의 몸이 다른 개체로 변이할 수 있는 가능성을 확인시켜준다.

　따라서 월계수가 된 다프네 역시 올림포스라는 가상 공간의 요정이 아니라 실재하는 세계의 인간이었을 수 있다. 그런데 실제로 일어났을 수 있을 법한 일이 왜 신화-환상이라는 형태로만 남아 있는 것일까? 식물학 역사 어디를 뒤져봐도 인간이 식물화됐다는 사례는 없으니 말이다. (이하 생략)>

　위와 같이 쓰인 인턴의 보고서가 제출되자 노 과장은 그를 불렀다. 인턴은 노 과장에게서 "잊어." 한마디를 들었고 보고서는 훨씬 단순한 방식으로 다시 씌어졌다. 인턴은 연구의를 거쳐 과장이 되었고 이따금 꿈 속에서 봉오리 나무를 보곤 했지만 깨자마자 잊어버렸다. 그는 자신의 은사인 노미희를 종종 찾아가곤 했다. 이제는 할머니가 된 노미희는 그가 올 때마다 봉오리로 이루어진 제1감염원의 나무를 입에 올리곤 했다.

그것은 국보로 지정되어 국회의사당 뒤뜰에 지은 사랑재 정원에 안치되었다. 기와로 만든 사랑재는 외국 대표나 국빈을 모시는 한국 전통 건물로 행사가 있을 때만 손님을 초대하는 곳이었다. 대통령은 국내외 중요한 손님에게 봉오리 나무 보여주기를 즐겼다.

대통령은 몇번이나 바뀌었지만 봉오리 나무는 십수년전 채취한 개체 그대로였다. 잔디 위 투명한 멸균 유리막에 둘러싸인 봉오리 나무가 봉오리를 계속 피워내는 모습은 신비로웠다. 유리막 윗면에 막혀 봉오리가 아래로 휘늘어지면 방수복을 입은 관리사가 들어가 밑으로 드리운 꽃줄기를 잘라냈다. 봉오리가 하염없이 위로 솟아 유리벽을 뚫지 않도록 줄기가 자라는 힘과 속도를 저하하는 호르몬제도 매일매일 나무에 주었다.

잘린 줄기는 손질되어 대통령의 집무실이나 거실의 꽃 전용 냉장실에서 시들 때까지 간직되었다. 봉오리 나무의 줄기나 열매를 상온에 둘 경우 꽃 괴질 포자에 비말로 감염될 위험이 높았기 때문이다. 자물쇠가 걸린 투명하고 두꺼운 유리 안에서 흰색 조명을 받아 붉게 빛나는 봉오리 꽃의 아름다움에 대통령은 흡족해했다.

그가 사랑재에서 손님을 맞고 귀가하여 잠에 빠진 새벽이었다. 자물쇠 열쇠를 찾은 대통령의 어린 막내딸은 냉장실 문을 열었다. 한기와 함께 봉오리 꽃향기가 유리문 밖으로 밀려 나왔다. 문을 완전히 밀어젖힌 딸은 꽃잎을 만졌다. 그 충격에 놀란 듯 봉오리가 활짝 피었다. 만개한 꽃잎 가운데서 또 하나의 줄기가 솟아 꽃망울이 올라왔다. 딸은 벌어지는 꽃잎들을 넋 놓고 바라보았다. 그 속에 새로운 봉오리가 들어 있었다.

허구의 입체적 설계와 상상의 총체적 디스플레이

전영태(문학평론가·중앙대 명예교수)

마음껏 꿈꾸고 싶고 엉뚱하게 공상하고 싶다면 『허구의 전시관』을 통해 그런 바람을 충족시켜 보라. 끝없는 상상과 무한한 환상의 자유로운 부유 또한 이 소설집의 탐독을 통해 경험할 수 있을 것이다.

『허구의 전시관』은 허구의 단순한 수집이나 전시가 아니라 픽션의 하위 장르를 총망라하는 버라이어티 쇼를 연출한다. 작가의 이 의도적인 다양성 표출에 독자는 놀라지 않을 수 없다. 미스터리 소설의 단순한 범주를 뛰어넘는 다채로운 스펙트럼에 낯설어하면서도 어느새 즐기고 있는 자신을 발견할 것이다.

이야기가 어디로 튈지 모른다는 것에서 오는 짜릿한 기대감으로 소설을 읽다 보면, 그 속에 내포된 주제의 심층성에 공감하게 된다. 병동 냉장고 콜라 도난 사건이라는 별것 아닌 추리를 통해 상속을 둘러싼 납량세태의 현장을 발견한다든가, 눈에서 꽃이 자라나는 안구수포증 스토리를 통해 코로나 팬데믹 사태를 색다른 시각에서 포착할 수 있다. 이들 작품에는 사회 풍자적 요소도 듬뿍 담겨 있어 "백일몽이야말로 현실보다 강렬한 실재일 수 있다"는 작가의 주장에 공감하게 된다.

승진 스트레스 때문에 물고기가 사람 잡는 착란의 세계를 겪는 주인공의 체험에 동질감을 갖게 되는 것도 현실 비판의식이 작품의 이면에 깔려 있기 때문이다. 궁극의 맛을 찾는 무의식의 모험을 다룬 「디저트 식당」에서 디저트에 목숨을 걸어야 하는 현대인의 비애를 맛볼 수 있다.

『허구의 전시관』은 대상의 평면적인 진열 뿐만 아니라 사건의 얼개와 전시용 장르의 입체적인 설계까지 포함시켜 총체적인 디스플레이를 펼쳐 보인다. 이렇게 되기까지 작가가 쏟은 열정과 고뇌에 격려의 박수를 보낸다.

이제 일곱 편의 허구를 다 읽은 독자만의 여덟 번째 허구를 꾸밀 시간이 왔다.

한국소설의 새로운 경지를 개척하다

이승하(시인·문학평론가·중앙대 교수)

2022년 새해가 밝았다. 20세기 말엽에 '문학의 위기'에 대한 논의가 몇 군데 문예지에서 특집으로 다뤄졌는데, 문학 위기설은 그만큼 오래된, 진부한 논란의 주제이다. 문학의 시대는 이제 '갔다'고 단언하는 사람들도 있다. 게다가 스마트폰의 등장은 우리네 삶의 영역이 활자에서 영상으로 바뀌는 데 결정적인 역할을 하였다. 유가지 신문과 무가지 신문이 사라졌고 웹툰과 웹소설 작가 중 몇몇은 고소득 작가가 되었다. 예전에는 이른바 '문예영화'라 하여 소설이 영화로 만들어지는 경우가 많았는데 지금은 웹툰이나 웹소설이 영화로 만들어지는 경우가 종종 있다. 그만큼 우리 문화의 중심축이 바뀐 것이다. 게다가 전 인류의 일상적 삶을 변화시킨 코로나19 바이러스는 우리를 텔레비전 앞에 앉혔고, 넷플릭스를 시청케 하였다. <오징

어 게임>을 전 세계에서 수천만 명이 시청하는 시대에 문학은 무엇을 할 수 있을까?

소설가 설혜원이 한국 문단에 등장한 것은 지금으로부터 10년 전인 2012년 무등일보 신춘문예를 통해서였다. 심사위원으로부터 "'루시드드림'과 '신데렐라 악성증후군'이라는 에피소드와 내가 그리고 있는 삽화의 이야기를 섞어내면서 숨기고 있는 이야기를 긴장감 있게 끌어내는 솜씨가 탁월한 작품이다. 이야기의 호흡이 조금 짧다는 단점이 있지만 플롯의 묘미를 한껏 살린 이 소설을 당선작으로 삼는다."는 평을 들은 당선작 「모퉁이」는 이른바 정통파의 소설이 아니었다. 현실에 기반한 사실주의 소설이 지난 100여년 우리 소설 문학사의 근간을 이루고 있었는데 신춘문예에 아주 이색적인 작품이 뽑힌 것이었다. 환상성이 가미된 심리주의 소설이라고 할 수 있을까? 우리 문학사에 프란츠 카프카의 계보에 넣을 수 있는 소설가로는 이상(김해경)이 있었다. 최상규나 허윤석 같은 이도 있었지만 문학사적인 인물일 따름, 독자들의 뇌리에 남아 있는 소설가는 아니다.

등단 7여년 만인 2019년 11월에 낸 첫 창작집 『클린 코드』는 인천문화재단의 창작지원금을 받아서 낸 것이었는데 표제작 「클린 코드」는 2017년 계간 『미스터리』 겨울호에서 '신인 추천'을 받은 작품이었다. 이후 작가는 한국추리작가협회의 회원으로 활동하게 되었다. 이번에 묶는 소설집 『허구의 전시관』에서 설혜원은 심리와 코믹과 환상(허구)과 추리가 두루 혼합된 아주 새로운 시도를 하고 있다. 문학의 위기 시대가 아니라 문학의 소멸 시대인 지금, 한국소설의 새로운 돌파구를 돌직구로 열어가고 있는 설혜원 소설가의 신작 7편을 읽고 그 의의를 탐색해보고자 한다.

일본은 대중문학과 순수문학의 구분이 없다. 히가시노 게이고는 범죄소설, 추리소설, 환상소설 등 구분이 없이 전방위로 소설을 쓰고 있지만 그를 대중소설작가로 폄하하지 않는다. 우리나라의 경우 한국추리작가협회를 만든 김성종이 1969년 조선일보 신춘문예를 통해 등단한 소설가임에도 불구하고, 『최후의 증인』이 1974년 한국일보 창간 20주년 기념 장편소설 공모전 당선작임에도 불구하고 추리소설을 많이 썼다는 이유로 대다수 문예지가, 아니 한국 문단이 그를 기피하였다. 대하소설 『여명의 눈동자』가 일제강점기 학병 세대의 고투를 담은, 역사성과 사회성을 담보한 명작임에도 불구하고 텔레비전 드라마로 만들어짐으로써 문학적 평가는 받지 못하고 말았다. 그런데

2022년 지금은 대중소설과 순수소설의 중간지대, 혹은 판타지 소설과 사실주의 소설의 중간지대, 웹소설과 정통소설의 중간지대가 필요한 시대가 아닐까. 바로 그 중간지대에 소설가 설혜원이 있는 것이다.

소설집의 제일 앞머리를 장식하고 있는 「미녀 병동의 콜라 도난 사건」은 종합병원 제3병동 스테이션의 냉장고에 넣어둔 콜라가 자꾸 사라지는 '사건'을 다룬 코믹 추리소설이다. 콜라 마니아인 간호사 미주는 한약의 씁쓸한 뒷맛을 제거하기 위해 콜라를 사놓기도 하고 그때그때 기분에 따라 마시고자 콜라를 사 넣어두었던 것인데 1.5리터짜리 콜라가 종종 사라지는 것이었다. 우여곡절 끝에 알고 보니 범인은 '마른 중키에 머리가 하얗게 센 할아버지' 환자였다. 환자에게는 금기 식품인 컵라면을 사 와서 다들 자는 한밤중에 몰래 먹었던 것인데 냉장고에 상시 있는 콜라야말로 컵라면과 같이 먹으니 금상첨화요 부창부수 같은 최상의 음료수였던 것이다. 병원의 음식이란 것이 삼시 세끼 건강식만 나오니 질리게 마련이다. 바늘도둑이 소 도둑 된다고, 컵라면과 콜라의 절묘한 배합이 탈출구였던 환자는 간병인과 간호사의 눈을 피해 한밤중에 몰래 먹고 마시다 결국은 꼬리가 길어 밟히고 만다. 정우현 환자의 넋두리가 아주 인상적이다.

중학생 때부터 신문 배달에 폐지 수거에, 매일 고물상을 드나들며 허리가 휘도록 고생해서 자수성가를 이뤘다네. 그때 물리게 먹었던 게 라면이고, 제일 먹고 싶었던 게 콜라였어. 그런데 이 나이 먹어서 몸에 좋은 건강식으로만 챙겨 먹다 보니 제일 먹고 싶은 게 그때 질리게 먹었던 라면이고, 당뇨 때문에 먹어선 안 될 콜라야. 참 이상해. 인생은 살면 살수록 이상해져.

이 소설이 단순한 코믹 추리소설에서 벗어날 수 있는 이유는 이 대목 덕분이 아닌가 한다. 인간의 소망 중 하나가 무병장수일 테지만 그 순간의 욕망 해소가 무병장수를 가로막을지라도 우리는 수시로 그것을 행하곤 한다. 과천경마장과 정선카지노에 가는 수많은 사람의 뇌리에는 일확천금의 꿈이 꽉 차 있지만 도박의 끝은 빈털터리인 것처럼. 이 소설은 주인공인 간호사 미주가 병원 냉장고에 콜라를 넣어두고 마시다가 일어난 에피소드를 다룬 소품 소설이지만 범인 할아버지 아들의 말은 독자의 뒤통수를 강하게 때린다.

"맞다! 근데 그 아드님이 통화하는 거 들은 적이 있거
든. 정우현 님이 올해 79세잖아. 아버지 이름 앞으로 들어
놓은 생명보험이 80세는 넘기고 돌아가셔야 보험금 수령
이 된다고, 그때까진 건강하게 살다 돌아가셔야 된다고,
그래서 소름 돋았었다."

몸에 안 좋은 인스턴트 식품을 먹을까 간병인이 눈에
불을 켜고 감시한 이유가 노인의 건강 때문이 아니라(물론
그 이유도 있었겠지만) 80세 이상이어야 한다는 생명보험의 조
건 때문이라는 아이러니가 우리를 비감하게 한다. 노인은
장수가 문제가 아니라 즐거운 식사가 더 중요한 일이었기
에 컵라면과 콜라를 몰래 먹었던 것이고.

「빈한승빈전」은 설화의 현대적 재구성이란 측면에서
문화콘텐츠적 속성을 지닌 작품이다. '빈한'이라는 이름
의 나무꾼이 동무인 마복과 함께 산에 나무하러 가서 겪
는 일로부터 소설은 시작된다. 깊은 산중에 들어가 나무
를 패서 지게에 한 짐 싣고 내려와야만 사나흘 배불리 먹
을 수 있는 것이었다. 그러나 옥황상제의 손녀가 나무를
재미로 자른 벌을 받아 지상에 나무로 와 있었는데 나무
꾼 앞에서 목숨을 살려달라고 빈다. 그래서 나무 패는 것

을 포기하고 주먹밥집 딸이 준 주먹밥을 먹기로 한다. 주먹밥이 땅에 떨어져 굴러가고, 깊은 구멍 속으로 들어간다. 빈한은 주먹밥을 주우려다 블랙홀 속 같은 구멍 속으로 빨려 들어간다. 흡사 이상한 나라의 앨리스처럼. 그때가 1567년 5월 9일 오전 12시 반이었다.

장면이 바뀌어 2018년 9월 7일이 된다. 경찰공무원 시험을 준비하는 승빈은 시장에 있는 허름한 식당에서 1000원짜리 밥을 사 먹는데 시장의 여주인 '이모'는 인심이 아주 좋다. 이모네 음식집 근처에 있는 모녀 국숫집의 딸 초희를 승빈은 짝사랑한다. 승빈의 친구 우호는 여자친구들에게 명품을 선물하면서 빚을 진다. 시장이 재개발에 들어가면서 이모와 이모네를 살리기 위한 모금 운동이 시작되는데 초희는 그 돈을 우호에게 빌려주었다가 다 날리게된다. 그런데 이 소설은 일종의 액자소설로 이 두 가지 이야기가 모니터를 통해 계속 관찰이 되고 있다.

마우스를 찍어 확인 완료 버튼을 누른 나는 모니터에 띄어놓은 두 개의 창을 바라본다. 인류의 모든 삶이 수신되고 동영상으로 출력되는 이곳은 인생을 조절하고 분류하는 인생행정소이다. 나는 승빈의 견자로 3개월 계약을 맺고 이곳에 들어왔다. 왼쪽 창에는 구덩이에 빠진 나무꾼 빈한이, 오른편 창에는 배불리 식당을 나서는 승빈의 모습이 실시간으로 보인다. 두 개의 창을 아래로 내린 나는 양쪽 세계의 시차를 다시 한번 확인한다. 왼쪽 세계, 그러니까 빈한의 조선시대와 승빈의 한국시대 시차는 451년이지만 아주 가끔 버퍼링이나 버그 때문에 시차가 틀어지는 일이 생겨 수동으로 확인하며 일일이 시간을 맞춰줘야 할 때도 있다.

이 소설이 왕조시대와 현대를 지그재그로 다룬 소설이 아니라 미래사회를 다룬 소설임을 독자는 이 대목부터 알고는 혼란에 빠지게 된다. 과거의 인물이 관찰이나 감시의 대상이 되는 것이다. '나'는 동무의 행복을 빼앗기 위해 도끼를 휘두른 아주 못된 마복이었고 바보 같은 악동 우호였고 승빈을 관찰하는 견자였다. 그런데 3개월 임시직이 끝나 정규직으로 교체된다. 심지어는 초희와 승빈의 결혼생활까지 진행된 현재의 이야기 자체가 다음 문장을 통해서 또 하나의 액자 속으로 들어가게 된다.

이 글은 지금으로부터 1500년 전, 한국 시대 사람이 쓴 것이다. 작자는 설혜원, 출전 제목은 『문학에스프리』 2020 여름호로 박물관에 보관된 종이책에 묶인 이야기 중

하나를 뽑아서 옮겼다. 이 글의 독자가 알듯이 21세기를
끝으로 인간이라는 종은 폐기된다. 인생행정소 직원들은
악과 선의 레벨을 집계하여 그 행동의 대가를 삶으로 치
르게 했다 그러나 악이 전염병처럼 번지고 비대해져 지구
전체를 점령하여 선악 레벨에 따른 인류 구분은 의미가
없어졌다.

　인간이 감시와 처벌의 대상이 되는 끔찍한 미래사회
를 예측한 소설로 우리는 흔히 올더스 헉슬리의『멋진 신
세계』나 조지 오웰의『1984년』을 들지만, 설혜원은 이 한
편의 소설을 통해 우리의 일거수일투족 혹은 전 생애가
모니터 안에 담겨 누군가의 감시 대상이 됨을 예측한, 미
래소설이다. 아니, 지금 우리는 감시당하고 있다. 우리가
컴퓨터와 스마트폰을 쓰고 있는 한 모든 개인정보는 나만
의 것일 수 없다. 가는 곳마다 CCTV가 사람을 관찰하고
있고 카드를 쓰면 무조건 흔적이 남는다. 범죄 수사의 대
상이 되면 카톡에 쓰는 문자는 모두 수사관이 볼 수 있다.
이런 사회가 될 줄 헉슬리와 오웰이 어렴풋이 짐작한 것
이었는데, 이제 설혜원은 각자의 개인사를 누군가가 샅샅
이 살펴볼 수 있게 된 미래사회의 모습을 유머와 풍자의
기법을 통해 예견하고 있다. 소름이 돋을 일을 블랙코미

디로 작가가 눙치고 있다고 할까.

　설혜원은 소설창작의 기법상 또 하나의 시도를 하는
데, 그것은 판타지의 도입이다. 「잉어와 잉여」는 회사원
'나'가 승진 시험의 결과를 기다리다가 잉어를 잡으면 소
망이 이루어진다는 스마트폰 검색의 결과를 믿고 낚시에
나서는 것이 이야기의 출발이다. 지갑에 잉어 그림이 있
는 것을 본 부하직원 최군이 입방아를 찧어 사내 경쟁자
인 정 팀장과 과장과 팀원들이 우르르 몰려간 대규모 피
싱대회가 되고 만다. 새벽 낚시에는 나와 정 팀장만이 나
서게 되는데 정 팀장이 잉어를 잡고 난 이후에 소설은 반
전에 반전을 거듭한다. 잡힌 잉어로 둔갑하는 환상에 사
로잡힌 이후 나는 꿈과 현실을 오간다. 툭하면 병적으로
잠에 빠지는 딸과 용모가 비슷한 잠의 나라 안내원, 날개
달린 토끼, 잉어 학당의 잉어 선생님 등이 등장한다. 나중
에는 아내도 잉어로 변하고, 소설은 판타지와 공상과학의
세계로 빨려 들어간다. 주인공이 낚시꾼의 미끼에 낚이는
잉어라는 착란에 빠지면서 심한 신경쇠약에 걸려 현실 세
계와 망상의 세계를 오가는 것인데 설혜원 작가는 뒤에
가서 인간의 오랜 잔인성에 대한 진단을 생태환경에 대한
메시지로 전환하여 들려준다.

인간들은 각계 생물을 잡아먹으면서도 그들을 조금도 배려해주지 않고 같이 사는 지구마저도 오염시켰다. 한 해에도 수많은 종의 생물들이 멸종했고 자신들이 만물의 영장이라며 피라미드 끝에 올라 왕 노릇을 했다. 각계 대표들은 신에게 꾸준히 진정서를 내어 인간들을 고발했다.

신도 처음엔 듣지 않았지만 천지 창조, 즉 세상을 재정비할 때 자신을 도와준 천사들이 인간을 제외한 생물들의 편에 서자 마음을 움직이지 않을 수 없었다. 신은 미끼에 걸려 지구에서 낚여 올라온 사람들은 잉어들이 어떻게 해도 좋다고 판정을 내려주었다.

상황의 역전, 입장의 반전이 이 소설에 흥미를 더해준다. 꿈속의 존재가 현실 세계로 와서 돌아다니는 이야기는 웹툰에만 나오는 것이 아니다. 우리 인간은 각자 잉여의 잠 혹은 부족한 잠을 잔다. 그런데 욕망에 관한 한 늘 잉여(剩餘)만을 취하는 잔인하고 비정한 존재다. 다른 동물의 세계에서는 저축이란 것이 없다. 맹수는 배를 채우면 잠이나 잔다. 동물과 생선과 채소를 소금에 절여서 보관하는 동물은 인간뿐이다. 일본 어느 해안지방의 통조림 공장에서 마구 배출한 납과 카드뮴에 오염된 물고기를 먹고 이따이이따이병, 미나마따병에 걸려도 일본 정부는 쉬

쉬하였다. 이 병을 세상에 가장 널리 알린 사람은 미국의 사진작가 유진 스미스였다.

예를 하나 더 든다. 언젠가 뉴스위크인지 타임인지 미국의 시사주간지를 보았는데 사진이 몇 장 실려 있었다. 그중 상아 수백 개가 창고에 쟁여져 있는 장면을 찍은 사진이 있었다. 노환으로 죽은 코끼리의 뿔일 턱이 없었다. 엄청난 수의 코끼리를 사냥하여 시체에서 분리한 상아를 상업적 용도로 팔려고 창고에 쌓아둔 것이었다. 인간이 욕망 성취를 위해 수많은 생명체의 종을 죽이고 있어 결국 그 종이 지구에서 사라지고 있는데 이는 부메랑과도 같은 것이다. 인간은 먹이사슬의 하나일 뿐이므로 생명체의 종이 이 정도로 멸종하면 인간도 결국 사라질 수밖에 없다. 하지만 이런 이야기를 장황하게 하면 논설문이나 설명문이 될 뿐이다. 그래서 설혜원은 이런 기묘한 판타지 소설을 통해 현실풍자 내지는 상황비판을 해본 것이다.

이제 3편의 소설을 묶어서 이야기해보고자 한다. 3편은 현실에서 일어날 수 있는 아이러니한 상황을 그린 소설이다. 예전에 최인호가 쓴 소설 가운데 「타인의 방」이란 단편이 있었는데 소설이지만 일어날 수 있는 일인 것도 같고 일어날 리 없는 일인 것도 같고…… 아무튼 이 3

편 소설은 일상성을 강조하였기에 환상성은 자연스럽게 줄어들었고, 우리 사회의 이모저모를 살펴보면서 예리하게 풍자하고 있다.

「초인종이 울렸다」는 도배하러 온 일꾼 남녀가 버르장머리없이 구는 데서 그치지 않고 한 술 더 뜨는 내용이기에 참 아이러니하다. 주인 내외에게 계속해서 명령을 하지 않나, 냉장고의 음료수를 스스로 가져다 마시지 않나, 밥상을 차려달라고 보채는가 하면 벽지도 알아서 정하고 도배 값도 알아서 매긴다. 이런 황당한 이야기를 소설로 쓴 이유는 무엇일까? '갑질'을 하는 사람과 당하는 사람이 확연히 구분되어 있는 우리 시대의 현실을 뒤집어보려는 소설가의 의도를 눈치챌 수 있어야 한다.

우리 사회는 고·하 내지는 귀·천의 거리가 아주 멀다. 상사가 부하직원에게, 고용주가 고용인에게, 재벌이 하청업체에게 갑질하는 경우가 비일비재하다. 심지어 손님이 트집을 잡아 식당 주인에게 갑질하는 경우까지 있다. 이런 우리 사회의 현실에 대한 날카로운 풍자소설이 바로 「초인종이 울렸다」이다.

「디저트 식당」은 우리 사회의 음식문화에 대한 예리한 성찰을 보여준 작품이다. 요리과학고도 있고 대학의 조리학과도 있다. 백종원이나 황교익의 영향력은 국회의원 열 사람을 합친 것보다도 강하다. TV 프로 중 거의 절반이 '먹방'이다. 작가가 요리에 대해 얼마나 치밀하게 연구했는지 알 수 있는 이 소설에는 요리 이름이 백 개쯤 나온다. 대학생으로서 요리 창작이 전공인 주인공 '나'는 과일 맛 효모를 사용한 제빵 연구를 하고, 학과 동기인 철민은 차세대 뷔페 메뉴 연구를 한다. 두 사람의 석사 논문이 요리 연구이니 참으로 재미있다. 하지만 이 소설의 주제는 찰나의 달콤함을 영원과 맞바꿀 건지, 쓰라린 생을 거듭 소화할 건지 선택을 요구하는 특별한 디저트 식당의 이야기다. 철민은 교수가 인정을 해주지 않았을 뿐 아니라 요리 창작이 아니라 외식 연구로 전공을 바꾸라고 말해 한을 품게 된다. 이를 안 철민의 애인은 유통기한이 훨씬 지난 햄을 두 차례나 나에게 먹여 혼수상태로 만든다.

"교수가 내게 외식 연구로 전공을 틀어보라고 했을 때 나는 들켰다는 사실에 치를 떨었어. 녀석에겐 있고 내겐 없는 재능을 메우기 위해 얼마나 연습했는지, 그래도 안 돼서 얼마나 피 토하던 심정이었는지. 교수 앞에서 온몸이 다 발가벗겨진 것 같더군. 이 녀석만 없었다면 난 당당히 창작요리 전공으로 논문을 쓰고 초일류 레스토랑에 픽

업될 수 있었을 거야."

"그래서 상한 햄을 준비해 둔 거야. 오빠가 충분히 편해질 수 있도록, 더 이상 마음 졸이고 끓이지 않도록. 두 번이나 부패한 햄을 먹였으니 이제 걱정하지 마 오빠. 논문 마감일까지 이 주 남았다고 했지? 그사이에 깨어나지 않았음 좋겠다."

인간의 욕망은 이런 것이다. 작가는 자신의 출세를 위해 타인의 목숨도 양파껍질처럼 여기는 세태를 우회적으로 비판한 것이다. 우리나라만 해도 불량식품, 방부제, 색소, 생산지를 속인 식재료, 불결한 주방, 비위생적인 조리 등이 얼마나 많이 언론에 보도되어 왔는가. 소설은 끝부분에 이르러 환상적인 이야기로 바뀌어 진행된다. 음식과 질투라는 현실의 공간에서 생과 사의 경계라는 미지의 공간으로 이동한다. 설혜원의 작가적 역량은 이와 같이 사실주의 소설에서 출발하더라도 판타지물로 변환·진행되는 것인데, 그것이 바로 자신만의 소설적 전략이다.

이 공간은 삶의 정찬 코스를 막 통과한 영혼들이 디저트를 먹으러 들르는 곳이에요. 고된 삶의 마지막을 달콤한 디저트로 위무하는 거죠. 가끔 당신같이 생과 사의 경계에 선 사람들이 들어오기도 해요. 당신 같은 사람들은 세 번째 방문 시에 죽음이 결정되죠.

생이 끝나지 않은 사람들은 디저트 식당에 올 때마다 거래를 하게 되요. 맨 처음 거래는 가지고 있는 물질 중 3분의 1, 그다음 거래는 그 두 배를 더한 시간, 세 번째 거래는 남은 시간 모두. 그게 이 달콤한 디저트의 값이죠.

이 부분에 이르러 해설자는 신과 대결하며 인간 존재의 의미를 캐내려 했던 잉마르 베리만 감독의 <제7의 봉인>을 떠올렸다. 사람들 사이의 단절이야말로 삶에 대한 참을 수 없는 공포를 더욱 공포스럽게 만들고, 신을 부정하며 신을 침묵하게 만드는 원인이 된다. 저녁 8시 텔레비전을 켜면 뉴스 시간에 계속해서 나오는 것이 대부분 바로 사람과 사람 사이의 '단절'이다. 인간이 인간을 믿을 수 없는 이 시대에 많은 사람이 신을 부르짖지만 신은 침묵한다. 백종원이 신인 양 거리거리에서 얼굴을 내미는 이 세상에서 우리는 누구를 믿어야 하는가? 요식업계의 실권자 백종원의 판단을 믿어야 하는가?

「남우공방」은 목재가구를 만드는 공방의 주인인 노부부를 찾아간 '나'의 경험담이랄까 취재기랄까, 대단히 빼어난 정통소설이다. 유능한 문학평론가라면 황순원의 「독 짓는 늙은이」와 이청준의 「매잡이」와 이 소설을 비교 연구할 수 있을 것이다. 기계로 만드는 가구가 대량생산 되고 있는 이 시대에 수제로 만든 가구에 대단한 애착을 보이는 할배의 인생관에서 우리가 배울 것이 분명히 있 다. "나사로 콱 박아버리고 본드로 딱 붙이는 게 무슨 전 통 수가구야? 나무도 숨을 쉬는 것들이어서 그렇게 막 접 붙여놓으면 안 되는 거야."라는 할배의 말에 답이 있다고 본다. 손으로 뚝딱뚝딱 만든 가구의 세계에 대해 이렇게 해박한 지식을 갖고 있다니, 아무리 인터넷의 시대라고 하지만 취재를 직접 했다는 생각이 든다.

정통소설+환상소설의 능력이 제일 잘 발휘된 소설은 중편에 가까운 「눈, 꽃 피다」가 아닌가 한다. 왼쪽 눈에서 꽃이 피어나는 희귀한 안구 수포증을 앓게 된 남자는 보 건 당국의 비밀 병동으로 끌려가게 된다. 수면마취 중에 동공에 박혔던 뿌리까지 말끔히 제거되는 수술을 받는다. 연구자들이 주사로 눈에 석회를 넣자 시력을 잃어 간 남 자는 훗날 원적외선 치료실에 들어가 눈에 빛을 쬐고, 소 독실에 들어가 영양분이 첨가된 인공눈물로 석회안구 마 사지를 받는다. 주사실에서는 시신경에 작용하는 약물 주사를 맞고 재활치료실에서는 지도사가 처방해준 눈 운동을 한다. 이와 같이 치료 겸 실험의 대상이 된 남자가 입원해 있는 병동에서는 세계 최초의 일이었기 때문에 온갖 일들이 일어난다. 작가는 자신의 상상력을 종횡무진 발휘하여 이야기를 전개해 나가는데 독자는 한편으로는 황당무계함을 느낄 것이고 한편으로는 기상천외한 이야기 전개에 감탄을 금치 못할 것이다.

그의 눈에 노 과장이 가지고 있던 화병 속 씨앗이 심겨졌다. 그는 생활 처방에 따라 물을 많이 마셨고 화단에서 햇볕을 듬뿍 쬐었다. 그의 눈 안의 꽃은 넌출을 뻗듯 자라나 사자가 갈기를 흔들 듯 만개했다. 꽃이 벌어진 새벽에 보건 관리국 사람들은 꿈을 꾸었다. 아니 꿈에서 보았다. 작고 하얀 소녀가 물결치듯 흔들리는 꽃잎 가운데서 천천히 걸어 나오는 걸. 살의 기쁨이 아닌 영혼의 즐거움이 눈 감고 잠자는 그들을 강력히 사로잡았다.

눈에서 꽃이 피는 기이한 질병은 이와 같이 다시 시작되는데, 이번에는 꽃 속에 소녀가 등장하는 더욱더 기이한 현상이 나타난다. 꽃잎을 우려낸 물 혹은 화병이 물이 영약과도 같은 넥타가 되어 이 병원에 온 감사에게 주어,

결국 보건부 장관에게 전달된다. 실은 환자의 안구 종양의 적출물로 담근 술이 넥타였다고 한다. 넥타가 사람들에게 전파되는 과정에서 눈에 꽃이 피는 병도 전염이 되기 시작한다. 나중에는 대통령도 이 병에 걸려 며칠간 정수리가 가렵더니 콩나물 대가리 같은 것이 올라왔고, 삽시간에 커져 꽃이 된다. 그때부터 이 소설이 팬데믹 사태의 은유임을 밝혀지기 시작한다. 전대미문의 질병인 코로나19 바이러스는 무시무시하지만 눈에 꽃이 피는 이 희한한 질병은 우습기도 하고 신기하기도 하지 않은가.

질병관리본부에 비상이 걸렸다. 꽃이 나는 괴질에 걸렸다는 문의 전화가 수만 통 걸려 왔다. 백신을 개발할 인력들도 몸에 꽃이 피어 결근한 상태였다. 보건부는 긴급하게 발표했다. 꽃이 달린 사람과 접촉하지 말 것. 피어난 꽃을 어떤 형태로든 2차 가공하지 말 것. 감염자는 꽃을 자르지 말고 원상태로 보존할 것. 시민들은 괴질 감염자들을 격리해야 한다고 외쳤지만 감염자들은 피어난 꽃이 큰 피해를 주지도 않는 데다가 이 증상이 병인지도 확실치 않은 상태에서 격리는 인권 침해라고 맞섰다.

중국 우한시에서 창궐하기 시작해 전 세계를 대혼란에 빠뜨린 코로나19 바이러스로 인한 사망자가 급증하고 있는데 이 전염병을 이렇게 풍자할 줄이야. 하지만 작가는 중국발 질병을 다른 방식으로 풀어낸다.

엉덩이에 팔에 이마에 허벅지에 꽃이 난 사람들은 끼리끼리 모여 꽃을 가꾸는 모임을 만들었고 간혹 꽃이 난 위치나 종이 비슷한 사람들은 운명을 예감하며 커플이 되기도 했다. 한국에 괴질이 돈다는 소문에 증시는 바닥을 쳤고 북한이 개발한 바이러스를 푼 게 틀림없다는 음모설이 제기됐다. 일각에서는 미국이 북한을 침몰시키려 만든 바이러스를 같은 종인 남한 사람들에게 먼저 풀어 실험중이라고도 했다. UN은 사실이 아니라며 꽃 모양의 종양이 몸 밖으로 돌출되는 질병 치료를 최대한 지원할 거라고 밝혔다.

환자를 수용해놓은 보건 당국 건물은 이미 오래 전에 꽃으로 뒤덮였다. 환청을 듣는 환자의 귀에서는 투명한 꽃이 피어났다. 그는 매일 매순간 자기 귀에 속삭이는 인어의 노래를 들었다. 천을 짓는 노파는 형형색색의 꽃송이를 옷감에 넣었다.

유쾌한 풍자, 흥미진진한 비틀기는 이 뒤로도 계속된다. 소설의 결말은 독자를 위해 발설하지 않겠다. 아무튼 코로나 사태 이후 이만큼 엉뚱하고 재미있는 소설이 나온 적이 없었는데 설혜원은 아주 독특한 방식으로 조니 뎁 주연의 <가위손>에 못지않은 블랙코미디를 연출하였다.

이상에서 살펴본 대로 등단작부터 심상치 않았던 소설가 설혜원은 「눈, 꽃 피다」에 이르러 자신의 소설가적 재능을 완전히 꽃, 피워냈다. 첫 번째 소설집에서는 코믹 스릴러와 심리 스릴러의 정수를 보여주었는데 이번 소설집에서는 기발한 상상력을 종횡무진 구사, 앞에서도 얘기했듯이 심리와 코믹과 환상과 추리가 두루 혼합된 아주 새로운 시도를 하였다. 「남우공방」 같은 정통파 투수의 공 던지기도 있지만 구질을 종잡을 수 없는 공을 던지고 있다. 이런 공을 마구(魔球)라고 하던가. 문학의 시대는 가지 않았다고 작가가 이렇게 외치고 있다. 웹소설과 정통문학의 중간지대에 설혜원의 소설이 있다.

초록색 원피스를 받는 꿈을 꾼 뒤
이 책을 출간하게 되었다.
하나님이 주신 선물이었다.
때로는 어떤 꿈들이 현실을 실재보다
더 날렵하게 포착하기도 한다.

하여 감은 눈 안쪽에서 한껏 만개했다가 눈 뜨는 순간 빛의 알갱이들처럼 흩어지는 백일몽이야말로 현실보다 강렬한 실재일 수 있다. 한 때 애틋하게 바랐던 것들과 이제는 잃어버린 추억들처럼 지금의 나를 구성하지 않는다고 해서 그것들이 사라져 버린 건 아니다.

그것들은 인간 무의식 저장고인 허구의 전시관에 당시와 같은 생기를 뿜어내며 그 모습 그대로, 단 한 조각도 상실하지 않은 채 숨 쉬고 있다. 건강한 사람일수록 자기 내부의 계단으로 내려가 허구의 전시관 거닐기를 즐긴다.

이 책은 그런 몽환의 면면들을 글자로 취해 종이의 회랑에 남긴 기록이다. 이 기록의 화소들을 환상, 소망, 막연한 바람이나 기대, 또는 초현실, 어떤 이름으로 불러도 좋다.

눈 감는 것이 잠들기 위해서만이 아니라 꿈꾸고 이루기 위해서라는 사실을 환기하는 작은 기회가 된다면 그깟 이름이 대수겠는가. 일곱 개의 이야기를 가지 삼아 환하게 피어날 당신만의 여덟 번째 허구를 기다린다.

내게 생명을 주셨듯
이 책을 내게 주신 나의 하나님
진귀한 추천사로 책에 금테를 달아주신
늘물 전영태 은사님
최고의 해설로 품격을 더해주신 이승하 스승님
사랑하기 힘든 나를 사랑해 주는 인내심 만렙 가족들
격려해준 벗들과
내 글에 델피노 옷을 입혀주신
출판사 선생님들께

경이와 존경과 감사를 드린다.